# Le château de l'araignée

PHILIPPE COLLAS

La fontaine détective

# Le château de l'araignée

ÉDITIONS FRANCE LOISIRS

Édition du Club France Loisirs
avec l'autorisation des Éditions Plon

Éditions France Loisirs,
123, boulevard de Grenelle, Paris
www.franceloisirs.com


ISBN 2-7441-8238-9

*À A. N.*

*Et le désir s'accroît quand l'effet se recule.*

CORNEILLE.

# Avis au lecteur

En 1994, au cours d'importants travaux de rénovation de la ferme de la Trinité, sise près de Château-Thierry, anciennement propriété de Jean de La Fontaine, toute une série de manuscrits et de papiers ont été retrouvés dans les combles de l'habitation principale.

La plupart des documents étaient en assez mauvais état, certains entamés par des rongeurs, d'autres par l'humidité, d'autres enfin victimes tout simplement de l'usure du temps.

Nous publions ci-dessous la note scellée qui a été retrouvée avec la masse des originaux. Elle semble, en effet, indispensable à la compréhension de l'ensemble.

*« Sans prétendre être biographe de Jean de La Fontaine, je fus de ses proches. Homme ou femme à vous de le deviner car je tiens à garder l'anonymat qui préserve ma liberté.*

*« Sachez que j'écrivis sous sa dictée, dans ses dernières années ; aussi de mémoire quand il nous quitta ici-bas. Pour l'essentiel, il s'agissait de rendre compte d'une part de sa vie, non d'une partie cachée mais* [*N.d.É.* : 12 mots rayés] *d'un versant presque ignoré de ses activités.*

*« Je sais parfaitement que le vrai n'est pas toujours vrai-*

*semblable. La maxime s'applique ici une fois encore. Même si, parfois, il a fallu changer certains noms, même si je soupçonne Jean de La Fontaine d'avoir cherché à s'amuser à nous perdre, même si je me souviens de sa volonté de se traiter comme un personnage extérieur, l'essentiel de ces histoires repose sur des faits parfaitement exacts, que l'on peut encore certainement retrouver dans les archives de Champagne ou de Picardie.*

*« Par moments, j'ai pris la liberté d'annoter ou de commenter certains passages pour éclairer le lecteur et tenter de retrouver le fil d'Ariane dans un écheveau parfois embrouillé.*

*« Fait à [N.d.É.* : Illisible]

*« Le 20 novembre 1727*

*« E. de V. »*

Certains éléments (y compris ceux cités plus loin dans cet opuscule) permettent de penser que c'est bien dans cette intrigue qui allait personnellement le marquer que Jean de La Fontaine trouva la source de l'inspiration qui devait désormais toujours le nourrir et donner naissance aux œuvres fondamentales que nous connaissons encore. Comme il le dit lui-même, il suffit parfois « d'une petite étincelle qui fait le lien entre le juste et le réel ».

Précisons que « Le château de l'araignée » est le premier des manuscrits que nous avons réussi à restaurer. Il ne comportait d'abord que quatre cahiers, et ce n'est que tout récemment qu'il a été possible de lui en rajouter un cinquième, longtemps resté indéchiffrable. Le lecteur qui désire se plonger immédiatement dans l'enquête policière pourra commencer directement par le deuxième cahier (comme nous-mêmes avons dû le faire initialement) ; celui qui, au contraire, souhaite en connaître un peu plus sur le monde intime de Jean de La Fontaine, ainsi que sur les circonstances qui l'ont conduit à vivre cette aventure, commencera par le premier (ce que nous aurions tendance à recommander).

Merci à tous ceux qui ont participé à leur réhabilitation, et en particulier à M. Marcel Rémy et au Pr Maurice Tessier, ainsi qu'à leurs équipes de l'École nationale des chartes.

PREMIER CAHIER

# Un duel

# Chapitre 1

— Comment cela, rien n'est arrivé ? Regardez encore !

Jean fulminait. Pour la troisième fois cette semaine, il venait aux nouvelles après le passage du courrier de Paris :

— Une lettre au nom de La Fontaine !

— Mais je vous connais, Monsieur Jean !

La femme du Maître de Poste levait les bras au ciel :

— ... Depuis que vous êtes tout petit. Vous veniez chaparder mes œufs avec ces deux vauriens de Pierre et de François !

Elle se signa instinctivement, comme pour conjurer le mauvais sort ou se faire pardonner un blasphème :

— Mon Dieu ! Qu'est-ce que vous me faites dire ? V'là que j'insulte un policier, un curé et vous par-dessus le marché !

S'il n'avait pas été aussi furieux, Jean n'aurait pu s'empêcher de sourire. Le futur métier des gamins ne se lit pas dans leurs fonds de culotte. Il y a quelques années personne n'aurait pu deviner que les trois garnements qui couraient à travers les rues et les forêts du duché de Château-Thierry finiraient par symboliser l'autorité royale. Lui-même, qui avait longtemps traîné avec la basoche, l'éternel étudiant, l'adolescent attardé, avait fini par se ranger. Voilà qu'il était maintenant Maître des Eaux et Forêts, un notable unanimement respecté à qui il revenait de faire régner l'ordre dans les bois et les fourrés. Loin d'être simplement honorifique, ce travail, car c'en était un, lui donnait tout pouvoir pour informer des querelles, délits, crimes et assassinats sur les terres qu'il devait surveiller. Et la circonscription était vaste : les bois de Raray, de Barbillon, de Tréloup, les forêts de Wassy et les bois de Haute-Charmoye, tout cela était un peu son royaume. À quarante ans, tout juste passés, après neuf ans d'apprentissage d'une charge que son père avait tant voulu lui léguer et lui voir exercer, Jean était presque un homme arrivé.

Mais, ce matin, il faut l'avouer, il était tout simplement anéanti.

Il y a un mois environ, Jean s'était rendu dans la capitale, prétendant une affaire urgente. Sa femme avait insisté pour l'accompagner, ce qu'il avait refusé. Aussitôt, elle s'était persuadée qu'il allait courir le guilledou avec une garce du quartier Saint-Germain... Cette Lucrèce, ou cette Julie, à moins que ce ne soit cette Claudine sur laquelle, ou plutôt à laquelle, il avait écrit des vers stupides... Eh bien, cela ne se passerait pas comme cela ! On verrait ce qu'on verrait ! Si Jean croyait qu'elle allait accepter qu'il écrivît des poèmes de serins à des poules, il se trompait !

On l'aura compris, la femme de Jean était jalouse... Pas de ces jalouses passagères, parfois attendrissantes et toujours fragiles... Non, Marie était Jalouse avec un grand J, comme d'autres étaient droites comme un *i*. D'ailleurs chez elle tout était grand, et l'excès de certains lui servait de quotidien. Elle surveillait Jean, sans cesse et partout. La façon dont elle avait fini par dénicher les fameux vers le prouvait assez. Patiente comme la chatte aux abois, elle avait épié son mari durant des jours, attendant qu'il s'éloignât suffisamment du logis pour s'introduire dans le petit cabinet qui lui servait de bureau. Là, elle s'était jetée sur les feuilles qui traînaient encore sur la table et, à l'aide d'une mine de plomb, avait pu, à force de grattage ou de frottage, reconstituer le sonnet qui la faisait hurler. Reconstituer tout du moins en partie, et cela lui avait amplement suffi. Il faut dire que Jean avait la main lourde. Il cassait souvent ses plumes d'oie tant il lui arrivait d'appuyer sur le papier. Pour lui c'était une façon de s'ancrer...

*Claudine,*
*Vous qui régnez sur mon cœur,*
*Je vous réponds avec une douce chaleur,*
*Soyez...*
*...*
*Le moment où sur votre sein*
*J'irai poser ma main.*

Jean se défendit.

Le texte était ambigu, certes... Il pouvait prêter à confusion, conduire à la méprise, causer le trouble même... Disons-le franchement, induire en erreur... Surtout à cause de ces mots manquants. Voilà en fait ce qu'il fallait lire :

*Claudine*
*...*
*Soyez mon amie pour notre bien*
*À Marie m'unit un tendre lien*
*Et jamais ne viendra, je le crains*
*Le moment où sur votre sein*
*J'irai poser ma main...*

Tous les mâles bien nés connaissent ce genre d'injustice qui les fait accuser alors même qu'ils n'ont encore rien à se reprocher. Précisons que, ce matin-là, aucun argument ne fit mouche et que la défense dut rapidement battre retraite avant de recevoir trop de flèches.

— Me prenez-vous pour une pintade à farcir ! Ce papier, ce torchon... Des vers de mirliton, pour une de vos guenons...

Marie hurlait en poursuivant son époux :

— Je n'ai plus qu'à me tuer. Voilà votre œuvre, Monsieur !

On l'aura compris aussi, on se suicidait beaucoup chez les La Fontaine, mais, comme dans les meilleurs contes, les morts (entendez la morte) ressuscitaient toujours. Pauvre Marie, si seulement elle savait ! Si Dieu l'avait rendue plus crédule, il l'aurait faite plus heureuse. Car cette fois, comme souvent d'ailleurs, Jean ne mentait pas. Cette Claudine lui était fort peu, presque rien... En un mot pas grand-chose... Confession que Marie transforma immédiatement :

— Ainsi vous reconnaissez avoir une liaison avec cette femme de peu, cette rien du tout, cette pas-grand-chose ! Ne niez pas, vous aggraveriez votre cas. Je vois sur votre visage toute la vilenie dont vous êtes capable ! Silence, ne prononcez pas son nom ! Vous alliez parler, vous alliez la couvrir... La couvrir, voilà que je dis la vérité, sans l'avoir prémédité ! Ne niez pas, vous dis-je, ce sont des choses que l'on sent, que l'on devine quand on a un tant soi peu l'âme d'une amante et d'une mère. Monstre, vous me poussez au pire...

À lire ces lignes, on pourrait croire que Marie était grosse, vieille et laide, mais non, et c'est un des hasards de la nature que de lui avoir donné tout à la fois la beauté et la méfiance. Marie était assurément l'une des plus jolies femmes du pays, et qui plus est encore fort jeune puisqu'elle avait environ douze ans de moins que son mari. Jean l'avait épousée tendron et la retrouvait chardon, chardon épanoui certes, mais chardon tout de même. Cela prouve que chacun voit midi à sa porte et que l'on n'est belle qu'à mesure que l'on est sûre de soi.

Mais revenons à nos moutons...

Cette fois, donc, Jean n'avait pas cherché à combattre. C'était avec ses scènes perpétuelles que sa femme avait réussi peu à peu à durablement l'écarter, tout du moins voulut-il, encore une fois, s'en persuader. Il la laissa s'éloigner en se demandant ce que Marie pourrait trouver de plus radical que de vouloir se tuer, mais cela était encore pour l'avenir, et Jean était payé pour savoir qu'il ne fallait jamais sous-estimer l'imagination de sa moitié.

L'important est que dans notre affaire Jean disait la vérité toute nue, enfin presque...

Il avait bien à faire dans la capitale, à faire urgemment et secrètement. Il devait y rencontrer un certain Pinchêne, libraire et imprimeur dans le quartier des Grands-Augustins, tout près de la Seine. Presque sous le manteau, il lui avait remis certains textes qu'il composait depuis un an déjà, un ensemble de *Fables choisies*, inspiré des anciens Grecs avec bien des accommodements de son invention... Il y avait là matière à renouveler le genre, Jean le savait assurément. Il y donnait une satire qu'il pensait amusante des travers humains et faisait même parfois parler les bêtes ou donnait une âme aux plantes. Chacun y avait son caractère, sa symbolique, et prenait place dans la grande harmonie universelle.

Certains de ses amis, comme François, le petit François dont parlait la femme du Maître de Poste, de son vrai nom François Maucroix, aujourd'hui chanoine au chapitre de

Reims, l'encourageaient vivement. Ainsi Jean avait-il encore en mémoire le compliment qu'il lui avait retourné après avoir reçu un texte qui lui était adressé. Jean savait l'hommage sincère et pensait même être en train de trouver sa voie... Ainsi dans *La Grenouille et le Boa* et plus encore dans *La femme qui voulait être roi*[1]... deux pièces, somme toute autobiographiques, qui, elles aussi, avaient eu l'assentiment de Maucroix.

Mais aujourd'hui, Jean voulait l'avis d'un parfait étranger, d'un étranger de qualité s'entend. Il n'avait pas frappé au hasard. L'illustre Pinchêne était l'éditeur du grand Voiture dont les *Œuvres* allaient résonner pour les siècles et les siècles... Aussi attendait-il tout de son jugement.

Mais rien !

Même pas un non !

Pinchêne, qui l'avait reçu avec tous les égards dus à un gentilhomme de province, ne daignait même pas lui répondre. Jean était à l'agonie. Car, avouons-le, plus que la passion du jeu (qu'il avait aussi), Jean avait celle de la poésie, le démon de la versification, l'obsession de la métrique, la folie de la prosodie, et il pensait souvent en vers comme d'autres parlent à l'envers. C'était plus fort que lui et, tout jeune déjà, il alexandrinait sans savoir d'où cela lui venait. La maladie s'était aggravée avec l'âge, et Jean aurait volontiers renoncé aux honneurs de la réussite que d'aucuns lui enviaient pour être publié, juste publié, pas même acheté. Et de fait, ceux qui le connaissaient savaient qu'en dehors des vers tout l'indifférait, ce qui faisait dire à Maucroix, un sourire en coin, qu'il était un heureux homme car un jour ou l'autre Dieu veillerait à le contenter, c'était vraiment la seule chose dont on ne pouvait douter.

Mais quoi ?

---

1. Fables aujourd'hui malheureusement disparues.

C'était donc cela !

Par saint Crépin !

Pinchêne avait certainement jeté son œuvre au panier dès qu'il avait eu le dos tourné.

Certes, le style était encore jeune et peut-être fallait-il renouveler l'inspiration, trouver une voie qui lui fût propre, unique à vrai dire, avoir accès à certains de ces ressorts encore invisibles sans lesquels aucun écrit ne pouvait trouver sa véritable dimension... L'autobiographie avait sans doute des limites trop vite marquées, et c'était le monde dans son entier qu'il fallait disséquer. Mais qu'importe ! Jean avait toutes les qualités nécessaires pour parvenir à une œuvre achevée. Il suffisait de l'aimer et de l'encourager pour l'entendre décasyllaber (car avec le temps, il avait appris à se restreindre et à se couper deux pieds).

Ah si seulement il avait encore la protection du Surintendant !

La simple évocation de la fonction, car il avait encore trop de chagrin pour prononcer le nom, lui serra le cœur. Nicolas Foucquet, puisque c'est de lui qu'il s'agissait, lui apparaissait alors, furtivement, dans tout l'éclat de sa splendeur... Le plus beau et le plus noble seigneur de France, arrêté par un ministre-serpent [1] et un roi-nabot qui voulait se faire appeler le grand et dont l'ambition dépassait de beaucoup la petite taille... Mais sur cela aussi nous reviendrons.

— Eh bien, Monsieur Jean, ça ne va pas ? Monsieur Jean...

La sollicitude de l'accorte Maîtresse de Poste sembla tirer La Fontaine de sa rêverie.

---

1. Il s'agit de Colbert, nouveau surintendant des Finances depuis l'arrestation de Nicolas Foucquet. Il y avait un serpent dans les armoiries de Colbert. (*N.d.É.*)

— Je vous remercie, Dame Ermeline, je reviendrai tantôt...

— Non, pas tantôt... Nous n'attendons plus aucune diligence, ni aucun autre messager...

— Demain, alors...

— Monsieur Jean, vous savez bien qu'à c't'heure il n'y aura plus rien avant jeudi révolu.

— Rien, avant jeudi révolu...

Jean répéta mécaniquement la phrase.

Soudain, comme souvent dans les moments de grande émotion, de fulgurance ou de concentration extrême, l'air sembla se figer un instant pour retrouver sa fluidité celui d'après. Rien n'avait changé à un détail près, Dame Ermeline était devenue une hirondelle replète qui pépiait et voletait entre ses casiers de courrier. Jean ne manifesta aucune émotion surfaite. Il gardait ses hallucinations secrètes et les attribuait, cette fois, à la soudaine manifestation d'une Muse impatiente. Il savait qu'elles étaient passagères, mais toujours riches d'enseignements.

Ce matin, le sens immédiat se doublait d'une autre révélation. Sans le vouloir, Jean enrichissait son expérience d'une figure souvent évoquée par les poètes épiques. Pour la première fois, il venait d'entendre le bruit que faisait le ciel quand il vous tombait sur la tête.

*

Jean retrouva un peu de son calme en revoyant au loin les gros murs de la ferme de la Trinité. Alors qu'il avait l'impression de s'être effondré comme un château de cartes, fêlé comme une cloche, fendu comme un cristal, rien ici n'avait changé. À gauche, la tour carrée qui protégeait la grande cour intérieure, à l'opposé une tour ronde qui cachait une source vive, et par-devant le magnifique potager qui semblait littéralement flotter sur l'eau. C'était là une idée de Jean, gagner des terres sur un étang, et par de multiples petits couloirs laisser couler l'onde qui refléterait le soleil et les nuages, comme un miroir couleur du temps. Charles Perrault en avait été très impressionné quand il était venu en visite l'année passée...

Tout respirait la sérénité et la sécurité dans l'enceinte fortifiée. Mon Dieu, qu'il était doux de rentrer chez soi quand le monde vous était soudainement devenu étranger ! Ici, Jean connaissait tout, et rien ne pouvait le surprendre, à part les méandres de sa pensée. Chaque bosquet, chaque rivière, chaque furet, chaque fougère lui était un compagnon familier. D'ailleurs, loin d'être égoïste et de vouloir garder pour lui son savoir, il avait l'intention d'en laisser trace pour les générations à venir. Depuis plusieurs années déjà, Jean avait commencé à rédiger une *Flore de Château-Thierry et des pays alentour*. Il possédait un lourd almanach, un almanach à papier jaune à gros grain dans lequel il notait toutes ses observations et collectait toutes ses trouvailles avec un soin et une organisation qui en aurait étonné plus d'un. On y trouvait deux parties distinctement séparées : Jean y faisait le récit de ses *Excursions botaniques* dans la première, alors que la seconde était composée pour l'essentiel d'un *Catalogue des plantes spontanées et subspontanées* des terres qu'il avait à surveiller. Ainsi, cette année, rien que pour le bois de Raray...

— Hooorfff...Rmmfff.... Ouiarc...

Toine marchait devant Jean en émettant une sorte de grognement impossible à transcrire exactement. Contrairement à son habitude, le jardinier l'avait quasiment ignoré et était passé à côté de son cheval avec une indifférence bruyamment insistante. Il traversait la cour en direction des cloches sous lesquelles il abritait ses cardons et ses choux-fleurs, une bêche sur l'épaule, marchant à un rythme cadencé.

Toine, de son vrai nom Antoine, Louis, Marie, Hyacinthe Graindorge était un ancien militaire, « Premier Adjudant au Royal-Lorraine », comme il aimait à le rappeler en se grattant la gorge quand il voulait se valoriser auprès des dames. Fin comme un lévrier et moustachu comme un griffon, blanchi sous le harnois, Toine avait un peu tué et surtout beaucoup voyagé, de par son ancien métier. Il lui en restait des habitudes expéditives, quelques maniaqueries domestiques, un goût prononcé pour le vin (ou pour la bière comme pis-aller) et un vocabulaire imagé qui fleurait l'autorité aveugle des subalternes, la donzelle aigre-douce et le tabac gris. Ainsi, il avait toujours à disposition des proverbes qu'il adaptait à toutes les situations. Ajoutons que l'expression de cette intelligence populaire ancestrale, censée lui apporter quelque autorité de penser, se manifestait le plus souvent en provençal, en bavarois ou en tout autre dialecte qu'il était seul à entendre.

Pourtant, et c'était cela le magnifique, même si personne ne comprenait les mots qu'il prononçait, Toine y mettait toujours une intonation de vérité qui faisait que chacun pensait pouvoir en retirer quelque chose. Jean s'étonnait toujours de ce mystère et se demandait par quel miracle ce qu'il soupçonnait n'être que de vulgaires onomatopées gutturales totalement dépourvues de sens pouvaient ainsi révéler la pensée de chacun. Il y voyait une sorte de génie, car Toine en retirait une incontestable réputation de sage à plusieurs lieues alentour. Lui-même s'était surpris à venir lui demander conseil quand une affaire le perturbait, qu'il hésitait, doutait ou s'interrogeait... Et invariablement, alors que Toine marmonnait en l'écoutant, Jean se mettait à y voir plus clair et repartait comme après une éclairante conversation.

Ce matin, à n'en pas douter, notre Diogène moderne en avait, lui aussi, gros sur le cœur.

Jean mit pied à terre.

— Eh bien, Toine qu'y a-t-il ? Pourquoi passes-tu ton chemin sans me voir ?

Toine, hautain, se retourna vers le logis et montra du menton une des fenêtres du premier étage. Il serrait les mains sur le manche de sa bêche qui sembla devoir se briser comme un col-de-cygne. À n'en pas douter, sa fureur muette désignait les appartements du Maître... Marie l'avait encore certainement gourmandé, et bien qu'il puisse lui arriver d'avoir la voix martiale, Toine n'avait jamais supporté l'autorité d'un jupon, sauf, peut-être, dans certaines situations indiscrètes qui...

Mais arrêtons là !

Le jardinier ne dit rien de plus et reprit son pas de l'oie, bien décidé à se venger sur toutes les limaces qui auraient l'audace de se montrer. Jean le regarda s'éloigner, attacha Rossinante, son cheval, à l'écurie, ôta sa selle, entra dans le vestibule et se laissa tomber lourdement sur le gros fauteuil dans lequel il s'installait toujours pour ôter ses bottes. Une odeur de chair qui grésillait, de croûte un peu trop cuite, presque confite, laissant deviner un cœur de viande rosée, embaumait dans toute la pièce. Certains parfums de cuisine, tout comme les odeurs de feu de cheminée, ce mélange de chênes, de fruitiers et de champignons invisibles, symbolisent à eux seuls la chaleur d'un foyer. Vraiment, à y mieux...

— Ah, vous voilà, vous !

Yvonne était apparue comme une furie, interrompant abruptement le vagabondage de la pensée. Avant même qu'elle eût parlé, Jean ne put s'empêcher de se dire qu'il y avait des jours comme cela où tout semblait devoir vous éclater au visage avec une constante régularité. Il rêva un instant de la solitude de son petit bureau, réfugié tout en haut de la tour carrée...

— J'ai toujours travaillé dans une maison honnête, MOI !

L'emphase n'était jamais de bon augure chez la cuisinière. Oui, Yvonne était la cuisinière des La Fontaine depuis que le monde était monde, entendez qu'elle était rentrée en service dans la famille quelque trois ans avant la naissance de Jean. Jamais mariée, douée d'un tempérament de feu, passionnée d'horoscopes, devineresse à ses heures, elle vouait une attention jalouse, exclusive à toutes les braguettes de la maison. Pour l'heure ses circonvolutions de comédienne italienne laissaient prévoir le pire :

— Aaaah, Monsieur Jean ! Si ma chèèèère Maaadame voyait cela... Elle en serait toute retournée... D'ailleurs, elle le voit, et j'attends le moment où elle va se dresser pour me parler... J'ai mal à mon épaule... Je la sens... Oui, Madame... Je ? Est-ce-vous ?... Elle est partie... Je la comprends... Elle ne voulait pas venir aujourd'hui...

Si l'on met de côté les rapports particuliers, les discussions animées, les connivences diverses et les entretiens multiples que la cuisinière ne manquait pas d'avoir avec l'au-delà, une autre chose reste à préciser. Lorsque Yvonne parlait de « Madame », il ne s'agissait nullement de Marie, de Marie Héricart, épouse La Fontaine, mais bien de Françoise Pidoux, la mère de Jean. Yvonne qui avait bataillé goulûment avec son ancienne patronne, emportée d'une brutale fluxion de poitrine, lui avait d'abord « beaucoup pardonné » dans les semaines qui avaient suivi sa mort, avant de la béatifier lentement avec les mois qui passaient. Mais quand, quelques années plus tard, Marie Héricart était devenue la nouvelle Madame de La Fontaine, Françoise Pidoux avait rejoint la Vierge Marie, sainte Anne, sainte

Rita et sainte Madeleine dans un panthéon personnel dont Yvonne avait le secret. À « cette f... garce », comme on pouvait l'entendre marmonner entre ses dents, Yvonne opposait le portrait maintenant idyllique d'une Françoise Pidoux douée de tous les charmes et de toutes les qualités. Lorsque Yvonne avait prononcé son nom, évoqué « Madame », « Maadame » et plus encore « ma chèèèère Maaadame », chacun savait que le vin était tiré et que la messe était dite.

On comprendra assez vite qu'à la maison l'ambiance était souvent insupportable, que Marie renvoyait souvent Yvonne et que Yvonne ne pouvant renvoyer Marie, rendait aussi souvent son tablier, mais que Jean pour des raisons fort diverses ne pouvait se séparer ni de l'une ni de l'autre...

Comme on l'a rapidement évoqué, le combat n'était pas des plus simples car, souvent, Yvonne entendait subitement « Maadame » lui parler alors qu'elle ergotait avec Marie, et ce qui n'était encore qu'une rixe domestique entre une patronne et sa cuisinière tournait alors rapidement au règlement de comptes familial, Yvonne ayant, comme par hasard, toujours ou presque, Françoise Pidoux qui se rangeait de son côté. En femme dévote et moderne, Marie la menaçait du bûcher, Yvonne se contentant, pour sa part, de la condamner aux flammes de l'enfer pour l'éternité. Comme tout homme qui se respecte, avec un instinct de survie digne d'un être supérieur, Jean s'enfuyait donc parfois, laissant les combattants, pardon les combattantes, en proie à une guerre intestine qui n'était pas sans rappeler quelques-uns des moments les plus fameux de la guerre de Troie.

Ainsi, Marie ne supportait pas les œufs, eh bien Yvonne en mettait dans toutes les sauces ; ainsi Yvonne détestait couper la viande crue, eh bien Marie lui faisait livrer un sanglier entier à dépecer avant de le fumer ; ainsi Marie avait la peau fragile, Yvonne se « trompait » et mettait ses draps à amidonner ; ainsi Yvonne avait travaillé depuis que le coq avait chanté, Marie trouvait un travail urgent pour l'empêcher de se coucher...

Et l'on pourrait multiplier les exemples à l'infini... Ajoutons au demeurant que la cuisinière était un fin cordon-bleu et qu'elle n'avait pas son pareil pour accommoder les restes, qualité accessoire dans beaucoup de grandes maisons, mais essentielle quand il fallait paraître avec une bourse parfois vide le 15 du mois.

Et, pour de multiples raisons, c'était souvent le cas à la Trinité.

— Voilà le résultat de votre faiblesse !

Yvonne prit une longue respiration puis ajouta :

— Me faire cela, un jour de gigot aux panais !

Maintenant, la voilà qui tonnait comme une Junon, sûre de son fait, négligeant de citer nommément celle à qui elle réservait ses traits acérés :

— Il ne lui suffisait pas de créer ici son « Académie » pour s'entourer de tous ces bons à rien qui vident notre cave et notre saloir... Voilà maintenant qu'elle abat ses cartes, qu'elle laisse tomber le masque, qu'elle montre son vrai visage, qu'elle assume son vice...

S'il n'avait senti monter quelque sombre drame, Jean se serait une fois encore pris à admirer la cuisinière qui maniait la rhétorique comme personne.

« ... qu'elle abat ses cartes, qu'elle laisse tomber le masque, qu'elle montre son vrai visage, qu'elle assume son vice... »

À n'en pas douter, c'était du grand art ! Yvonne avait le sens littéraire, et peut-être était-ce elle qui l'avait transmis à son jeune maître, entre un quatre-quarts et deux nonnettes.

Quand il gambadait encore et qu'il s'approchait trop près des granges, des échelles ou de quelque dangereux ustensile, elle lui criait déjà, depuis la fenêtre de sa cuisine :

— Reviens ici ! Veux-tu me tuer, malheureux ? Ne te rends-tu pas compte qu'à prendre trop de risques, que dis-je à courir des certitudes, tu m'inquiètes, tu m'alarmes, tu me blesses, tu me vides de mon sang !

Car outre le sens de la rhétorique, Yvonne en avait un autre grandement aussi, c'était celui du terrible, du dramatique, de l'inéluctable... Avec elle, depuis sa naissance, Jean était déjà mort dix fois, cent fois, mille fois. Il y avait tant de pièges dans une seule journée qu'il valait mieux n'y pas penser ! Une petite blessure cachait une gangrène ; un mal de dent, un « vilain abcès » ; un bleu, une sorte d'hémorragie secrète... Jean en avait gardé une forme de fragilité, de fragilité intellectuelle, sensitive même, qui pouvait à tout moment venir se manifester sans crier gare. Racine le lui avait déjà fait remarquer. Yvonne mieux que personne trouvait les mots pour vous glacer les sangs, pour vous émouvoir et vous faire pleurer. Cher Racine qui aimait à venir ici se reposer et écrire des heures dans la cuisine.

— De quoi parles-tu ?

Jean n'eut pas à répéter la question.

Une porte venait de s'ouvrir dans un affreux grincement. Dans l'entrebâillement, Marie s'y faisait bécoter ostensiblement par Antoine Poignant... Le drôle semblait y trouver du plaisir. Marie se laissait toucher les bras puis la gorge et même un peu plus loin quand, soudain, elle se tourna vers Jean avec un air de défi.

— Je ne vous pensais pas rentrer si tôt. Comme vous le voyez, un de vos amis me tient compagnie. Il est beaucoup venu pendant votre séjour à Paris.

Poignant releva aussitôt la tête. Il tenta de parler, mais

Jean l'interrompit d'un geste et répondit directement à Marie :

— Qu'il fasse ce qu'il pourra, je ne m'en soucie point ! Vous vous savez libre comme je le suis, et si vous trouvez là votre plaisir ne comptez pas sur moi pour m'en trouver marri...

— En de telles circonstances, vous trouvez encore le moyen de faire de l'esprit !

Marie fulminait.

Elle écarta Antoine tout déconfit, entra dans le vestibule et lui claqua la porte au nez.

— Vous voilà cocu, ou en passe de l'être...

— Voilà un état que j'ai hâte d'expérimenter. Comme tout poète, la variation des sentiments est tout à la fois mon établi et mes outils. Vous devriez pourtant renouveler les plaisirs et tenter de me surprendre.

Pour une fois, Marie prit Yvonne à partie, la montrant presque du doigt :

— Jean, en voilà assez ! Devant les domestiques ! Comment pouvez-vous le supporter ? !

Yvonne crut alors opportun de se manifester :

— On jase déjà dans tout Château-Thierry...

Jean haussa les épaules :

— Je me moque de la rumeur ! Je connais Antoine depuis l'enfance, il est de mes proches et...

Il se tourna vers Marie...

— Et vous ne semblez pas le détester tout à fait.

Yvonne contint sa colère :

— J'entends déjà les commères rire dans mon dos... À supposer qu'elles n'aient pas le front de m'humilier publiquement... Ah non, non, non... Jamais, jamais, jamais...

Cette fois Marie franchit un pas de plus. Avec un instinct très sûr qui lui fit oublier pour une seconde les vieilles querelles, elle vint à la rescousse de la cuisinière en la coupant dans son élan épique :

— Jean, vous voyez bien ! Quand il est question d'honneur, il faut obtenir réparation les armes à la main !

Poignant avait réouvert la porte, et de mémoire d'homme jamais un humain ne porta si bien son nom. Jean le regarda longuement, avant d'ajouter, de guerre lasse :

— Poignant, demain à 4 heures sur le pré !

Yvonne fondit en larmes et repartit à ses fourneaux, en se signant sans discontinuer :

— Je ne sens rien de bon dans cette affaire ! Du sang... Je vois du sang et puis plus rien ! Du rouge, du rouge sur le pavé !

Poignant dut prendre congé sans pouvoir s'expliquer. Marie triomphait comme une femme qui vient d'accoucher de son premier-né. Exaspéré, Jean laissa tomber :

— Pauvre garçon, il se lassera, tout comme moi...

Les deux époux se regardèrent encore un instant, puis les mots fusèrent avec la froidure d'une lame d'épée :

— Chienne !

— Mufle !

Dans le lointain, on entendit sonner l'Angélus. Jean nota que sa femme avait mis sa grande robe bleue, mais cette fois-ci, avec des rubans verts.

# Chapitre 2

## *Procès-verbal*

De par le Roy, le 26 de ce mois de mars de l'an de grâce 1662, la demoiselle Javotte Mongin, couturière en chambre, porte plainte au bailliage au sujet d'un dérangement nocturne survenu la nuit précédente.

Voici sa déposition devant nous, Pierre Gribeauval, adjoint au Lieutenant de Police du Duché de Château-Thierry, terre du très haut puissant seigneur de Bouillon[1] ; en présence de François Poirier, sergent-greffier :

*« Il devait être quatre heures du matin quand soudain, je fus réveillée tout à trac par un bruit incongru... J'ai le sommeil léger, voyez-vous... Aussi, ai-je été aussitôt alertée... Des éclats de voix et un tapage qui ont de quoi inquiéter une femme seule, honnête et vivant de surcroît à un premier étage sur rue. Bref, j'ai cru d'abord à une querelle d'amoureux et, je précise que bien que demoiselle, je n'ai rien contre les martingales de l'amour. Mais bientôt, certains éléments m'ont amené à penser qu'il s'agissait de bien autre chose.*

1. Adjoint au lieutenant de police du Duché de Château-Thierry, terre du très haut et puissant seigneur de Bouillon.

*« Je relate les événements comme je les ai vus et entendus. Alertée donc, par un vacarme inaccoutumé, je me suis tapie derrière ma croisée que je tiens toujours légèrement entr'ouverte, rapport à ma santé... C'est que, voyez-vous, j'ai les bronches fragiles et l'on m'a recommandé, je veux dire la Faculté, de beaucoup respirer. Ma pauvre mère étant déjà partie de la poitrine...*

*« Je reprends... Quatre maisons en face de la mienne, peut-être cinq, mais pas plus, j'ai pu voir une grande silhouette revêtue d'une cape noire ... À vrai dire, je ne voudrais pas vous induire en erreur et je ne saurais dire si la cape (qui était d'ailleurs plutôt un domino) était noire ou bleue. Pourtant, je suis de la partie et ce sont des subtilités que je possède. D'habitude, je n'ai pas mon pareil pour réussir un chatoiement de couleur, mais il faut vous dire qu'à cette heure, il faisait nuit, naturellement... Qui plus est, la lune était cachée par les nuages... C'était comme si le ciel se faisait complice du désordre.*

*« Bref, l'Homme au Domino (je l'appellerai comme cela dorénavant) tambourinait sur une porte, que je jurerais, à la réflexion, être celle du sieur Antoine Poignant, un fort bel homme, au demeurant, dont, un temps, je me suis occupée du linge. L'inconnu, pardon l'Homme au Domino, avait l'air très énervé. De loin, on aurait juré un de ces bons à rien violents et malfaisants qui devrait être immédiatement arrêté par la maréchaussée. Il criait sans se soucier du voisinage :*

*« "Sors de ton terrier, infâme pourceau, vermine, face de rat !"*

*« Peut-être y avait-il d'autres insultes, mais je n'ai pas l'âme vicieuse et je ne les aurais pas retenues pour les avoir juste cette fois entendues.*

*« "Il est l'heure !" cria-t-il encore avec une voix de stentor qui fit presque trembler mes vitres. Brutalement, alors que je*

*me signais, on entendit des hurlements de chats qui se battaient. Puis plus rien... Un frisson me parcourut tout le dos. Le dangereux inconnu, pardon l'Homme au Domino, frappa de plus belle :*

*« "Aurais-tu peur ?!" hurlait-il à présent. Il beuglait comme un forcené !*

*« À ce moment, comme par effet d'illusion, un autre homme apparut soudain sur le seuil. À certains détails, je réaffirme que je suis certaine qu'il s'agissait du Sieur Poignant... Du Sieur Antoine Poignant... Voyez-vous dans mon métier, on n'oublie pas une silhouette que l'on a eu à patronner... Bref, il parlait plus bas et je dus tendre l'oreille pour reconstituer toute la conversation que je vais vous rapporter, aussi fidèlement que possible :*

*« — Le Sieur Poignant : Tu veux réveiller tout le quartier. Entre !*

*« — L'Homme au Domino : Il ne saurait en être question. Nous avons d'abord un compte à régler !*

*« — Le Sieur Poignant : Je t'attendais...*

*« — L'Homme au Domino : Quoi que vous ayez à dire, mon épée saura vous répondre.*

*« Curieusement, le Sieur Poignant tutoyait l'Homme au Domino, alors que l'Homme au Domino le voussoyait. Intérieurement, je me suis tout de suite dit que ces deux-là se connaissaient, néanmoins... Mais l'autre quidam, je veux dire l'Homme au Domino, n'a jamais eu recours à mes services, ça je pourrais presque le jurer. Curieusement encore, j'ai noté que le Sieur Poignant tendit alors une main qui resta dans le vide...*

*« Je reprends la suite de la conversation :*

*« — Le Sieur Poignant : Sache que je t'ai cherché hier au soir pour m'expliquer.*

*« — L'Homme au Domino : Eh bien, vous m'avez trouvé.*

*« Mon Dieu ! Il avait une voix si terrible que j'en tremble encore.*

*« — Entre, je te dis !*

*« Le Sieur Poignant l'attrapa alors par le bras et le tira à l'intérieur.*

*« Plus morte que vive, j'attrapais un calicot. C'est que les nuits sont fraîches en cette saison. Je dus attendre encore dix bonnes minutes avant de voir ressortir ensemble, le Sieur Poignant et l'Homme au Domino, l'air cruel et décidé. C'était terrible, Monsieur !*

*« C'est tout ce que je sais, mais c'est bien assez. Je suis venue ici pour me plaindre car je souhaite que la nuit des honnêtes gens cesse d'être perturbée.*

*« En effet, si je me suis installée au Faubourg Saint-Martin, le quartier le plus élégant de notre bonne ville de Château-Thierry, c'est non seulement pour me retrouver au cœur d'une clientèle choisie qui me fait confiance et m'apprécie mais également pour y trouver sécurité et tranquillité.*

*« J'ajouterai que payant près de deux pistoles le mois pour trois pièces exiguës, j'estime avoir le droit, moi et mon sommeil, d'être respectée. Si de tels événements venaient à se reproduire, ce sont les loyers de tout un quartier qui risqueraient de s'effondrer.*

*« Je suis désolée d'avoir eu à citer et à reconnaître le Sieur Antoine Poignant comme l'un des tenants de cette sinistre affaire. Qu'il soit bien persuadé que cela ne concerne en rien le fait qu'il ait cessé d'avoir eu recours à ma pratique et me doive toujours 1 écu et 8 sols... Hormis les intérêts.*

*« Relu et certifié exact :*

*« Pierre Gribeauval*

*« Javotte Mongin.*

*« Post-scriptum : Relecture faite, la demoiselle Javotte Mongin tient à préciser qu'elle n'est pas couturière en chambre, comme indiqué en haut de ce procès-verbal, mais couturière à domicile. »*

*

Tout avait été très vite. Jean (on aura reconnu « *le dangereux inconnu, pardon l'Homme au Domino* ») avait effectivement tiré Poignant de son lit, au beau milieu de la nuit. Après quelques palabres, à 4 h 15, les deux hommes passaient donc sous les fenêtres de la demoiselle Mongin et se retrouvaient sur le terrain vague, juste derrière l'église Saint-Crépin. En chemin, Poignant avait tout tenté pour éviter de sortir l'épée, mais Jean, d'habitude si accommodant, s'était montré curieusement inflexible.

— Je n'y peux rien... C'est ainsi...

Cette simple phrase lui donnait réponse à tout. On aurait cru qu'il lui fallait absolument et brutalement laver son honneur d'une faute ignominieuse. En fait, la vérité était plus simple. Sans se demander vraiment pourquoi, Jean s'entendait parler avec un plaisir certain. Il était tout à la fois très éveillé et très fatigué, traversant un état second dans lequel il n'était pas désagréable de naviguer. Cette lune à demi cachée, ce pavé luisant qu'il venait de quitter, ce domino même qui lui recouvrait les épaules... Pour peu, il se serait cru sur un campo de Venise, à deux pas de la Scuola San Rocco où Titien...

Poignant insista une fois encore :

— Nous n'allons pas nous battre !

— Et pourquoi donc, Monsieur ?

Jean le regarda droit dans les yeux. Poignant hésita, tiqua même et finit par marmonner :

— Je reconnais tous mes torts et je te demande de m'excuser.

Jean se redressa et secoua négativement la tête :

— C'est impossible. Il est trop tard ! Ce duel doit avoir lieu. C'est ce que le public réclame !

Une oreille avertie aurait alors immédiatement compris que, chez Jean, régnait, à l'instant, une certaine confusion d'esprit. Poignant était trop perturbé pour s'en rendre compte. Il poussa un long soupir :

— Jean, écoute-moi, pour une fois. La partie n'est pas égale. Je suis capitaine des dragons du roi et toi tu ne sais tenir que la plume. Ne vois-tu pas qu'en m'excusant c'est toi que j'essaie d'épargner ?

Sourd à l'avertissement, Jean se découvrit pour saluer. Même dans les pires moments, les sursauts d'éducation permettent de se rassurer sur la solidité de ses origines et donc sur sa probable pérennité.

Poignant secoua la tête. Il regarda Jean un instant et s'approcha de lui.

C'est alors qu'il dit :

— En plus, tu pues l'alcool.

Jean tira sa lame :

— Vous excusez-vous ou cherchez-vous encore à m'insulter ? Toutes les conditions d'un engagement ne sont-elles pas régulièrement réunies ?

Il se retourna alors vers les deux hommes qui se tenaient également sur le pré, deux témoins de fortune que Jean avait pris soin de rameuter. Le premier, un certain Baudinoye, était un gros particulier fort bourgeoisement habillé avec chausses, gilet et cravate lavallière. Étant notaire à La Ferté-Milon, il offrait toutes les garanties de sérieux pour semblable affaire. Le second, qui se tenait légèrement en retrait, s'appelait d'Olivet, ou quelque chose de semblable manière. À vrai dire, ce n'était pas cela qui retenait l'attention, mais bien l'ensemble de sa personne. Au premier coup d'œil, il ressemblait à un de ces petits confesseurs de marquises, avec ses cheveux poudrés, ses joues rouges et son surplis, mais là ne s'arrêtait pas l'impression. Curieusement, vous vous sentiez presque obligé de mieux l'observer, et alors il était presque impossible d'oublier ses petits yeux noirs qui semblaient vous saisir en un instant, vous laissant le sentiment désagréable qu'il jugeait bien plus sévèrement qu'il ne voulait le laisser paraître. Cela mis à part, majeur et responsable, l'abbé semblait lui aussi réunir toutes les conditions moralement et légalement requises. Inutile de chercher à savoir où Jean avait rencontré les deux hommes. Puisqu'il insistait, Poignant devait s'exécuter, même si le terme semblait, pour cette fois, curieusement mal adapté. Jean sembla en avoir une seconde la conscience alors que la cloche venait de sonner la demie. Il se trouvait ici, juste à côté de l'église où il avait poussé ses premiers cris, à deux pas du cimetière où, quoi qu'il arrive, il devrait finir enseveli. Et pour témoins qu'avait-il choisi : un petit curé glaçant et un testamenteur bonhomme.

Fallait-il y voir un double signe ?

Malgré lui, Jean avait toujours été un peu superstitieux. Il fouetta l'air de son épée pour chasser cette sombre pensée et s'exclama :

— En garde !

*

— Eh bien, voilà... Tu l'auras voulu. Comme cela, tu seras enfin satisfait !

Poignant passa en tierce puis contra en quarte. Sa lame fendit l'air comme l'éclair. L'épée de La Fontaine lui quitta brutalement la main. Il la vit s'envoler comme par enchantement et retomber légèrement sur le sol dans un bruit cristallin.

— Mon Dieu, que je me sens vivant..., fut la seule phrase qu'il fut capable d'articuler.

Poignant se retourna alors vers les deux témoins avec un air menaçant.

— À qui le tour ?

Les deux compères se regardèrent un moment, presque hésitants, puis s'enfuirent sans demander leur reste. Leur départ sembla mettre fin à une sombre farce. Jean se jeta alors dans les bras de son ami. Il était comme soudain dégrisé :

— Mon Dieu, dit-il encore, que je suis content qu'aucun de nous deux n'ait été blessé !

À ce moment, une deux, trois puis quatre gouttes de sang tombèrent sur le sol mouillé. Jean regarda sa main, l'un de ses doigts avait été entaillé par la lame de l'épée. Yvonne avait donc raison ! Du rouge, du rouge sur le pavé ! Jean blanchit soudainement, entendit des cloches puis plus rien... Quand il rouvrit les yeux, Poignant le tenait dans ses bras :

— Ce n'est rien. Une éraflure... Pas plus grave qu'une entaille que tu te serais faite en coupant du pain.

Jean retrouvait doucement des couleurs :

— Es-tu sûr ? Peut-être est-ce par ce doigt que la main me tient au bras ? C'est que, vois-tu, je n'entends rien à ces choses-là !

Poignant lui entoura l'index d'un mouchoir :

— Je croyais au contraire que tu t'y entendais fort bien...

— Je m'y connais en herbes, il est vrai, et je touche à la médecine. Mais là, c'est de la chirurgie et j'y suis novice...

Poignant secoua la tête :

— En une semaine, une quinzaine en plus, il n'y paraîtra plus...

Jean regarda le bandage rougi :

— Tu me rassures. Mort, je n'aurais pu me pleurer et je ne me serais jamais remis de t'avoir expédié... Mais c'est bien plus à l'annulaire que tu aurais dû me blesser !

À ce sous-entendu, Poignant se renfrogna. Jean poursuivit, mais cette fois, comme l'on fait avec un ami :

— C'est que vois-tu, je me suis renseigné. Hier au soir, j'ai été un peu partout. Et c'est bien vrai que l'on se moque de moi, à cause de toi et ma femme.

Poignant ramassa son épée et la lui tendit.

— Sincèrement, je ne croyais pas t'offenser. Chacun sait que Marie et toi avez vos libertés. Tu étais parti pour Paris et je ne te savais pas rentré. Mais je n'irai plus chez toi si cela doit te causer de pareilles inquiétudes !

Jean le prit aussitôt dans ses bras :

— Surtout n'en fais rien ! Maintenant que j'ai satisfait mon public, je veux que ma maison soit la tienne et que tu y viennes tous les jours.

— Le crois-tu vraiment ?

Poignant hésitait encore sur la réalité de ses sentiments. Jean se moquait-il de lui ? Était-il sincère ou cherchait-il encore à l'éprouver ? Son empressement acheva de le convaincre de son ingénuité :

— Non, reviens, je t'en prie. Cela me fera plaisir ! Cela contentera Marie... Et d'ailleurs, s'il en était autrement, je sais qu'elle ne me le pardonnerait pas.

Comme Poignant semblait hésiter encore, Jean rajouta, alors qu'ils avaient rejoint la rue :

— Crois-moi, j'ai la Muse jalouse, et mon amour de la tranquillité me la fait préférer heureuse...

Au même moment, il fut pris encore d'une sorte d'évanouissement. Brusquement, la tête lui tournait, ses yeux semblaient vouloir lui sortir des orbites, ses jambes flageolaient, et si Poignant ne l'avait pas hardiment soutenu, Jean aurait sans doute cogné contre le pavé. Il s'accrocha à son bras :

— Merci, mon ami. Tu vois bien que je ne saurais me passer de toi.

— Veux-tu que je te raccompagne ?

Poignant s'inquiétait de la pâleur de Jean. Jean s'employa à le tranquilliser :

— Surtout n'en fais rien ! Le soleil se lève déjà, et après la nuit que je viens de passer, je crois que j'ai besoin de marcher. Rentre chez toi. Si tu en venais à trop me sauver, je pourrais finir par t'en vouloir vraiment, avec cette fois une bien bonne raison. Contrairement à ce que croient tous les sots, la reconnaissance est un fardeau trop lourd à porter et brouille plus certainement deux amis que de l'argent emprunté. Je vais tourner à droite dans cette venelle et toi tu vas gentiment t'en retourner par là.

Jean lui montrait le chemin exactement opposé.

Poignant haussa les épaules mais ne chercha pas à discuter plus avant :

— Comme tu voudras !

Il prit Jean et le serra dans ses bras. Après quelques instants d'effusion, Jean releva la tête, un léger sourire aux lèvres :

— Ah, juste une chose ou plutôt un service que j'ai à te demander...

— Dis-moi, je t'écoute...

Alors, tout bas, Jean confia à son ami, car Poignant en était un, ce qu'il attendait de lui. Le capitaine des dragons simula un humoristique garde-à-vous :

— Il en sera fait à ta guise. Mais je crois, décidément, que vous êtes une famille de fous.

# Chapitre 3

Alors qu'il avançait dans la ville encore endormie, Jean commençait à entrevoir différemment les événements de la nuit. Décidément, sa tête lui faisait horriblement mal, toujours plus mal, mais des images lui revenaient comme des vagues se jetant sur la grève. De petites vaguelettes d'abord, puis de plus franches envolées...

Certaines scènes lui semblèrent d'abord un peu curieuses, comme celle de cette femme très ronde et dépoitraillée, chantant à tue-tête « Richard, oh mon roi » qui, comme chacun sait, servit de ralliement aux partisans du défunt Henri le quatrième, le souverain bien-aimé.

Plus étonnant encore fut le tableau du sévère Baudinoye, le notaire, déculotté, se faisant fesser par le petit abbé, en poussant des petits cris de plaisir que l'homme à la soutane semblait savoir moduler avec un parfait doigté.

Puis apparurent des cartes, des rois de coupe, des valets de bâton, des dix de trèfle, des dames de cœur... Jean eut soudain un sentiment exacerbé, un sentiment étrange fait de crainte et d'excitation, un sentiment de vie intense avec un arrière-goût de mort bien plus prononcé que ce qu'il venait de vivre sur le pré...

Oui, c'était cela !

Cette fois, il en était sûr...

Jean se souvenait maintenant de tout ou de presque tout...

Après avoir fait son enquête dans plusieurs quartiers de la ville, après avoir écouté, espionné, questionné pour savoir ce qui se racontait sur son ménage, après avoir bu par convivialité, ses pas l'avaient naturellement conduit chez Nana la Rigoleuse. De son vrai nom, Veronica Salmi, Nana était une splendide Italienne qui, après avoir vécu de ses charmes généreux, avait ouvert un petit commerce dans le bas de la ville, une auberge assez particulière qu'elle entretenait avec des jalousies de ménagère. Au « Lion d'Or » (comme toute bonne putain, Veronica aimait la tradition et avait gardé l'enseigne des anciens propriétaires) que les habitués appelaient plus couramment avec un brin d'ironie « Le Lit où l'on d'or », on pouvait trouver tout ce que l'Église interdisait, ce que la morale réprouvait ou que vos voisins condamnaient... En un mot, tout ce dont tout un chacun rêvait plus ou moins secrètement : des cartes, de l'alcool et des femmes. Veronica garantissait l'honnêteté de ses tables, la pureté de ses vins et la propreté de ses pensionnaires avec le sérieux d'une révérende mère. Jean s'était pourtant bien juré de n'y jamais retourner car on y jouait gros jeu, trop gros jeu.

Instinctivement, il fouilla ses poches : il ne lui restait pas un sou. Une chose était claire : il n'avait pas gagné. Heureusement, Veronica qui était bonne fille intervenait toujours pour limiter le désastre, en fonction des revenus de chacun. Certains y voyaient un acte de bonté, de charité même, qui prouvait que Dieu se trouvait partout pour ceux qui savaient l'y voir ; d'autres soupçonnaient l'accueillante tenancière d'un solide sens commercial, d'une âpreté au gain qui ne lui faisait rien risquer et la protégeait d'un scandale qui l'aurait amenée à devoir fermer.

Combien Jean avait laissé filé cette fois ? La nuit avait-elle été deux fois blanche ou s'était-il endetté, une fois de plus ?

Il l'ignorait encore...

*

Rossinante était là qui l'attendait sagement, attachée à l'un des anneaux qui ornaient le mur d'entrée. Jean l'aurait presque embrassée.

On aura compris que Jean était un fervent admirateur de Cervantès, et il l'était sans conteste, tout comme il aimait Shakespeare, Dante, Honoré d'Urfé et tous les zélateurs de l'amour. Son cheval avait donc un nom tout trouvé, et à ceux qui lui faisaient remarquer que c'était curieux d'affubler un mâle d'un nom féminin, il répliquait aussitôt, bouchant les oreilles de sa monture :

— Par saint Crépin, taisez-vous donc, malheureux !

Puis baissant la voix :

— Il n'en sait rien... Ne me l'allez pas vexer ...

Et de vous expliquer que les bizarreries de la nature devaient céder le pas à l'exigence littéraire. D'ailleurs, si l'on voulait continuer à le contrer, à le braver, à l'affronter, à le défier, à le provoquer, à le narguer, pire, à l'embrouiller, voire à l'offenser, Jean ne manquait pas d'arguments, repoussant la frontière des sexes d'un revers de main hautain.

Son cheval était de couleur jaune paille, n'est-ce pas ?

Et comment désignait-on ce brun clair, si délicat, en France ou dans toutes les Espagnes ?

Comment, je vous le demande ?

Isabelle, la couleur isabelle et rien de moins !

Alors prétendre que son cheval était isabelle pour lui refuser le doux nom de Rossinante devenait soudain si mesquin qu'il valait mieux briser là et ne pas chercher à s'aventurer plus loin...

Discutait-on toujours ?

Très bien ! Isabelle... Savait-on quelle était l'origine de cette appellation ? C'était bien beau de vouloir faire l'esprit fort, encore fallait-il être certain de ne pas avoir tort... Seulement voilà, maintenant on bredouillait, pis encore, on se taisait ! La vérité était que si l'on connaissait un peu l'histoire, on serait plus tolérant à la variation des choses. Isabelle, donc, était reine de Castille et d'Aragon. On la connaissait encore sous d'autres dénominations : Isabelle la Catholique, Isabelle la Conquérante, car elle fut aussi la protectrice de Christophe Colomb.

Attendez et suivez la suite de la démonstration.

Isabelle, donc, mit un jour le siège devant Grenade, ayant décidé un matin de chasser les derniers musulmans de son royaume très-chrétien. Mais voilà que Baobdil, l'émir assiégé, résista plus qu'on ne l'avait espéré. C'est alors que la reine fit le vœu de ne pas se changer que la ville ne soit tombée. Peu à peu la chemise d'Isabelle prit cette couleur curieuse qui rappelle un peu la crème tournée, ce beau jaune paille dont nous avons parlé et qui de Rossinante faisait la fierté.

Voilà, voilà la vérité, la vérité qu'on ne pouvait contester ! Alors permettez qu'avec une telle marraine l'on s'autorise une certaine liberté. Dès lors, continuer de s'offusquer parce que l'on donnait à une fille le nom d'un garçon... Pardon, à un garçon, le nom d'une fille... ne ressemblait plus à rien, cela fleurait même le contresens, la méprise, l'égarement, le fourvoiement, l'errement, plus grave, cela fleurait le paradoxe, sentait la fausseté à plein nez ! Voilà comment, en quelques mots, Jean mettait fin au quiproquo.

Mais ce point d'intérêt (capital) ne doit pas nous détourner de l'essentiel.

Revenons au « Lion d'Or »...

À cette heure matinale, la porte était fermée et tout le monde dormait encore dans la maisonnée encore plus close qu'à l'accoutumée. Pourtant, Jean n'avait plus de doute, il avait perdu... Il avait perdu au trictrac puis au piquet... Il le revoyait clairement maintenant... Mais de combien était-il redevable, ça il l'ignorait, il l'ignorait toujours... Il se revoyait bien signer un billet à ordre, mais les chiffres restaient dans le flou... Là était-ce un zéro ou un huit, et plus loin une virgule ou un point ? Impossible de fixer plus nettement la lunette du souvenir... Une seule certitude, Veronica avait dû veiller à ce que ses pertes ne dépassent pas un mois de rentrée, suivant ses préceptes plus haut énoncés... Jean fit un rapide calcul... Sa charge de Maître des Eaux et Forêts lui rapportant 375 livres, il ne pouvait en être de plus de quarante pistoles... Pour le savoir avec précision, il lui faudrait attendre jusqu'au lever du jour et peut-être même un peu plus car les dames de la nuit ne se levaient guère avant midi. La Trinité était trop loin pour qu'il ait encore le courage d'y rentrer. Il songea un instant à retourner chez Poignant. Mais, à la réflexion, si cela ne le dérangeait pas que sa femme ait un amant, il trouvait inconvenant de lui demander asile pour le reste de la nuit. Il fallait protéger une réputation, non pas la sienne mais celle de l'ami. En effet, que dirait-on d'un homme qui lutine la femme et couche avec le mari ? Jean serra donc sa cape contre lui et s'assit sur l'escalier de pierre qui menait à la grande porte. Bientôt, les émotions et les fatigues en tout genre eurent raison de lui.

*

— Maître Jean, Maître Jean ! Réveillez-vous.

Jean ouvrit péniblement un œil puis le second. Il avait la pénible impression d'avoir été roué de coups, passé à la moulinette, haché menu, battu avec des verges de pierre, entretenu toute la nuit par dix bavards qui parlaient autant de langues pour mieux se contredire. Devant lui, dans un jet de lumière acide, il reconnut le petit Balthazar qui travaillait aux écuries du Relais de Poste.

— C'est Dame Ermeline qui m'envoie vous chercher... Réveillez-vous, Maître Jean !

Comme à son habitude après une nuit agitée, Jean réussit à se rassembler en un instant. Il savait (ou tout du moins croyait savoir) déguiser sa voix et se donner l'air assuré d'un homme que rien ne peut plus étonner. Ceux qui ont déjà vécu semblable aventure reconnaîtront ce sentiment indescriptible et fort désagréable où l'on se sent souple comme une machine automate qui tente de se remonter.

— Que dis-tu, gamin ?

— Une lettre est arrivée...

*

— Du courrier de Reims...

Dame Ermeline lui tendit un pli cacheté et remarqua soudain la poupée ensanglantée que Jean avait au doigt.

— Mais vous êtes blessé...

— Ce n'est rien, donnez !

Dame Ermeline réprima une moue de mécontentement devant le peu de gratitude que Jean semblait prêt à lui manifester. Après tout, elle n'était pas obligée de s'inquiéter, parce que, à vrai dire, elle s'en moquait bien que Jean eût le doigt entaillé. Il pouvait même se le faire couper se dit-elle à elle-même. Autrefois, les gens étaient plus aimables, tout de même... Mais tout aussitôt, dès qu'elle vit le pli décacheté, Dame Ermeline ne put freiner davantage son accorte nature.

Elle s'empressa de demander, avec la mine gourmande :

— Qu'est-ce que c'est ?

Puis, marquant un temps, impatientée :

— C'est peut-être ce que vous attendiez ?

Jean ne répondit pas. Comme tous ceux dévorés par la curiosité, Dame Ermeline en oubliait les choses les plus évidentes. Si Jean attendait une lettre de Paris, il eût fallu qu'elle eût vraiment envie de voyager pour revenir par la ville, siège de l'Archevêché. Mais Dame Ermeline vivait dans l'instant. Elle ignorait ces subtilités-là. Jean attendait une lettre. Une lettre arrivait. La relation était faite.

Sentant une présence qui tentait de voir par-dessus son épaule, Jean fit quelques pas et tenta de se concentrer. Ce n'était pas la signature de Pinchêne, mais celle d'Henri, marquis de Sorel, qui lui écrivait à peu près en ces termes :

*« Cher ami,*

*« Je viens d'acquérir quelques planches botaniques et ornithologiques auxquelles vous pourriez trouver, je crois, le plus vif intérêt. J'ajouterai que je vous tends ce piège pour vous attirer car j'ai grand besoin d'un esprit éclairé pour certains classements dans lesquels je pense que vous pourrez m'aider.*

*« Je connais vos obligations et vos engagements, aussi pour vous dédommager de votre temps me suis-je permis de vous joindre un effet que vous pourrez facilement échanger.*

*« Croyez, cher Jean, que je vous suis déjà redevable.*

*« Fidèlement, vôtre... »*

Le marquis avait joint à son mot une lettre de crédit pour un montant de... quatre cents livres.

— Bonne nouvelle ?

Dame Ermeline avait compris la leçon, opérant un repli stratégique. Elle posa la question, l'œil en coin, avec la discrétion habile de celle qui ne se renseignait que par politesse, au milieu de ses mille autres activités. Et à la seconde, mon Dieu, qu'elle avait l'air occupé !

— Sans doute...

Jean lui répondit laconiquement, perdu dans ses pensées... Quatre cents livres, un voyage improvisé, une excitation pour l'esprit... En l'occurrence, c'était bien plus qu'il en aurait pu espérer, il y a cinq minutes encore. Voilà qui était peut-être providentiel, la seule chose à laquelle il n'aurait pas pu songer...

Marie, mieux vaudrait pour l'instant l'éviter...

Et pour les affaires courantes de son office, Guvin son adjoint serait trop heureux de s'en charger...

*

Jean grimpa quatre à quatre l'escalier à vis de la tour carrée et entra dans son petit bureau. Il y avait là très peu de choses : devant la fenêtre, une table lisse avec ses quatre pattes qui lui donnaient l'air de pouvoir avancer sur le sol penché ; un fauteuil qui datait du dernier Louis, le fauteuil du père, celui-là même que Marie avait remisé avec « tout un tas de vieilleries », et partout des livres, encore et toujours des livres, singulière richesse pour un homme à peu près ruiné. Presque malgré lui, Jean fut tenté d'en saisir un, mais il résista à temps. Il ouvrit le grand coffre de bois où il gardait pêle-mêle une série de vêtements qui lui permettaient d'aller et venir tout à sa guise. Il en avait pris l'habitude depuis qu'une fois Marie lui avait fermé la porte de ses appartements pour une quinzaine. On peut vivre quinze jours sans sa femme, plus certainement encore quinze jours avec la même femme, mais plus difficilement deux semaines avec la même culotte, croyez-en un homme qui en fit la cruelle expérience.

Jean se changea rapidement et attrapa quelques hardes qu'il jeta dans un sac de voyage... Ah, il allait oublier son herbier... Il revint, l'attrapa prestement puis redescendit avec dextérité.

Maintenant, il longeait les murs du bâtiment et passait devant le corps de logis, en prenant garde de ne pas réveiller les chiens qui paressaient dans l'entrée... car il y avait aussi Mic et Mac, les deux épagneuls bretons dont très injustement nous avons oublié de parler. Précisons qu'ils étaient fort affectueux, ce qui suffit à les camper dans cette première aventure où, comme on s'en rendra compte, leur rôle fut des plus limités [1].

Jean passait donc le plus discrètement possible pour n'être point repéré. Pourtant, soudain il leva la tête et failli pousser un cri...

Ainsi, elle avait dormi la doucereuse tigresse !

Oh bien sûr, elle prétendrait le contraire, jurant qu'elle n'avait pas fermé l'œil de la nuit, qu'elle n'avait pu trouver le sommeil qui, à force de lutte, l'avait prise par surprise dans l'aube blanchie... Puis, brusquement, revenant doucement à la conscience en quittant les bras de Morphée, Marie voudrait rectifier la parade, passant subitement à l'attaque. Jean entendait déjà la longue litanie :

---

1. *N.d.É.* : Dans d'autres manuscrits, on retrouve bien les chiens Mic et Mac dont l'orthographe varie parfois. On trouve ainsi « Mique » et « Maque ». Comme jusqu'à présent aucune des recherches entreprises par M. Marcel Rémy ou le Pr Tessier n'ont permis de définir avec plus de précision l'origine étymologique de ces deux patronymes, nous retenons ici l'orthographe la plus courante.

Comment Jean avait-il osé !

Elle était morte d'inquiétude !

Un duel pour de vrai ?

Marie avait-elle épousé un homme fait pour le voir se conduire de façon si puérile ?

Et encore, Jean savait qu'il était bien en dessous de la réalité et que sa femme saurait trouver avec une délicieuse naïveté plus de dix arguments auxquels il n'aurait pas pensé... En moins de dix minutes, la situation serait assez embrouillée pour fournir à un plaideur un dossier de dix années...

Une seule chose restait cependant certaine : au premier étage, les volets de l'appartement de Marie étaient bel et bien fermés...

Plus curieusement, Yvonne n'était pas encore dans la cuisine. Elle devait être à matines...

Tant mieux, soupira Jean ! C'était à Toine qu'il voulait parler, lui seul saurait tenir sa langue. Il frappa à la porte de bois qui fermait ses « quartiers », comme le vieux militaire aimait à les appeler. Il s'agissait en fait de deux grandes pièces blanchies à la chaux, à la droite des écuries et donnant tout à la fois sur la cour et le potager.

— Toine... Toine...

Au bout de quelques minutes, Toine finit par ouvrir un battant qui le découvrait jusqu'à la taille. Lui qui dormait toujours entièrement nu et n'avait pas la pudeur assidue s'était remis en chemise, comme si soudain il avait quelque chose à cacher. Passons, se dit Jean. Si d'habitude il aimait relever ce genre de singularité, ce matin il était trop pressé pour se livrer à ces petits exercices.

— J'avais raison de ne pas m'inquiéter. Je savais bien qu'il reviendrait entier...

Toine masquait mal son émotion. Du menton, il avisa la main bandée :

— Voilà un brave ! Je le savais...

Il parlait si fort que Jean dut lui demander de baisser d'un ton...

— Voyons qu'est-ce qui te prend de crier de cette façon ? Veux-tu ameuter tous les environs ?

Toine se racla la gorge et continua trois mesures plus bas :

— Qu'est-ce qu'y veut ?

Notons qu'ayant eu l'habitude de commander et devant maintenant servir, Toine en avait retiré certaines particularités de langage qui venaient compléter ses légendaires morales et proverbes. Ainsi s'adressait-il toujours à Jean à la troisième personne, manifestant à sa manière une sorte de respect à un civil qui lui était supérieur en autorité sans avoir un grade préalablement défini. « Il » situait donc Jean quelque part dans une hiérarchie invisible, sans lui donner la totale et absolue légitimité d'un uniforme chamarré. Il en résultait souvent une impression cocasse. Dans les premiers temps, quand Toine lui parlait, Jean se retournait pour voir à qui le discours s'adressait. Maintenant, il en avait pris l'habitude et le décodait sans même avoir à y penser.

— Je m'absente pour quelque temps.

Il lui tendit la lettre de change :

— Voici un billet que tu n'utiliseras qu'en cas d'extrême nécessité.

Toine pris le papier sans le regarder et continua, comme s'il était habitué à la consigne :

— Saisie des meubles, vente à l'encan, ou si vot'dame se montrait très énervée...

— Très, très, très énervée... Je compte sur toi pour ne pas brader un crédit que je préférerais ne pas utiliser. En cas d'urgence, mais toi seul es dans la confidence, je serai au château de Sorel où le marquis m'appelle.

Au moment où Jean finissait sa phrase, il aperçut la silhouette d'Yvonne qui se reflétait dans le carreau de la fenêtre... C'était donc cela ! Cassandre avait voulu se faire consoler ! Voilà pourquoi Toine parlait si fort... pour rassurer Yvonne. Jean aurait bien voulu l'embrasser, les embrasser tous les deux d'ailleurs, mais il aurait dû alors démasquer la supercherie... Il n'en avait ni le cœur ni l'envie.

La cuisinière était en chemise et au lit, tremblante comme une couleuvre surprise par l'hiver. Son silence faisait un vacarme assourdissant. Maintenant qu'elle ne craignait plus la mort du Maître, il lui fallait un autre sujet d'inquiétude. En l'occurrence, elle se trouvait là à son affaire. On eût dit qu'elle cherchait le couteau qui lui aurait permis de se trancher la gorge avant d'être découverte, « déshonorée, entachée, salie, ternie, avilie », aurait-elle dit. Si sa femme était une « précieuse de province », comme il aimait à la moquer, sa cuisinière était, rappelons-le, une « tragique », assurément... Jean fit donc semblant de n'avoir rien vu. Cette nuit, Yvonne avait eu une de ses fameuses insomnies et tardait donc un peu à se lever pour rejoindre ses fournées... Chère Yvonne, elle au moins s'était assurément inquiétée, cherchant des bras vigoureux pour la réconforter. Depuis des années, Jean savait que le jardinier et la cuisinière repiquaient ensemble souvent bien autre chose que des racines en terre. Mais l'un et l'autre s'en cachaient farouchement, rencontrant sans doute dans ce mystère une manière d'érotisme fluctuant qui convenait aussi parfaitement à Jean.

N'allez pas croire qu'il y trouvait quelque sorte d'excitation, non mon Dieu, non... Il était juste assez sage pour savoir que, en leur laissant l'illusion du secret, il contribuait certes à leur bonheur, mais aussi plus certainement au sien. Car si parfois les deux amants se boudaient, s'ignoraient, s'invectivaient même, leurs disputes se devaient de rester souterraines, assurant, bon an mal an, la paix à l'office. Le monde irait bien mieux si l'on savait parfois, à bon escient, détourner le regard au lieu de vouloir toujours tout savoir, et ce n'était point un hasard si l'Amour, la Justice et la Fortune allaient tous trois de pair les yeux bandés.

Jean frappa sur l'épaule de Toine et ajouta en le quittant :

— Je compte sur toi pour veiller sur la maison. Tu connais Yvonne, tu connais Marie... Quand le chat n'est pas là, les souris dansent.

Sur ces mots, il retraversa la cour et enfourcha Rossinante. Ce n'est qu'après le porche, un peu plus loin sur le chemin de terre, qu'il s'arrêta un instant pour se retourner et jeter un dernier regard à la ferme fortifiée.

Les volets de Marie étaient toujours clos...

Jean opina du chef et reprit sa route, au petit trot. Finalement, il n'était pas mécontent du tour pris par les événements.

À vrai dire, il riait intérieurement...

Aujourd'hui, nous étions samedi. C'était le jour où « Madame de La Fontaine » devait recevoir son « Académie ». Il y aurait là, Pintrel, La Haye et d'autres poètes du cru, bref tout un salon où chacun s'illusionnait de rêver d'être reçu. À défaut de se trouver à Paris, il fallait bien avoir ses joies de province. Jean, lui-même, appréciait quelquefois la compagnie. Il s'y amusait en lançant toujours de nouveaux jeux. Récemment, il avait triomphé au « qui est qui », un divertissement auquel il s'était exercé avec un certain succès dans la nature. Puisqu'il lui arrivait d'imiter le cri de certains oiseaux sans utiliser d'appeau, il lui était venu l'idée de tenter de contrefaire la voix de ses semblables. Pintrel, qui lui semblait dans la sonorité du martin-pêcheur, fut son premier coup d'essai qui fut aussi un coup de maître : dans le noir, l'assemblée s'y était trompée...

Mais là n'était pas aujourd'hui notre cause. Marie allait payer cher le prix de sa nuit. Car voici ce que Jean avait demandé secrètement à Poignant :

— Si tu es vraiment mon ami, fais le mort tout un jour et encore toute une nuit. Ma chère femme te croira trépassé et se devra de prier, à genoux, pour tenter d'être pardonnée...

DEUXIÈME CAHIER

# Sorel

# Chapitre 4

Sorel était à trois heures de cheval, environ. Jean n'y avait été qu'une fois, il y a longtemps déjà, mais se souvenait du chemin comme si c'était hier.

*« C'était une belle route, pardon un beau voyage, un de ces trajets enchanteurs où le paysage est toujours renouvelé, donnant parfois l'impression de traverser trois pays avec des bottes de sept lieues. Par moments, on dominait la Marne que l'on apercevait à travers les hautes futaies, par d'autres on s'enfonçait dans des plaines lourdes d'épis qui ressemblaient à une chevelure les jours de grands vents et puis soudain, on ralentissait l'allure pour éviter les branches des arbres qui semblaient avoir surgi sans crier gare. »*

Plus prosaïquement, nous dirons que Jean avait contourné Chartèves, traversé la profonde forêt de Ris, dépassé Verneuil, Montigny puis Villers.

Là, traversant le Bois du Roi, il s'était dirigé vers Fleury-la-Rivière et empruntait maintenant un petit chemin ombragé qui deviendrait bientôt une allée cavalière. Tant de souvenirs lui revenaient en tête ou plutôt lui sautaient au visage. Il y avait vingt ans, non vingt-quatre... Vingt-cinq ans déjà ! Vingt-cinq ans, c'était incroyable... Vingt-cinq ans qu'il était venu ici avec son père pour être présenté au marquis qui se proposait d'être un de ses correspondants durant ses études à Paris ! Jean était alors un tout jeune homme, presque encore un adolescent qui se réjouissait de découvrir les arcanes de la vie...

Un oiseau s'envola brusquement, faisant frissonner les feuilles et les branches. Jean avait dû penser si fort qu'il s'en était effrayé.

Vingt-cinq ans, c'est vrai que cela avait de quoi faire peur... Quand il était au petit collège, un de ses maîtres de campagne, comme il aimait à les appeler, lui avait enseigné que Jules César avait gardé Vercingétorix six ans prisonnier avant de le faire étrangler. Six ans, c'était presque impossible, six ans, cela lui avait semblé aussi long que l'éternité puisque c'était exactement l'âge qu'il avait alors.

Vingt-cinq ans, donc, mieux valait n'y pas penser...

Oh, Jean ne se sentait pas vieux et il ne l'était pas, mais quand vingt-cinq nouvelles années se seront écoulées, il le serait assurément, et les vingt-cinq dernières étaient passées si vite que cela n'avait pas de quoi rassurer. Il revoyait Henri de Sorel, un homme dans la force de l'âge que tout semblait intéresser, les arts, les sciences, la musique...

À quoi ressemblerait-il aujourd'hui ?

C'était sur lui que Jean pourrait mesurer l'horreur du temps, non pas celui de l'âge dont il se moquait, mais bien celui du temps qui rétrécissait inexorablement l'horizon de chacun. Il repensa soudainement à cette phrase de Madame de Sévigné, la « Garcieuse », comme il aimait à l'appeler, utilisant de ces contractions dont il était familier, et Dieu sait que, dans ce cas, « Madame », comme il la nommait aussi, contractait merveilleusement et absolument ces deux inégales qualités ainsi résumées : c'était une garce gracieuse ou une gracieuse garce suivant l'angle où l'on voulait l'observer. N'ayant pas vu Madame du Plessis-Bellière depuis plus d'un an, après un exil forcé, la « Garcieuse » donc s'était écriée, après l'avoir raccompagnée avec mille civilités :

— Mon Dieu, c'était elle, c'était bien elle ! Quand je la vois, je me dis que je n'ai pas pu vieillir tant que cela ! Suis-je donc si proche de la mort ? Rassurez-moi ! Que l'on me donne vite mon miroir et un chocolat !

Dans la capitale, Jean et le marquis s'étaient en fait à peine croisés, mais Jean avait su se servir habilement du nom de Sorel pour s'ouvrir certaines portes et même pour impressionner. Le marquis le lui avait d'ailleurs préconisé avec un bon sourire, dès que son père avait eu le dos tourné :

— Je sais mon Paris sur le bout des doigts. À ton âge, tu y auras fort à faire ou je ne m'y connais pas. J'y côtoie beaucoup de monde... Madame de Rambouillet, Madame de Lenclos, Monsieur de Villarceaux, et tout ce qu'il y a de mieux dans le Marais. Je t'y introduirai si cela te plaît. Je te mènerai aussi chez ce fripon de Scarron. Le gredin te formera l'esprit. Si tu le souhaites enfin, je te ferai connaître Madame de Lorraine dont il peut être bon, utile, de se réclamer. Après cela, agis à ta guise, raconte ce qui te satisfait. Tu ne me verras jamais te contredire ou te démentir pourvu que tu ne viennes pas m'embarrasser.

Ce conseil, cet avertissement ou plutôt cet état de fait avait tout d'abord de quoi surprendre. Jean n'en avait rien dit à personne, pensant en son for intérieur que le marquis le prévenait d'avance de son peu d'intérêt pour un provincial à peine décrotté. Il le recevait pour agréer son père avec qui il avait été en affaire, mais rien de plus, rien de plus... Avec le temps, toujours lui, Jean changea d'avis et se rendit compte de la profonde sagesse de sa pensée. Un jeune homme n'avait rien à faire avec un adulte qui avait presque le double de son âge, et c'était par avance lui faciliter la tâche que de lui ôter l'espoir puis l'obligation de le fréquenter.

Peu à peu, sans devenir amis, Jean et le marquis avaient donc pu développer, grâce à cette liberté, des relations qui, sans être vraiment proches, n'en avaient pas moins une véritable sincérité ; des relations intellectuelles savamment préservées. Maintenant que l'un et l'autre étaient rentrés « au pays », comme l'on dit, ils s'étaient mis à converser sans jamais se rencontrer. Ainsi, quand ils s'étaient découvert une commune passion pour les choses de la nature, (car l'âge permit bientôt d'estomper certains fossés) avaient-ils commencé par correspondre et à s'échanger toutes les informations qu'ils avaient pu glaner... Près de deux cents lettres patiemment ou ardemment calligraphiées ; deux cents lettres où chacun commentait avec étonnement, satisfaction, colère parfois, les plus récentes merveilles de la science et les découvertes de nos marins au long cours. Il y était question de la gloire de Dieu, de l'habileté ou de la folie des hommes, de bien des choses en somme...

Ces derniers temps les nouvelles s'étaient estompées, non pas que les progrès de l'Humanité eussent été brutalement interrompus par quelque cataclysme, mais le marquis avait perdu sa femme puis s'était remarié. Jean avait continué d'écrire. Il s'était étonné de ne plus recevoir de réponse puis il avait accepté et compris. Finalement, c'était le retour à la philosophie même de leurs échanges premiers. Une femme à oublier, une autre à contenter, le marquis était désormais occupé ailleurs.

Jean pensait qu'il n'entendrait plus parler de lui, jusqu'à aujourd'hui...

*

À mi-vallon, au milieu d'une clairière, le vieux château se dressait toujours comme un chef-d'œuvre inachevé. Quatre tours de pierre et de briques le cernaient aux quatre côtés, mais entre elles, aucun des logis n'était entièrement terminé. Des douves profondes faisaient ressembler l'ensemble à une île végétale, posée là, oubliée, endormie ; une sorte de tapis volant comme on en imagine dans les contes persans et que seule une passerelle hardiment dressée dans le vide permettait de rejoindre. On ne savait s'il fallait attendre encore les ouvriers pour terminer le chantier, si ce que l'on voyait étaient des ruines miraculeusement préservées, des ruines que l'on aurait continué d'habiter, ou l'antre de quelque magicien qui s'amusait à construire, détruire et déplacer. Curieusement, à travers les bâtiments inachevés et les larges fenêtres qui se répondaient à l'opposé, le regard semblait pouvoir traverser les murs, donnant soudain à la composition un air de légèreté et de gaieté, presque inattendu dans ce décor de Rome saccagée.

Rossinante eut un mouvement de recul.

Tout comme la nature, le cheval avait horreur du vide. Jean lui caressa l'encolure, lui parla doucement, mais rien n'y fit. La monture refusait l'aventure. Il sauta alors à terre et marcha le premier en tenant la bride serrée. Ils s'engagèrent sur le petit pont, passèrent sous la grille armoriée et se dirigèrent vers ce qui semblait être l'entrée principale.

*

— Monsieur de La Fontaine, dites-vous... Je suis désolée, mais personne ne m'a informée...

Jean se tenait dans un grand salon aux murs boisés entièrement recouverts de panneaux peints, dans la plus pure tradition française de l'ancien roi. Il y avait été introduit par un domestique qui portait la livrée des Sorel, bleu, vert et or. Devant lui, une femme très belle... « Encore très belle », rectifia-t-il aussitôt avec ce réflexe cruel de ceux qui ont l'habitude de tout observer. À y mieux réfléchir, impitoyable serait plus juste car Jean, bien loin de juger, se bornait le plus souvent à simplement constater. La femme lui avait d'ailleurs été immédiatement sympathique malgré le peu de cas qu'elle semblait faire de son arrivée.

À peine avait-elle posé son ouvrage...

Jean pensa alors qu'il était venu sans même prendre la peine de répondre à la lettre du marquis. L'urgence de sa situation lui avait fait, une fois encore, oublier les conventions les plus élémentaires.

— C'est ma faute. Mais j'ai reçu une lettre ce matin... J'aurais dû vous prévenir. Je vois que, sans doute, je vous ai dérangée...

La femme le coupa, retrouvant le sourire :

— Que nenni ! Ne vous excusez pas et soyez le bienvenu. Puisque mon gendre vous veut, cette maison est la vôtre... D'ailleurs, soyez tout à fait tranquille, ici nous adorons la compagnie...

Comme Jean dut avoir l'air étonné, elle ajouta aussitôt, avec un pctit rire de gorge qui pouvait certainement toujours faire des ravages :

— Pardonnez-moi à votre tour. Je suis la comtesse Éléonore de Saint-François... La mère de Marie...

À ce moment précis, une porte s'ouvrit promptement. Une jeune fille fit irruption dans la pièce. Elle semblait avoir couru ou être bouleversée, peut-être les deux à la fois :

— Mère...

Elle s'interrompit immédiatement en voyant la présence d'un étranger.

Madame de Saint-François la regarda un instant avant de se retourner vers Jean :

— Voici justement ma fille dont je vous parlais à l'instant... La marquise de Sorel qui est cause de ma présence ici.

Puis se levant pour s'avancer gracieusement jusqu'à la marquise, elle ajouta :

— Ma chérie, voici un autre ami de ton mari...

Jean s'était avancé à son tour et prenait la main que la jeune femme lui tendait à baiser.

— Madame...

— Je suis ravie, Monsieur... Monsieur ?

— Jean, Jean de La Fontaine...

Ainsi donc, c'était elle... La nouvelle mariée... La cause de l'interruption de ses nombreux et passionnants échanges sur le fonctionnement du monde et l'origine des choses. Jean ne put s'empêcher de lui en vouloir un peu. À première vue, le marquis avait épousé une jouvencelle, mais, sur ce terrain encore, Jean n'avait aucune leçon à donner. Il s'amusa simplement d'une autre forme de correspondance, une correspondance dont Henri de Sorel et lui-même viendraient sans doute à parler. Tout de même qu'il avait immédiatement aimé, du moins apprécié, Madame de Saint-François, Jean ne se devinait aucune sympathie pour la marquise. Pourtant, c'était elle aussi une très belle femme, sans qu'aucun adverbe ne puisse encore venir en limiter la portée. Moins blonde que sa mère, plus pâle aussi, elle respirait peut-être moins la vie et davantage la passion, comme la décrivait Mademoiselle de Scudéry sur sa fameuse « Carte du Tendre ». Alors que Madame de Saint-François semblait être de celles qui savaient aimer dans le bonheur, sa fille traînait avec elle un je-ne-sais-quoi de bruyant et de violent qui peut fasciner les vieillards ou les très jeunes gens.

Jean eut comme une sorte de frisson.

C'était une impression étrange que ces immédiats ressentis, ces ressentis plus forts que soi où l'autre devait en silence parler au secret de votre âme. Invariablement, Jean aimait ou détestait avant le premier mot, avant la première phrase, tout comme, à l'opéra, il pouvait savoir si un chanteur tiendrait en scène avant même d'entendre le son de sa voix. Une façon de se poser, une façon de respirer et tout était dit... Il s'en défendait souvent, voulait se convaincre que cela était injuste, et pourtant...

Cette fois, Jean était bien certain de devoir faire un effort supplémentaire, laisser une chance à une marquise qui lui évoquait, il le savait, quelqu'un qu'il connaissait trop bien. Même prénom, même jeunesse, même flamme dans le regard... Incontestablement, Marie de Saint-François aujourd'hui marquise de Sorel le ramenait à une autre Marie, Marie Héricart, aujourd'hui épouse La Fontaine.

— Nous allons vous faire installer.

La voix scintillante de la comtesse le rappela immédiatement à la réalité. Visiblement, c'était elle qui tenait la maisonnée. Elle fit un signe au molosse en livrée :

— Loïc va monter votre bagage.

Jean se rendit compte que durant tout ce temps le laquais était resté derrière lui, immobile, attendant les ordres pour savoir s'il fallait le jeter dehors ou l'aider à s'installer. Il eût fait l'un ou l'autre avec la même indifférence et la même impassibilité.

La comtesse se déplaça dans un nuage de violette et d'iris... À n'en pas douter, cette femme avait l'air de la

Cour, et elle savait soigneusement dissimuler des petits sacs de parfum dans ses vertugadins.

— Nous avons déjà un invité. Vous serez son voisin... Cela ne vous dérange pas, j'espère. Mais vu la configuration du château, il vaut mieux se regrouper si l'on veut pouvoir convenablement se chauffer. C'est affreux, mais ici j'ai toujours froid.

Comme si elle avait devancé la phrase de sa mère, la marquise s'était dirigée vers la cheminée :

— Mon mari est dans le parc, nous allons le faire prévenir.

Jean l'arrêta aussitôt :

— N'en faites rien. Après une bonne chevauchée, rien ne vaut de marcher un peu pour se dégourdir les jambes. J'irai à sa rencontre si vous le permettez.

La marquise fit un petit signe de tête. La comtesse lui lança un regard en coin et précisa :

— Nous dînons à midi juste. Où que vous soyez, vous entendrez la cloche.

*

Loïc venait de se retirer.

Maintenant qu'il était seul, Jean pouvait mieux juger de la chambre qui lui était attribuée. Comme tous les timides, car il était timide, Jean avait besoin d'un temps de réflexion pour s'accoutumer aux lieux nouveaux dans lesquels il allait vivre. Curieusement son attitude était l'exact contraire de celle qu'il avait avec les êtres, comme s'il lui fallait plus de temps pour saisir l'âme des choses. Peut-être était-ce parce qu'elles étaient plus neutres, parce qu'elles avaient besoin d'un esprit pour les animer ou que, tout au contraire, trop d'esprits les avaient déjà traversées.

Jean regarda autour de lui.

Il était dans une vaste pièce carrée au sol rouge et aux murs tapissés de damas vert.

Le lit à courtine était confortable avec son double matelas de plume. De vastes coussins portaient les armes de la famille : un lis et un chardon entrecroisés, souvenir d'une mission diplomatique d'un brillant ancêtre à la cour de Robert Bruce. Le roi de France et le roi d'Écosse l'avaient tous deux autorisé à mêler leurs armes en souvenir de l'alliance qu'il avait contribué à tisser.

Les fenêtres donnaient sur le parc.

Un feu ronronnait dans la cheminée et, suprême grâce, dans le petit recoin, une table et une chaise pourraient lui servir de bureau s'il voulait s'isoler...

Tout cela eut l'heur de lui plaire.

C'était bien là la retraite accueillante que Jean s'était imaginée. Il se voyait déjà passant des jours paisibles, allant de la bibliothèque à sa chambre... de sa chambre à la bibliothèque, tout entier plongé dans les planches botaniques et ornithologiques qui ne manqueraient pas de le passionner. Et comme récréation, mon Dieu, s'il fallait en trouver une, il lui resterait toujours les bois à explorer...

Jean respira longuement, l'air satisfait, ouvrit son bagage et sortit son herbier...

*

C'était admirable, vraiment admirable...

Une grande galerie, avec des fenêtres gigantesques et des peintures mythologiques en trompe l'œil... Au sol, une mosaïque de marbre émietté, diamanté, précipité, une sorte de terrazzo comme on pouvait en voir dans les palais de la

République vénitienne... Une grande galerie pleine de portes qui semblaient toutes là pour vous tenter.

Si la mémoire de Jean était bonne, la bibliothèque se trouvait à cet étage... La bibliothèque du marquis de Sorel était l'une des plus célèbres de la région, à vrai dire, sa réputation s'étendait jusqu'à Paris. On y trouvait bien sûr tous les classiques et quelques incunables hors de prix, mais c'était surtout à sa collection unique d'ouvrages scientifiques qu'elle devait sa prestigieuse réputation. Ajoutons que Blaise Pascal y avait travaillé sur son *Art de persuader* et diverses autres œuvres mineures, non publiées. On disait même que c'était ici qu'il avait eu quelques-unes de ses plus brillantes intuitions, mettant à jour l'esprit de géométrie et l'esprit de finesse, distinguant les « deux entrées par où les opinions sont reçues dans l'âme », l'entendement et la volonté, le cœur et l'intelligence. En cherchant bien, on pourrait certainement trouver, perdues dans les immenses rayonnages, quelques notes éparses sur le grand ouvrage qu'il préparait, cette « Apologie » sur la misère et la grandeur de l'Homme que le destin ne lui permit pas d'achever.

Jean céderait-il à la tentation ?

Non, ce serait pour plus tard.

Savoir retarder le plaisir pouvait faire partie de la jouissance, si l'on savait rester maître de ses sens. Pour l'instant, il fallait trouver le marquis et lui présenter ses devoirs.

— Marie, revenez !

La voix de Madame de Saint-François venait de résonner dans la cage d'escalier. Jean se pencha par-dessus la rambarde en fer forgé. Il aperçut la comtesse qui tournait dans l'entrée. Comme si elle avait senti une présence, elle leva soudain la tête... Son visage apparut dans les entrelacs de l'immense lustre en cuivre doré.

Personne.

Sans savoir pourquoi, Jean avait eu le réflexe de reculer. Par nature, il détestait s'occuper des affaires d'autrui sans y avoir été invité. Non, c'est un mensonge. La vérité est que Jean détestait être surpris à s'occuper des affaires d'autrui, sans y avoir été préalablement invité, ce qui somme toute est un trait radicalement opposé. Il entendit une porte claquer ; une porte s'ouvrir à nouveau puis, sans doute, se refermer, plus doucement cette fois... Les portes, toujours les portes, voilà décidément un sujet né pour piquer la curiosité.

Jean attendit un instant puis redescendit dans l'escalier d'un pas mesuré. Arrivé dans l'entrée, il aurait pu jurer entendre pleurer. C'était la marquise à n'en pas douter. Elle aussi, aurait-elle à son mari des choses à reprocher ? Non, c'était sans doute tout à fait pour une autre cause et Jean devait cesser de ressasser. C'est alors qu'il s'aperçut dans une glace et réalisa qu'il n'avait pas même pris le temps de se changer. La hâte d'un nouveau monde à découvrir l'avait par trop occupé.

Il sortit dans la cour, aperçut un palefrenier à qui il demanda si Rossinante était bien installée, hésita un instant puis revint sur ses pas pour s'en assurer. La fidèle monture était aux écuries, dormant déjà sur ses quatre jambes, l'air apaisé. Dans le secret de son âme, Jean savait qu'elle avait la conscience allégée du devoir accompli. Il lui prêtait parfois peut-être plus de sentiments qu'elle n'en avait, on le lui disait souvent, mais à cela il répondait que sa bête était plus sensible que ceux qui la moquaient. Rossinante sembla l'entendre et respira soudain plus fort. Jean lui caressa l'encolure, juste à l'endroit qui lui plaisait tant... Mais oui, mais oui, elle savait à quoi il pensait... Cette bête, c'était lui avec une crinière. Avait-il un rhume qu'elle éternuait ; un léger mal de ventre qu'elle refusait de quitter le pré ; l'ombre d'un ennui que son œil se chargeait soudain de la plus noire contrariété... Que n'avaient-ils pas vécu ensemble... Enfin... Jean la regarda encore une fois l'esprit ému par tant de souvenirs conjoints, puis il s'éloigna des stalles et quitta les communs.

Par où fallait-il prendre pour rejoindre le jardin ?

C'était stupide, il y avait du vert partout, mais avec ces douves et ces précipices naturels qui vous cernaient, on ne savait par où se rendre.

Jean voulut appeler mais ne trouva personne.

C'était comme si le château avait été soudain déserté, soumis à quelque maléfice qui l'aurait brutalement endormi.

Il alla une fois à droite, une fois à gauche, incertain du chemin à suivre... Ferait-il un détour par la chapelle ? Retournerait-il par les écuries ? Somme toute, il crut apercevoir une sente qui partait du colombier, s'y dirigea, se trompa, se cogna à l'une des autres tours, revint sur ses pas, avisa le logis et se résolut à passer par la terrasse qu'il n'aurait jamais dû quitter...

*

Le parc commençait à renaître dans sa beauté. Le printemps pointait le bout de son nez, et, partout, l'on sentait une activité secrète et démultipliée. Il y avait là tout un monde invisible, un monde de sève et de bourgeons prêts à exploser ; un monde d'écureuils pressés, de campagnols étonnés, de loirs soudainement réveillés et d'oiseaux qui s'en revenaient d'une villégiature lointaine avec des airs d'ambassadeurs retrouvant un poste habituel. On se ranimait, on hésitait, on se saluait, on se risquait, on se disputait, on s'apprêtait à se dévorer dans la plus grande fête qui eût jamais été.

Comme le château, le jardin de Sorel avait ses particularités, dues à son relief accidenté. Planté à fleur de coteau, il ne présentait que de rares surfaces planes et semblait par endroits proche d'une nature indomptée. Quand on empruntait l'allée principale, on laissait sur sa droite ce qui devait être un jardin potager, un jardin de « simples » sur le modèle monacal, un jardin à guérir, un jardin à cuisiner ; en contrebas, derrière ce petit mur de terre encore mouillé de rosée, on devinait les frondaisons du verger et les enclos de tiges à couper, puis, en continuant devant soi, après une légère déclivité, on parvenait à une pièce d'eau qui annonçait un petit temple de l'amour. Un peu plus loin encore, les arbres semblaient alors se resserrer, donnant une fausse impression de laisser-aller car, aussitôt, on tombait sur des bosquets de hêtres qui retenaient encore leurs feuilles de l'été dernier.

Comme à son habitude, Jean ne put s'empêcher de penser que la promenade dans un jardin n'était pas une activité innocente. C'était même accepter de prendre de grands risques que de s'y livrer sans s'y être soigneusement préparé...

Pour lui qui avait toujours l'impression de naviguer entre ordre et désordre, qui ressentait parfois une telle confusion dans son esprit, une succession de parterres parfaitement agencés semblait annoncer une sorte de sérénité.

Pourtant, où qu'il aille, même dans les jardins les plus impeccablement « rangés », dans les jardins à la nouvelle mode lancée par Le Nôtre, Jean ne pouvait s'empêcher de se représenter la lutte continuelle du brin d'herbe qui attend son heure pour pousser, celle où le jardinier ne sera plus là pour le retailler. La conclusion qu'il en tirait le prenait souvent à la gorge. Quelle que soit sa puissance, l'homme devait encore et encore l'affirmer, car, à la vérité, elle n'était que passagère. Jean le savait bien sûr, mais l'image de tous ces espaces somptueux, de tous ces palais grandioses anéantis en quelques semaines, en quelques mois, en quelques années, si on n'était pas là pour y veiller, pouvait le faire littéralement étouffer. Il lui arrivait alors parfois d'être pris d'une soudaine mélancolie, d'aspirer à être englouti pour s'extraire d'une vaine lutte pour la survie. Dans ces moments-là, il cherchait le calme d'un bois ou d'une forêt, un espace où l'homme n'avait pas encore eu la prétention de venir tout domestiquer, et là, tout au contraire, il lui semblait retrouver une forme d'éternité.

— Écoutez-moi, Marquis...

— Je ne l'ai que trop fait, Chevalier... Et maintenant, vous abusez de mon amitié...

Les voix provenaient de l'intérieur d'un des bosquets de hêtres dont Jean s'était approché.

Il n'apercevait que des formes découpées, une mosaïque d'habits, de rubans et de perruques poudrées.

C'était incontestablement la voix d'Henri de Sorel et sans doute celle de l'autre invité, dont la comtesse avait parlé.

— Accordez-moi trois mois... Trois mois seulement... J'attends une grosse rentrée...

— Pourquoi devrais-je encore vous croire ? Cela fait plusieurs fois que vous me mentez.

— Les choses n'ont pas été comme je l'avais espéré... Pas aussi vite, en tout cas.

— Voyez-vous, je peux comprendre que vous soyez gêné, mais qu'à maintes reprises, vous vous soyez payé ma tête, ça, Chevalier, je ne peux l'accepter.

— C'est faux, je vous assure ! Vous m'aviez fait confiance, pourtant ?

— Ce temps est passé ! Ma patience est épuisée. Maintenant, il faut rembourser. J'ai d'autres projets...

Un silence s'installa. Il fut sans doute assez court mais parut interminable.

— Vous m'assassinez !

— Bien au contraire, je vous rends service, Des Essarts.

— Ma vie n'aura plus aucun sens !

— Plus tard, vous me remercierez !

— Il me faudra tout vendre. Je n'aurai plus nulle part où aller ! Laissez-moi au moins le temps de me retourner.

— Je vais réfléchir.

Au bruit de froissement d'herbe, de feuilles et de tissus... Jean comprit que le chevalier venait de tomber à genoux devant le marquis.

— Vous n'aurez pas à le regretter.

Henri de Sorel eut soudain un ton exaspéré :

— Cessez, vous êtes pitoyable ! Et ne vous méprenez pas... Sachez que si je tarde encore un peu à vous donner ma réponse définitive, elle n'en est pas moins presque certainement prise. Et maintenant, rentrons. Ces dames vont se demander où nous avons bien pu passer.

Jean crut opportun de retarder de se présenter. Il valait mieux attendre un moment où chacun aurait cessé de s'échauffer.

Il s'éloigna donc discrètement.

Ce matin, il avait quitté la Trinité, encore tout enfiévré. Il pensait arriver dans une thébaïde où régnait l'harmonie des Muses, et voilà qu'il trouvait, ici aussi, une maison en ébullition.

# Chapitre 5

La reine, car c'était bien elle, la reine était morte !

Tout hier, rien aujourd'hui. Autrefois semblable aux dieux, bientôt poussière anéantie... La voilà qui s'avançait pour son dernier voyage, majestueusement portée par son armée, blanche comme l'albâtre, à jamais statufiée... Les soldats l'encadraient par paire, avançant dans un ordre impeccable, d'abord les plus anciens, les plus grands, les plus imposants, ensuite les écuyers, et alors seulement les simples fantassins, les mirmillons, les humbles champions, sans écu, ni bannière.

Puis, dans un silence impressionnant, à distance respectable venait la foule des anonymes, des obscurs qui suivaient en colonnes, paraissant un seul corps, longue écharpe noire qui semblait ne jamais devoir finir...

C'était le deuil de tout un peuple, le deuil d'une multitude, l'anéantissement de milliers d'enfants qui portaient en terre celle qu'ils se souvenaient soudain d'avoir eue pour mère. Le temps s'était arrêté. Plus aucune tâche, plus aucun travail ne pouvaient à présent faire oublier la grande vérité : l'éternité n'existe que lorsque l'on ignore que tout doit passer.

Une cloche résonna dans le lointain.

Comment la reine était-elle partie ?

Était-elle morte de sa belle mort, comme l'on dit stupidement ?

Avait-elle été assassinée ?

Autant de questions auxquelles il faudrait répondre pour protéger l'héritière, celle que l'on cachait déjà pour assurer la succession et le bien-être de toute la communauté. Un peu à l'écart, continuant inlassablement leur enquête, des miliciens semblaient inspecter les ouvertures de la forteresse. Dans les premiers temps, il faudrait assurément multiplier les gardes, restreindre l'accès à la chambre royale et repousser tous les intrus avec une ardeur redoublée. C'était cela ou l'exil qu'en cette saison les petits étaient encore trop faibles pour supporter.

Soudain, le cortège se trouva arrêté.

Là, juste devant, un obstacle gigantesque venait de surgir.

Était-ce un attentat ? Un attentat venu du ciel, cette fois.

Aussitôt, toute l'avant-garde se trouva mobilisée, allant devant, derrière, partout pour se prévenir contre l'ennemi infiltré.

Jean maudit sa maladresse : en bougeant le genou, il venait de faire tomber une brindille sur la souche du vieux chêne. Fallait-il qu'il soit sot pour oublier sa présence à un spectacle qu'il contemplait ! Il s'en était fallu de peu qu'à cause d'une crampe stupide il eût tout mis par terre.

Une cloche résonna à nouveau...

Par saint Crépin, le dîner !... C'était le second appel pour le dîner ! Jean quitta son bestiaire et se dirigea vers le château[1].

1. Précisons qu'au XVII^e^ siècle les appellations sont trompeuses pour l'homme d'aujourd'hui : le dîner correspondait à notre actuel déjeuner et le souper à notre dîner. (*N.d.É.*)

*

— Je viens d'assister à l'enterrement de la reine des fourmis... Sur la souche du grand chêne... du grand chêne pourri... Dans la clairière... À côté de la maison forestière.

Jean tira sa chaise, s'assit à table et sortit son couteau :

— Je crois que je n'ai jamais rien vu d'aussi beau que ce tableau-là ! Croyez-moi, nous aurions beaucoup à apprendre de ces petits insectes. Voilà des êtres minuscules qui savent faire fi de leurs égoïsmes, de leurs passions intimes pour se mettre au service du bien public... Prises une à une les fourmis ne sont pas sympathiques mais assemblées toutes ensemble, quelle leçon ! C'est un peu l'inverse de l'homme... En effet, regardez...

Jean ramassa trois petit pains dans la corbeille d'argent qu'un laquais lui tendait.

Il mit le premier au centre de la table :

— Chaque individu pris isolément est rarement totalement mauvais... Certes, il ne faut pas en espérer trop mais tout de même quelque chose... alors que d'un groupe, il est plus sage de redouter le pire.

Jean poussa les deux autres petits pains devant lui, puis s'en désintéressa tout aussitôt :

— Tenez, en politique, par exemple, la démocratie est une riche idée. Chacun va pouvoir s'exprimer, donner son avis, et l'on se pliera à celui de la majorité. Quelle merveille que d'être ainsi gouverné ! Pourtant, à y bien regarder, on y verra poindre la pire des tyrannies : la tyrannie légitimée à laquelle il devient monstrueux de ne pas se plier. Vous en doutez ? Eh bien, répondez à cette simple question : connaissez-vous plus terrible, plus stupide, plus réactionnaire, plus manipulable qu'une opinion publique ? Non, eh bien vous avez raison, car à peu de choses près elle n'est qu'une autre forme de la rumeur, un amalgame de mensonges, de craintes et de peurs. Avec elle jamais de progrès mais le plus triste, le plus plat, le plus grossier des académismes ! Vous me trouvez pessimiste ? Vous ne dites rien ?

Brutalement, il y eut un froid glacial, ou plutôt, Jean le ressentit soudain. Comment s'était-il retrouvé assis à cette table, dans ce petit salon qu'il ne connaissait pas ? Un domestique avait dû l'y conduire... Oui, il lui semblait bien que c'était cela... Jean ne pouvait pas l'avouer, mais entre le second appel de la cloche, qui l'avait rappelé à l'ordre, et le moment présent, qui le trouvait bien embarrassé, il était incapable de dire ce qui était exactement arrivé. On ne passe pas si facilement d'un enterrement royal, suivi de hautes considérations sur le bien de l'Humanité, à un laquais qui vous tend un pâté de gibier. En se concentrant, Jean pourrait certainement revoir les choses dans une sorte de brouillard, mais là, à vrai dire, ce n'était pas le moment de tergiverser.

Il fallait réagir vite et bien...

Il reconnaissait la comtesse, il reconnaissait la marquise...

Là devant lui, ce vieillard maquillé et poudré... Oui, à n'en pas douter, ce devait être, cela ne pouvait être que le marquis. En une seconde, ce qu'il avait craint ce matin s'était matérialisé si violemment que c'en était presque ridicule... Passons pour l'instant... Deux hommes l'encadraient. À son vêtement, celui de gauche semblait être le chevalier... Le chevalier sans nom à la seconde, le chevalier avec qui Jean l'avait entendu se disputer dans le bosquet de hêtres... Un petit homme taciturne et plus effacé que sa forte voix l'avait laissé deviner. Celui de droite par contre...

— Eh bien, Jean, je vois avec plaisir que vous n'avez pas

changé ! La dernière fois que nous nous sommes rencontrés vous erriez à Paris en quête d'un ange gardien... Si vous avez toujours l'âme religieuse, rendez-vous donc à ma chapelle. À part mon frère qui s'y rend tous les dimanches, elle ne voit pas souvent grand monde et s'ennuie toute seule avec les corps de mes aïeux !

Le marquis venait de parler. Jean reconnaissait bien le timbre de sa voix et l'accent libertin de ses propos. Pourtant, il continuait à se poser la question. Il en savait la réponse mais c'était plus fort que lui. Là, devant lui, était-ce bien Henri de Sorel ou une sinistre caricature du petit abbé d'Olivet avec qui Jean avait, presque à son insu, partagé une partie de la nuit ? Henri de Sorel, le favori de Gaston d'Orléans, l'ami de dames si précieuses que, chez elles, on ne s'asseyait pas, on « posait son séant » ? Henri de Sorel, le bretteur ? Henri de Sorel, le séducteur ?... Oui... Jean retrouvait maintenant l'expression de ses yeux... Il serait sans doute encore assez beau s'il ne s'était recouvert de toute cette pommade et de cette poudre blanche qui le faisait ressembler à un des guignols de la commedia dell'arte. Et puis, Jean le voyait maintenant, les dents étaient gâtées sur le côté.

— Vous avez déjà rencontré ma femme et la comtesse, je crois...

Jean pensa qu'il avait assez parlé et ne crut pas utile de répondre. À la vérité, le choc était si violent qu'il était saisi par l'instant. Le marquis poursuivit donc, présentant successivement les deux autres convives que Jean s'efforçait maintenant de fixer :

— Le chevalier Des Essarts... Et mon frère cadet, dont je viens de parler, Charles de Sorel, le dévot de la famille que je ne crois pas vous avoir fait jamais rencontrer.

Chacun se salua du bout des lèvres et reposa les yeux sur son assiette.

Seule la comtesse eut l'air d'avoir pitié et adressa à Jean un sourire discret, comme pour lui signifier qu'elle était de son côté. En fait, la situation eut surtout l'air de l'amuser, car précisons qu'à part les formules d'usage et de politesse le dîner se passa dans un silence embarrassé. On discuta bien sûr, mais chacun semblait se lancer de ces phrases soigneusement calculées, de celles que l'on organise dans le silence de sa tête en se disant, dans le secret angoissé : « Eh bien, maintenant, de quoi allons-nous bien pouvoir parler... »

— Vous êtes blessé ?

Le marquis désigna la poupée que Jean avait toujours au bout du doigt.

— Ce n'est rien...

Jean hésita une seconde mais se résolut à dire la vérité, c'était finalement le meilleur moyen de mentir et d'éviter les questions sur un sujet qu'il préférerait éviter dorénavant :

— Figurez-vous que je me suis battu en duel ce matin...

— En duel !

La comtesse prit le verre de vin qu'un domestique lui tendait sur une coupelle d'argent. Voilà, c'était cela... Jean avait trouvé l'origine de son immédiate sympathie. La comtesse lui rappelait une autre amie, une amie lointaine en ce moment, mais une amie qu'il était sûr de retrouver un jour : sa chère Marguerite, pardon, Madame de La Sablière. Il la chassa de son esprit, posa sa fourchette et reprit :

— Oui, en duel avec l'un de mes plus vieux amis qui est sans doute aussi l'amant de ma femme. Le pauvre garçon...

*

C'est au dernier service que l'algarade éclata.

Elle éclata sans crier gare, avec la violence de certains orages d'été. Sur un sujet anodin, dont Jean n'arrivait vraiment plus à se souvenir, Charles, Charles de Sorel, monsieur-frère, s'embrasa tout d'un coup. C'était comme si le vide de toute la conversation passée lui avait jusque-là servi d'enclos pour se contenir, à moins que ce ne soit pour mieux préparer sa rage et sa hargne et que, brusquement, il débordait de l'arène comme le taureau trop fougueux. C'était l'éclatement du Vésuve, le soudain embrasement de Pompéi. On ne pouvait s'empêcher de penser au récit de Pline le Jeune et à la dépouille de Pline l'Ancien. Il était question d'une terre que Charles réclamait pour son fils, une terre qui jouxtait ses propriétés et dont le rejeton qui arrivait à majorité avait besoin pour s'installer[1].

Le dialogue entre le marquis et son puîné fut si confus qu'il vaut mieux le résumer.

Nous l'exposerons donc ainsi : Charles de Sorel, le cadet du marquis, avait (on l'a dit) un fils, un fils prénommé Louis. Louis était le dernier des Sorel puisque Henri, le marquis n'avait jamais eu d'enfant. Charles qui, en vertu du droit d'aînesse, n'avait eu que des miettes, demandait donc à son aîné, le marquis, un domaine pour assurer l'avenir de Louis. La terre du Terray semblait toute désignée. Il y avait là un vieux manoir jamais habité et plus de deux cents acres de terres qui ne servaient qu'à pâturer. À l'heure actuelle, l'ensemble ne faisait pas vivre dix feux, et le marquis n'aurait pas grand-peine à s'en priver. D'ailleurs, la seigneurie n'appartenait pas historiquement au domaine de Sorel puisque c'était une partie de la dot d'Henriette de Villiers

---

1. Au XVII^e siècle la majorité était fixée à vingt-cinq ans. (*N.d.É.*)

leur défunte mère... Ce n'était donc que justice de la restituer à son seul petit-fils.

Tout cela peut paraître bien compliqué, mais les histoires de famille le sont toujours, et l'on se brouille plus souvent pour une petite cuillère que pour une grande fortune. Le débat chez les Sorel ressemblait donc à ce que connaît le commun des mortels. Simplement, ici, l'on s'y échangeait des âmes là où d'autres se repassent des couverts. La conversation était donc des plus banales, même si l'endroit était assurément mal choisi. Pourtant, dès le début, Jean ne le ressentit pas ainsi. Derrière chaque mot, il semblait y avoir une secrète haine. Charles se contenait avec difficulté. Plusieurs fois son visage s'empourpra à en devenir violacé. Il tirait nerveusement sur son col et on sentait qu'il se contenait pour ne pas se lever brutalement et tout envoyer promener. Le marquis, lui, loin de chercher à calmer la partie, semblait favoriser une sorte de double jeu, fatal en ce genre d'affaire. Il gardait un calme d'apparence, un calme exaspérant en la circonstance. Aucun argument ne semblait le toucher, aucune plaidoirie l'émouvoir. Il suivait sa propre logique sans jamais s'ouvrir à l'autre puis laissait entrevoir un espoir, alors que l'on s'y attendait le moins. Était-ce pour desserrer l'attaque, préparer une parade, gagner du temps, ou simplement avoir l'air de promettre sans s'engager ? Un peu tout cela sans doute... C'est que, soudain, sa femme, la jeune marquise, avait voulu s'en mêler. Elle plaidait pour ses enfants à naître et refusait de les voir dépossédés par avance. Voilà qu'aux raisonnements de Charles, aux sophismes d'Henri, venaient s'ajouter les prévisions de Marie. Elle, aussi, comptait bien avoir un aîné et un cadet, et elle se devait devant Dieu de les protéger, même s'ils n'étaient pas encore nés. Le marquis sembla ravi de ce nouvel argument qui lui donnait l'occasion de « réfléchir », de « remettre sa décision », et finalement d'exaspérer chacun qui campait désormais sur ses ombrageuses positions. Il ne manquait que le principal intéressé pour que le drame soit complet. Mais, par bonheur, Louis de Sorel, le jeune homme à installer, n'était pas là et ne devait pas revenir de Paris avant quatre ou cinq journées... Cette fois, le ton était monté si fort que plus personne ne pensait à manger, alors, imaginez... Certaines absences sont providentielles, même s'il semblait bien que, aujourd'hui, l'éloignement eût été attendu ou calculé...

Jean bénit le ciel : la table avait donc bien tremblé, mais elle n'avait pas été renversée. C'est qu'il avait faim même si l'on oubliait les plats à repasser ! Il était parti à l'aube le ventre vide, avait chevauché trois bonnes heures et s'était promené tout le reste de la matinée... Aussi n'eut-il aucune honte à plonger la main dans une assiette de biscuits roulés, juste avant qu'un laquais les eût retirés.

*

— Je suis bien heureuse de vous savoir là...

La comtesse et Jean se retrouvaient seuls dans le petit salon où ils avaient dîné. Ils s'étaient assis dans deux fauteuils, face à la cheminée, et buvaient cette curiosité, ce breuvage un peu étrange que l'on appelait café. C'était noir, dense, profond et très sucré. Dans la cheminée, un laquais venait de mettre une bûche qui brûlait vivement, projetant cette sorte d'éclairage orangé qui réchauffe comme un soleil à son coucher, nimbant les êtres et les choses d'un voile doré. Décidément cette femme avait une peau ravissante... C'était important une peau, plus important que tout le reste d'ailleurs. Au premier coup d'œil, Jean savait ou plutôt sentait instinctivement s'il y avait concordance entre l'autre épiderme et le sien. Curieusement cela n'avait pas toujours grand-chose à voir avec la beauté. Cela pouvait s'accorder heureusement, mais pas toujours. Certaines vénustés lui étaient plus rêches que de la pierre ponce alors que d'autres, moins recherchées, lui faisaient l'effet d'un velours à caresser.

La comtesse avait pris un temps avant de poursuivre :

— À votre arrivée, je m'interrogeais, mais je crois que vous êtes de ceux avec qui l'on peut avoir plaisir à discuter.

— Je vous remercie, Madame.

Puis ce fut le silence, mais un silence fort différent de celui qui avait régné à table...

On pourrait l'appeler un silence de découverte et presque de connivence...

Un silence non dénué de sensualité...

Sans avoir à l'évoquer, Jean comme la comtesse semblaient trouver que l'on faisait beaucoup de bruit pour peu de chose. Tout bien pesé, la solution pouvait être plus simple qu'il n'y paraissait si l'on acceptait de faire fi d'un passé que plus rien ne pourrait venir raccommoder. Pour reprendre une pensée plus haut ébauchée, Henri et Charles, comme tous les frères, ajoutons comme toutes les fratries, partageaient des souvenirs indélébiles. Derrière une terre ou une cuillère c'était bien davantage un baiser du père ou de la mère, un baiser accordé à l'un et pas à l'autre, que l'on continuait sauvagement de réclamer. Si Charles s'affichait avec les dévots, n'était-ce pas tout simplement parce que son frère se voulait libertin ? Et ne l'aurait-on pas trouvé dans le camp des incroyants, des sybarites, si Henri avait vœu d'être bon chrétien ? Peut-être le temps était-il venu de s'accorder...

La comtesse sortit une petite boîte d'argent d'une poche dissimulée sur le devant de sa robe :

— En prendrez-vous un peu...

Puis, comme si elle voulait devancer une surprise :

— Oui, je suis de celles qui ont du goût pour le tabac...

Jean sourit, en saisit une pincée et ajouta :

— Moi aussi, cela m'aide toujours à passer l'ennui de certains repas...

La comtesse prisa à son tour, marqua un autre silence puis dit à mi-voix :

— Mon père à moi voulait un garçon. Il m'en reste naturellement quelque trace...

On se tut à nouveau.

Le temps promettait d'être gris, et Jean comprenait mieux à quelles sortes de « classements » le marquis voulait l'utiliser. Était-ce le conseil de l'ami, plutôt du fils de l'ami ou celui de l'homme de loi qu'il allait solliciter ?

Il laissa son esprit vagabonder, son regard se perdit au loin, dans la cime des grands arbres...

Cinq minutes passèrent...

Peut-être une demi-heure...

Quand Jean revint à lui, ou plutôt redescendit dans son corps, la comtesse était toujours là. Elle semblait être restée parfaitement immobile, absorbée, elle aussi, par quelque obscur édifice de la compréhension. Quelle femme admirable assurément, se dit Jean en la redécouvrant. À la regarder, on se prenait à s'aimer, on se sentait intelligent et si libre qu'on n'avait plus envie de bouger.

Comme si elle avait senti que la conversation pouvait reprendre, la comtesse tourna la tête et dit :

— Ne vous croyez pas obligé de me tenir compagnie. Depuis la mort de mon mari, j'entretiens avec moi une conversation suivie qui fait que jamais je ne m'ennuie.

Jean sourit une fois de plus. Ainsi la comtesse était veuve. Mais là encore, aucune réclamation. Madame de Saint-

François avait le veuvage qualificatif, elle était veuve comme elle était blonde. La légèreté de son ton vous dispensait élégamment d'une oraison funèbre inutile. Elle ne portait pas de noir et plus encore ne l'imposait pas au monde, contrairement à ces douairières jalouses du bonheur des autres. Sans doute avait-elle compris cette règle fondamentale, cette règle trop souvent oubliée en société : il fallait être aimable si l'on désirait être aimée. Oui, à n'en pas douter, Jean se savait d'emblée en terrain fertile :

— Je ne me sens obligé de rien, Madame. Je crois même que nous sommes complémentaires car, voyez-vous, moi, c'est depuis mon mariage que j'entretiens une conversation particulière avec une partie cachée de moi-même.

La comtesse eut à nouveau ce petit rire de gorge qui, décidément, lui allait fort bien. Comme si, elle aussi, se sentait encouragée, elle se lança soudain dans un discours qu'elle semblait avoir retenu durant tout le dîner :

— Il est vrai que le mariage peut également provoquer ce genre de dédoublement, alors que, curieusement, l'on vient de s'unir à sa moitié, et ce n'est jamais très bon de se compter à trois ou quatre dans un ménage... Il y a de quoi désespérer de son salut puisque l'on se retrouve dans le péché, sans même avoir consommé... D'ailleurs, je me suis toujours posé une question à laquelle vous pourrez peut-être répondre... Peut-on pécher sans plaisir ? Personnellement, je ne le crois pas car alors l'acte porterait en lui-même sa propre pénitence. Imaginez une femme qui jouisse dans la douleur, je dis une femme car, en ces sortes de circonstance, l'homme peut montrer des faiblesses évidentes qui nuiraient à la démonstration. Cette femme donc, cette femme mériterait l'absolution... N'êtes-vous pas de mon avis ?

Jean n'était pas sûr de l'innocence de la question et

moins encore de celle de la réponse. Il choisit une pirouette qui somme toute faisait partie du jeu de la galanterie, même de celui de la séduction :

— Comtesse, je crois que vous posez mal l'équation. Le vrai problème est de savoir si l'on peut pécher dès lors que l'on prend du plaisir et s'il faut souffrir pour gagner son pardon. Car si ce qui est mauvais est bon et ce qui est bon est mauvais, à n'en pas douter le monde s'en va à reculons...

Madame de Saint-François joignit ses deux mains, comme s'il lui fallait contrôler un excès de flamme :

— Peut-être y a-t-il une autre logique sous la surface des choses...

— Je pense, comme vous, Madame, que dans les sciences de l'Homme, seul compte l'envers du décor. Bien fou serait celui qui croirait tout pouvoir comprendre du premier abord. Entre la pensée et l'acte, il y a un chemin bien long qui se nomme la civilisation.

— Vous avez raison....

On se tut davantage, chacun décodant à sa manière les allusions à la situation.

Madame de Saint-François s'excusait pour un scandale dont elle n'était pas la cause, et Jean signifiait qu'il se garderait bien de tirer des conclusions fâcheuses de ce qu'il avait déjà pu observer.

On s'avouait également un penchant mutuel, tout en restant sur une réserve prudente et distinguée. Jean ne put s'empêcher de penser que c'était là la merveille d'une civilisation achevée : se dire tant de choses sans jamais avoir à en parler... Au bout d'un temps indéfini, il se leva et prit congé. Tout cela avait aiguisé sa soif de savoir :

— Savez-vous où je pourrais trouver le marquis ?

— Le marquis ?

La comtesse eut l'air presque surprise... Elle fronça légèrement les sourcils :

— Nous sommes... samedi ?

— Oui...

À cet instant précis, Jean ne put s'empêcher de penser à Marie et à son « Académie ». Le samedi, c'était son « jour », celui où elle recevait, une habitude qu'elle avait instituée à l'image des salons parisiens. Il pouvait presque la voir, assise dans sa grande chambre bleue, couleur mise à la mode par Madame de Rambouillet... Oh, il la voyait même très bien. Pour un peu, il aurait volontiers juré qu'elle ne tenait pas en place, alternant les larmes, les malaises, les remords et les cris... Oh, oui, c'était certain, sa chère femme devait enrager, et Jean se félicita une fois encore du bon tour qu'il lui avait joué. Elle devait se ronger les sangs : un amant perdu, peut-être mort, et un mari disparu... Comme l'aurait certainement souligné la comtesse, c'était tout à la fois perdre son double et sa moitié, ce qui était un comble dans l'arithmétique du cœur.

— C'est le jour où il visite ses métayers. Il vous faudra attendre ce soir ou peut-être demain pour le revoir s'il rentrait trop tard.

— Ah...

Jean reçut l'information comme un verre d'eau froide... Ce n'était pas encore cet après-midi qu'il pourrait se plonger dans les délices de la bibliothèque. Il lui fallait l'autorisation du maître des lieux pour pouvoir y entrer. Contrairement à la philosophie qu'il venait d'énoncer, il se retrouvait sans doute immédiatement puni pour ses mauvaises pensées.

Il se leva :

— Dans ce cas, si vous le permettez, je vais me retirer et partir herboriser.

*

Jean venait de se changer et allait redescendre l'escalier quand soudain une voix le fit se retourner :

— Jean !

C'était le marquis qui avançait dans la grande galerie. Il était en tenue de cheval et devait attendre l'occasion depuis un moment :

— Venez, je vous prie. Que je vous montre mes trésors... Il ne sera pas dit que vous soyez venu pour rien.

Les deux hommes traversèrent les arcades aux fresques mythologiques et franchirent bientôt la porte devant laquelle Jean avait hésité. En un tour de main, ils se retrouvèrent dans le saint des saints, une pièce ronde et magnifique ou des rangées de livres semblaient s'empiler pour faire un marchepied jusqu'au ciel. Il y en avait de toutes les tailles, de toutes les couleurs, des rouge chagrin, des jaune cire, des noir d'ivoire puis, plus haut encore, d'autres qui semblaient inaccessibles, disparaissant presque dans les flots de lumière tombant des fenêtres qui encadraient la coupole.

— Voilà ce dont je vous ai parlé...

Le marquis venait d'ouvrir un grand livre relié qui reposait sur une des gigantesques tables garnies de cuir fauve, toutes marquées du lis et du chardon entrelacés. Une à une, il retourna des planches magnifiques d'oiseaux étrangers. Il y avait là, entre autres, des *Platycercus Pennanti* au plumage rouge, bleu et or ; un *Pteroglosus Hypoglaucus* au bec recourbé et multicolore ; un *Trogon Mexicanus* à la traîne bariolée de courtisane ; un *Haematospiza Sipahi* couleur sang, et un *Palaeornis Derbianus*, presque semblable à l'oiseau parlant que Foucquet promenait autrefois sur son épaule, en répétant :

— Le plus insolent de mes courtisans !

Jean ne pouvait détacher son regard de ces créatures qui semblaient plus incroyables encore que les deux Atlas qui soutenaient le globe terrestre et l'astrolabe qui trônaient au milieu de la pièce.

Contrairement aux monstres de la mythologie, aux créatures légendaires, ces volatiles ressemblaient étrangement à certaines espèces européennes, mais avec, chaque fois, un détail, un plumage différent. C'était vraiment cela le bizarre, non pas de contempler un être radicalement distinct mais un être très proche de ce que l'on a l'habitude de voir, et pourtant... Imaginez votre sœur, votre femme, votre amie qui resterait la même en changeant simplement de couleur, imaginez encore des palmiers, des cocotiers poussant librement dans nos contrées, au milieu des autres arbres auxquels vous êtes habitué. Bien sûr, c'était un peu plus complexe que cela, mais une telle variété, si proche et si lointaine, ne pouvait que plonger dans un abîme de perplexité... On était obligé de s'avouer que ce que l'on croyait immuable pouvait évoluer... Un peu comme si l'on se rendait compte que le plancher des vaches se mettait à flotter. Il y a quelques années, de tels avis vous menaient tout droit au bûcher, mais aujourd'hui c'était l'évidence.

— Magnifique, n'est-ce pas !

Le marquis commenta laconiquement, sûr de son effet.

— Demain, je vous sortirai les planches botaniques, mais elles sont moins complètes. J'attends une livraison de Charles de Sercy, le seul éditeur digne de ce nom à mon avis... Installez-vous tout à votre aise, nous parlerons tantôt de vos découvertes... Je suis certain qu'avec votre esprit de curiosité elles ne sauraient manquer !

Jean se cala dans le fauteuil Haute-Époque.

— Il semble en effet y avoir là bien des choses sous la roche.

Le marquis se dirigea vers la porte, marqua un temps et resta immobile, comme si deux forces combattaient à l'intérieur de lui. Jean ne fit rien pour lui simplifier la tâche. Les confidences les plus utiles, entendez pour celui qui les fait, les confidences les plus utiles donc doivent se faire de bonne grâce...

— Il y a ici de nombreux ouvrages que je n'arrive plus à trouver. Il faudrait m'en dresser une liste alphabétique... C'est que je suis perdu, voyez-vous. Quand vous aurez consulté mes planches, je serais très heureux si vous pouviez vous y pencher... À plus tard, donc...

Henri de Sorel repartit promptement et sortit de la pièce, comme s'il avait voulu n'y être jamais entré. Pourtant, au moment de s'en aller, il retrouva un peu de sa gaieté, ou plutôt de son air libertin, et ajouta :

— Ne laissez pas entrer mon cher frère. Tout grand lecteur qu'il soit, ici il brûlerait tout. Pour lui, hors de la Bible, point de salut ! Il ne faut pas le pousser beaucoup pour l'entendre sérieusement affirmer que la science et l'enfer sont la même mariée !

Jean resta quelques instants le nez en l'air puis, avec cette capacité d'abstraction qui le caractérisait, se plongea avec délectation dans l'étude des oiseaux indiens.

## Chapitre 6

C'est curieux comme certains séjours semblent pouvoir se résumer à ce qui s'est passé lorsqu'on était attablé. Le souper se déroula en silence, lui encore... Un silence moins compassé qu'au dîner mais plus redoutable aussi.

Pour lutter contre le froid tombant, en cette saison précoce, on avait dressé les tréteaux dans la chambre du marquis, tout à côté de son lit. Le bruit des bûches qui crépitaient dans l'immense cheminée, le cliquetis des couverts sur la vaisselle d'argent, le choc des verres et mille autres petits échos familiers servaient de réponses à des questions que nul ne posait. Cette fois, après que Charles eut dit le bénédicité, la conversation tomba et personne ne prit le risque d'en relever le gant. Chacun restait sur ses gardes, pièces immobiles d'un jeu d'échec abandonné.

De temps à autre, un domestique annonçait un vin à voix basse ou un plat qu'il venait d'apporter : potage au lait d'amande, velouté de truffes, croûte à la Richelieu, brochet mariné, gâteau de lièvre, crêtes de coqs aux morilles [1]... Jean

1. Notons ici que Jean raffolait littéralement de la croûte à la Richelieu. Aujourd'hui, un peu passée de mode, la croûte inventée par un des cuisiniers de feu Monsieur le Cardinal se composait d'un hachis de viande de veau et de maigre de jambon soigneusement mêlés et le plus souvent agrémentés de pistaches et parfois de foie gras... Le tout cuisait

songea un instant à s'enfuir, mais se dit, à la réflexion, que le bruit qui l'attendait chez lui serait peut-être pire que cette vacuité savamment organisée. Et puis, il lui restait cette curiosité toujours en alerte, cette curiosité qui l'incitait à s'intéresser à ses semblables avec un zèle d'explorateur et, à n'en pas douter, il se trouvait ici en face de spécimens qui auraient de quoi intéresser...

Le marquis tout d'abord...

Jean l'avait en face de lui, mais il préférait le regarder à loisir dans le grand miroir accroché non loin du lit. Il pouvait alors l'observer en toute tranquillité. Jean connaissait l'efficacité du subterfuge. Son regard semblait perdu, on le croyait ailleurs sur quelque planète lointaine, toujours au milieu des planches scientifiques alors que plus que jamais il était ici, présent mais invisible tout à la fois, jouissant de l'impunité des faux étourdis qui lui permettait souvent de survivre. En effet, plus d'une fois sa réputation de distraction lui avait permis de fuir ses obligations, tout ce qu'il détestait à vrai dire.

Oubliait-il de se rendre à un dîner ou à un souper ? On le lui pardonnait bien volontiers...

Restait-il des mois sans répondre à une lettre ? On invoquait son inattention.

Et la liste serait longue s'il fallait énumérer tous les privilèges dont Jean jouissait en toute occasion.

Bref, en passant pour un écervelé, il pouvait se permettre toutes les fantaisies. Si la vérité en était venue à se savoir, sa vie, somme toute relativement tranquille, promettait de ressembler vite à un enfer.

Que dirait-on, en effet, si l'on apprenait que, depuis le premier jour, depuis le jour où l'on avait lancé son invi-

---

lentement dans une pâte brisée que l'on garnissait d'une gelée au vin de Madère...

tation, Jean savait déjà qu'il ne viendrait pas, mais n'avait pas su dire non ?

Que dirait-on encore si le bruit venait à se répandre que Jean omettait de répondre à une missive car, pour l'heure, il avait simplement plus important ou mieux à faire ?

L'orgueil de chacun ne pourrait s'en satisfaire. Jean serait alors critiqué, harcelé, moqué, détesté. Pourtant, dans ses milliers de petites fuites, il ne fallait voir aucune méchanceté, juste une sorte de défense dans un monde toujours plus présent, plus exigeant, plus étouffant... Un moyen finalement de vivre ses transgressions sans affronter la société de front.

Car si Jean était profondément amoral, il n'était pas fou, oh cela non !

Mais revenons à sa présente observation, à sa petite contrefaçon qui lui permettait de voir sans être vu et de se repaître du marquis dans le miroir du fond.

À bien le regarder, Jean ne put s'empêcher de penser que chacun ne cesserait jamais de parler s'il savait tout ce que son silence pouvait révéler. À Vaux, chez le Surintendant, Molière ne lui avait-il pas dit, d'ailleurs, que c'était à son jeu, quand il se taisait et écoutait les répliques des autres, que l'on jugeait d'un bon ou d'un mauvais acteur ? Et ce soir, même si personne ne parlait, le marquis, lui, se taisait, il se taisait même fort bien. À saisir son reflet, ce double mécanique, Jean devinait la puissance qui l'abandonnait et qu'il ne voulait pas lâcher, une noblesse certaine et un brin de cruauté. Au crépuscule, dans la flamme des bougies, le marquis redoublait de fards et d'artifices, mais derrière ce barbouillage élaboré, il avait cet œil fixe, faussement distrait, qui vous perçait sans pitié.

Comment pouvait-il prodiguer aux autres ce qu'il réclamait sans vouloir se l'avouer ?

À le mieux contempler, c'était un aigle... Un vieil aigle déplumé... Triste constat pour un homme devant lequel nulle porte ne s'était jamais fermée.

Non, voilà qu'à sa place apparaissait maintenant une énorme fourmi... Jean cligna des yeux, espérant retrouver son contrôle et surtout ne pas trahir ses hallucinations. C'était toujours ainsi, il s'amusait et parfois l'image devenait plus forte que lui. La dernière fois, c'était avec Dame Ermeline au relais de poste, et Jean n'avait pas eu le loisir de s'y attarder. Mais pour l'heure c'était une autre affaire...

Le miroir, le miroir !

Pourtant, Jean le savait... C'était le plus souvent quand il passait par ce moyen détourné, ce reflet trompeur, que ses sens en venaient à l'abandonner, à le harceler même parfois. Il lui fallait alors lutter pour ne pas montrer l'état de malaise dans lequel il pouvait se trouver. Il lui semblait d'abord qu'il louchait puis que ses yeux s'étaient retournés vers l'intérieur et qu'il était prisonnier d'une sorte de lanterne magique, d'un monde inversé plus vrai que nature. Le marquis ou plutôt la grosse fourmi semblait soupeser avec une concentration méthodique tout ce qui se trouvait dans son assiette, les petits pois d'un côté, la viande au milieu et cette fourchette qui hésitait comme un balancier... Une fourmi... Jean repensait à l'enterrement de ce matin... C'était un peu comme s'il avait soudain rapetissé et qu'il se trouvait maintenant invité au banquet de gala que sa maladresse lui avait fait manquer... C'était encore un de ces mauvais tours, cela allait passer. Jean essaya de se concentrer, de détourner la tête, d'oublier le miroir qui le menaçait, mais le spectacle qu'il eut brutalement devant lui n'avait rien qui puisse le rasséréner. Imaginez deux énormes mandibules qui vous font face, alors que les yeux sont de côté.

Jean eut soudain forte soif.

Il vida un verre d'eau d'un trait.

Pourquoi fallait-il qu'il concrétise ainsi les qualités et les travers de chacun ? Au rapace vieillissant succédait l'arthropode économe... Était-ce l'écho de la scène du bosquet ? Car comme l'on sait la fourmi n'est pas prêteuse... Était-ce autre chose encore ? Jean était incapable de le dire.

Presque machinalement, il se tourna vers Des Essarts.

Le chevalier allait-il lui apparaître sous les traits d'une cigale ou d'un cigalon ? Et non ! Le voilà en canard, au col vert...

C'était souvent là la surprise. Lorsqu'il connaissait ses transes secrètes, Jean n'était jamais maître de lui et s'étonnait souvent du choix des têtes d'animaux qui se succédaient sur les corps humains, le ramenant en un temps où les bêtes parlaient. Non seulement les illusions pouvaient se relayer à un rythme plus ou moins accéléré, mais il arrivait aussi que certains quidams se trouvassent affublés de têtes auxquelles Jean n'aurait jamais pensé. Le temps et l'expérience lui avaient appris que ces variations n'étaient jamais innocentes, mais révélaient, au contraire, des traits de caractère secrets, des événements singuliers dont lui-même n'avait pas toujours conscience en son esprit. Ainsi, le canard faisait du chevalier un être plus intéressant que prévu. Comme ce grand migrateur, il était sans doute habité par un rêve lointain, un projet à long terme, une entreprise d'envergure. D'ailleurs le voilà qui regardait par la fenêtre et fixait le ciel comme pour dire :

— Voyez-vous ce large chemin ? Je vous voiturerai, par l'air, en Amérique. Vous verrez mainte république, maint royaume, maint peuple ; et vous profiterez des différentes mœurs que vous remarquerez...

Un cri de cormoran se fit entendre un peu à gauche.

C'était Charles qui regardait chacun d'un air sombre et maussade, en finissant d'engloutir le contenu de son assiette. Il lorgnait sur celle de son frère, mais n'osait visiblement pas s'en approcher. À manger si lentement, la fourmi semblait le narguer. Jean se demanda un instant si lui aussi s'était transformé. Il n'eut pas le temps de s'interroger plus avant. Continuant sa mutation, Charles s'était mis à le fixer. Le voilà maintenant qui prenait une tête d'âne, arborant le nez et le chapeau d'un médecin [1]. Jean n'eut pas longtemps à chercher pour décrypter ce que lui envoyait cette fois son rêve éveillé. Cet âne-praticien n'était qu'un charlatan, et Charles attendait, en effet, il attendait la terre que l'on sait.

Faisons ici une parenthèse qui servira parfois, on le verra. Dans cette étrange aventure, dans ce jeu de rôles, on comprend ici que le jeu de mots n'était pas exclu lui non plus. Avec le temps, Jean en fut d'ailleurs fort content et s'amusait souvent de ces déplacements qui, redonnant un aspect ludique à ses visions, lui permettaient de reprendre le souffle et l'assurance qui lui manquaient parfois. Car, rappelons-le encore une fois, certains de ces voyages pouvaient laisser le goût amer de traversées cruellement mouvementées.

Le marquis, Charles, Des Essarts... Voici les hommes habillés de peaux de bête, mais les dames maintenant. Jean posa un regard distrait sur la marquise qui déployait ses ailes de ravissant papillon et en arriva à la comtesse, le seul

---

1. Au XVII$^{e}$ siècle, en cas d'infection, d'épidémie ou d'opération, les médecins de la Cour et de la ville se protégeaient le visage avec un masque au long nez crochu. Sans connaître encore l'existence des microbes, ils avaient conscience d'une propagation invisible des « humeurs » et remplissaient l'orifice d'épices variées, censées les protéger de la contamination. (*N.d.É.*)

être qui finalement l'intéressait vraiment dans cette maison. Elle était restée étrangement semblable à elle-même, mêmes cheveux, même regard bleu, même sourire, même cou, même... même décolleté, même poitrine... Une poitrine ravissante qui semblait venir vers vous dans un sourire et se retirer dans un pardon. Mon Dieu, que certaines robes peuvent donner du charme à la respiration...

— Et voici la bombe glacée !

Un laquais venait de déposer sur la table un dôme de crème abricotée... Un énorme sein avec un macaron pour téton.

*

— Jean, j'ai à vous parler.

C'était la seconde fois aujourd'hui que le marquis cherchait une occasion pour s'isoler avec son invité. Il donna congé aux autres convives et ouvrit la porte de son cabinet particulier. Jean surprit certains regards qui subitement ne lui vouaient pas que de l'amitié. Le marquis lui sourit avec l'impatience polie de ceux qui sont habitués à commander :

— Je vous prie...

Cette phrase sonnait faux, mais tombait fort à propos. Jean n'avait pas l'âme servile, même s'il lui arrivait parfois d'avoir le sens de ses intérêts. Il opina du chef et se dirigea vers le cabinet. Le marquis, plus fin qu'il ne pouvait le laisser paraître, s'effaça et le laissa passer, signe de reconnaissance qu'il n'avait pas l'habitude de souvent manifester. Jean entra donc le premier, honneur qu'il ne tarda pas bientôt à regretter. Ce cabinet, ce cabinet de méditation et de réflexion dans lequel il n'avait jamais encore pénétré, cette retraite où le maître des lieux pouvait aimer à s'isoler, ce cabinet, donc, était aussi, c'était même sa particularité, un cabinet des miroirs...

Jean fut pris d'un soudain vertige.

Le malaise fut heureusement de courte durée, car il s'aperçut bienheureusement que les glaces ne tapissaient que la partie basse des murs suivant l'usage à la mode au début du siècle. Le reste de la pièce était entièrement lambrissé, consacré aux Pères de l'Église qui apparaissaient délicatement peints sur les panneaux et les plafonds. Le marquis avait donc toutes les chances de conserver la forme humaine qu'il avait retrouvée à la fin du souper.

— Nous avons de curieux points communs...

Henri de Sorel n'eut pas à finir sa phrase, Jean savait déjà de quoi il voulait l'entretenir. Son intuition ne l'avait pas trompé.

— Le prénom et l'âge de nos femmes...

— Est-elle vraiment beaucoup moins âgée que vous ?

La voix du marquis retrouvait une sorte d'espoir. Il faisait penser à un de ces marins un peu inquiets qui, devant franchir l'océan, s'adresseraient à celui qui devrait expérimenter la même traversée.

— De douze années...

— Ah...

L'enthousiasme s'était atténué, car visiblement Henri de Sorel pouvait, lui, aisément multiplier, se retrouvant, soudain, à la tête d'un navire beaucoup plus chargé.

Il eut l'air soudain très las, comme un enfant qui aurait trop joué :

— Le tragique de la vieillesse, voyez-vous, mon cher Jean, ce n'est pas ce que l'on croit... Le tragique, c'est que le corps vous trahit alors que l'on reste jeune à l'intérieur de soi.

Une nouvelle fois, la conversation marqua le pas.

Fidèle à son habitude, Jean se refusait toujours à orienter le dialogue ou à poser des questions. Brutalement, l'ordre des préséances s'était inversé. Cette fois, c'est Jean qui avait la main. Il le savait, il le sentait avec la certitude du limier qui tient sa proie à sa portée. Cela ne lui apportait aucune autre excitation que celle du jeu pur, mais ceux qui le connaissaient bien savaient que c'était là l'une de ses plus grandes satisfactions. Cette fois et pour d'autres raisons, il sentit son cœur battre un peu plus vite.

Avait-il bien misé ?

Avait-il eu raison ?

Qu'allait-il advenir ?

Le marquis allait-il enfin se dévoiler ou Jean avait-il trop présumé de ses déductions ? Inconsciemment dans sa tête, c'étaient des cartes qui dansaient, qui se succédaient sur le tapis. S'il lui fallait résumer la philosophie de la vie, à ce moment précis il eût dit que ce n'était rien de plus et de moins qu'un jeu d'annonces et de réponses, de coup d'audaces et de risques pleinement assumés. Il prit le parti de fixer son attention sur le magnifique secrétaire à colonnettes qu'il avait remarqué un peu après son entrée, un secrétaire de style italien avec du marbre, du lapis et du porphyre incrusté. Sur le devant, on y trouvait une petite tablette de lecture, un encrier et un coupe-papier à tête de bélier. C'était assurément une pièce magnifique qui ressemblait un peu à un temple romain que l'on aurait miniaturisé. Le marquis avait décidément le goût transalpin. Grâce à cet artifice, à cette concentration détournée, Jean supportait fort bien le blanc qui était en train de s'installer...

Comme attendu, ce fut alors le marquis qui sortit du bois.

— Vous vous doutez, sans doute, de la raison pour laquelle je vous ai fait venir.

Jean avait remporté la première manche, la plus complexe. Maintenant, il restait juste à suivre la même méthode, celle qui venait de fonctionner avec tant d'efficacité.

— Le rangement de votre bibliothèque.

Le marquis n'esquissa pas même un sourire :

— Jean... La vraie raison...

Oui, oui... Cela marchait, le marquis parlait, il parlait une fois encore sans le savoir, sans que Jean se départît de sa réserve et s'aventurât à lui poser une seule question. Henri de Sorel se révéla entièrement, sans le vouloir, par toutes celles qu'il posa...

— Votre femme vous aime-t-elle comme vous le souhaitez ?

Jean avait gagné, et ce plaisir, gratuit pour certains, futile pour d'autres, rattrapait l'ensemble de sa soirée. Néanmoins, instinctivement, il serra le bras de son fauteuil :

— Elle m'aime bien assez !

— Vous avez de la chance. Moi, voici des semaines qu'elle me ferme sa porte. Pour l'instant, ça n'est qu'une image, mais vous comprenez ce qu'elle veut dire...

Comme l'on dit, la glace était enfin brisée. Nous ne rapporterons pas la discussion dans son intégralité. Outre Madame de La Fontaine, et l'évocation de certains détails scabreux dont Jean se serait volontiers passé, l'on y invoqua bien d'autres gens qui sont aujourd'hui encore trop en place pour qu'on puisse les nommer. Sachez simplement que Jean apprit, ou plutôt eut la confirmation, que le marquis était fou de sa nouvelle épouse. Fou était bien le mot car il voulait se croire lui aussi vingt ans en multipliant les folies. Son maquillage grotesque, ses rubans (car on a oublié de préciser que le marquis s'habillait comme un gandin) lui faisaient croire qu'il se rapprochait de sa jeune femme, alors qu'à l'évidence il ne faisait que creuser le fossé. Pourtant la nouvelle marquise semblait avoir été d'abord sensible à son charme, et c'était bien un homme mûr qu'elle avait consenti à épouser.

Alors pourquoi cette mascarade ?

Jean comprit qu'il serait impossible de faire entendre raison à celui qui, après avoir été un grand gentilhomme, rêvait aujourd'hui d'être un petit marquis. Comment des êtres remarquables ne peuvent-il pas voir que ce qu'ils prennent pour de l'amour les fait rêver trop court ? Des êtres sensés, des êtres raisonnables deviennent si puérils quand ils veulent oublier qu'ils prennent de l'âge qu'ils en négligent de voir qu'ils ne font que l'accuser, courant plus tôt qu'à leur heure aux manifestations de la sénilité. Henri de Sorel entrait dans cette triste catégorie, cette longue liste de malheureux, cherchant pour quelque obscur motif le bourreau qui allait les abattre. Jean, lui, savait d'expérience qu'il n'était de pire sourd que celui qui ne voulait pas entendre, aussi renonça-t-il à lui montrer l'étendue de son erreur. Il n'avait pas de ses orgueils-là et, plus prosaïquement, savait le combat déjà perdu.

Non, la seule chose sensée que pouvait conseiller un homme de bonne volonté, c'était de mettre de l'ordre dans ses affaires. Le marquis ne l'avait-il d'ailleurs pas invité pour cela ? Son mensonge même en disait long sur ses véritables intentions : voir une chose nouvelle (la marquise ou les planches botaniques et ornithologiques) et l'aider à ranger ses trésors. Il ne fallait pas être Socrate ou Platon pour deviner la véritable logique de sa pensée. Aussi, Jean, au regard des événements de la journée, lui conseilla-t-il de faire un testament puisque visiblement chacun ici tirait à hue et à dia, attendant impatiemment une décision ou un règlement.

L'avis tomba comme un couperet.

Contre toute attente, le marquis était à cent lieues d'imaginer que c'était cela que Jean allait lui enjoindre de faire :

— Un testament, mais pour quoi faire ? Je veux vivre... et rédiger ses dernières volontés, c'est déjà mourir un peu... J'ai justement le projet de rénover cette demeure... Peut-être même de retourner à Paris et d'y rouvrir mon hôtel dans le Marais...

Avec l'aveuglement des obsédés tout entier à leur manie, le marquis ne pensait qu'à trouver de nouveaux moyens de parader pour séduire, certes pas à organiser sa succession.

Sur ce plan, Jean s'était trompé. Il aurait pu se taire et simplement flatter un homme qui, après tout, venait de lui envoyer quatre cents livres, mais il n'était pas non plus de ces courtisans-là. S'il se refusait à entamer une lutte inutile, il lui était impossible de mentir sur toute la ligne.

Il conclut :

— Montrez à qui vous voulez combien vous les appréciez, et alors peut-être pourrez-vous espérer un retour. N'en attendez pas surtout, même si cela semble naturel, vous prendriez le risque d'une terrible déception... Et croyez-moi, plutôt que de tenter de rattraper la marquise dans la course aux années, assurez-lui pour toujours les moyens de sa liberté. Mettez-là à l'abri des envies et des procès, elle vous en saura gré... Chez les femmes, la confiance est la plus durable pierre de l'amour.

Cette nuit-là, Jean fit des rêves qui l'étonnèrent.

*

Le lendemain, le monde des humains reprit ses occupations le plus naturellement du monde.

Mieux, la tension sembla baisser miraculeusement d'un

cran, même si Jean sentait que chacun aurait bien aimé savoir ce que le marquis avait à lui dire. Charles ajustait soigneusement ses lorgnons et se plongeait dans la lecture assidue de son livre d'heures, l'ignorant avec des airs de grand seigneur, sa façon à lui de montrer que l'on existait et de vous montrer de l'intérêt ; Des Essarts faisait mine de se passionner pour le *Pteroglosus*, à moins que ce ne fût pour le *Trogon* ; la comtesse commençait une aquarelle et souriait d'un air entendu, sans pour autant pousser à la conversation ; la marquise lisait, lisait, semblant retrouver une plus grande sérénité au fur et à mesure que passait la matinée...

Jean, lui, se retirait dans la bibliothèque où il partageait son temps en deux égales parties : découverte d'ouvrages qu'il ne connaissait pas et mise au point d'un double système de rangement, l'un par nom, l'autre par thème. Se fiant à son expérience personnelle, il savait que c'était là la meilleure et la plus sage façon de procéder, celle permettant au lecteur de mieux nourrir son appétit de savoir et d'avancer rapidement sur une question qui l'intéressait, abordant même parfois des aspects qui n'étaient pas venus à l'esprit. L'on pouvait ainsi multiplier les angles de vision. Vous intéressiez-vous à Cléopâtre que vous trouveriez bien sûr les ouvrages qui lui étaient consacrés à la lettre « C », mais aussi, en consultant sa fiche, tout ce qu'il y avait de répertorié sur les Lagides et les Ptolémées...

C'était vraiment passionnant !

Et Henri de Sorel, me direz-vous ? Il s'était finalement décidé à faire le tour de ses propriétés.

En fait, c'était un peu comme si chacun cherchait à retrouver son souffle, enfouissant ses secrets et fuyant un combat que lui seul connaissait...

Curieusement, c'était davantage en cuisine que l'animosité se manifestait. La rivalité qui s'installait entre le marquis et son frère, ou plutôt le sujet qui les séparait, provoquait, en effet, un bien étrange ballet.

Loïc, le premier des valets de chambre des Sorel, le valet de chambre du marquis en titre, évitait soigneusement, battait froid, ignorait un autre laquais : Bastien, le domestique attitré de Charles, celui qu'il avait amené avec lui. Ce n'était pas une guerre ouverte, simplement une sorte de guerre froide où Loïc attendait de mieux connaître l'attitude de son maître pour y calquer la sienne. Bastien d'ailleurs procédait exactement de même.

Personne n'en parla officiellement, mais c'était évident. Les deux valets qui, jusqu'à présent, avaient toujours agi de concert, rivalisant de sourires et d'amabilités diverses, s'arrangeaient maintenant pour n'être jamais ensemble dans la même pièce et réussissaient admirablement un tour d'équilibrisme qui n'échappera pas aux mieux avertis : pas une fois ils ne se trouvèrent devant la même porte, face à face dans un escalier ou encore nez à nez dans une embrasure, esquivant ainsi le douloureux problème d'avoir à se saluer.

Et, plus, on sentait confusément que dans toute la maisonnée chacun choisissait son parti, et le château ressembla bientôt à une table de jeu où l'on mesurait les atouts et les impasses des combattants en présence. De part et d'autre, on essayait, en silence, de favoriser son camp, un camp que l'on épousait par fidélité, par habitude, par lâcheté, ou même par volonté de revanche en souvenir d'une vieille rivalité qui n'avait le plus souvent rien à voir avec l'affaire... Ainsi Jean surprit-il une femme de chambre susurrer à une autre qu'elle « était pour » Monsieur Charles parce que Loïc avait refusé d'engager sa cousine l'an passé. On brûla et on perdit certainement du linge des deux côtés. On eut un bouillon froid, une viande trop salée, et même parfois des gouttes de vin qui vous éclaboussaient sans retenue.

Une fois, Jean faillit en parler, mais il se mordit la langue et retourna à ses chers ouvrages, ils étaient finalement moins dangereux à manipuler. Ramenées au quotidien, les plus importantes controverses frisent souvent une caricature que les grands préfèrent ignorer...

Quelque temps se passa dans cette atmosphère délétère, quand un matin le marquis annonça que Jean l'avait convaincu de dicter ses dernières volontés... Il lui fallait encore un peu réfléchir, mais il convoquerait bientôt son notaire.

Ce jour-là, curieusement, chacun prit ses repas de son côté. Sauf Jean et le marquis...

*

— Me feriez-vous l'amitié d'être mon exécuteur testamentaire ?

Jean et le marquis s'étaient retrouvés à la nuit tombée dans le cabinet aux murs lambrissés. Henri de Sorel voulait converser à l'abri des oreilles indiscrètes. Il venait de se lever et attrapa une pâte de fruits dans une coupe d'argent qu'une servante lui avait apportée avant souper. C'était une pâte finement rosée et délicatement sucrée sur tout le pourtour, de la framboise ou peut-être de la fraise qu'on aurait fait garder en sirop, à moins qu'elles n'aient grandi dans les serres chaudes du potager. Ce pouvait être aussi de la rose...

Jean raffolait des pâtes de fruits.

D'ailleurs que n'aimait-il pas ?

Peut-être la cervelle et les tripes, encore que, parfois, accommodées à la mode de Caen pour les secondes et juste sautées au beurre avec un trait de citron de Menton pour les premières... Enfin, toujours est-il que le marquis se rassit, reprit une friandise et ne lui en proposa pas.

Il ajouta même :

— J'adore cela ! Vous aussi d'ailleurs, j'en ai la souvenance. Nous sommes donc, sur ce point également, en pays de connaissance. Je ne vous en offre pas. Je n'en offre jamais d'ailleurs. C'est horriblement égoïste, je le sais, mais avec le temps j'ai décidé de ne plus me faire souffrir et d'avouer ouvertement mes penchants. Voyez-vous, si je vous en offrais, et que vous acceptiez, je continuerais à vous sourire mais, au fond de moi, il y aurait quelque chose qui vous détesterait, et je tiens bien trop à vous pour laisser s'introduire ce genre de conflit souterrain entre nous. D'ailleurs, j'ai là un principe pour vous consoler : le sucre est très mauvais pour les poètes, il engourdit l'esprit... Et vous versifiez, vous versifiez fort bien à ce que l'on dit...

Jean répondit presque malgré lui, entre ses dents, comme si on lui en arrachait une :

— Je m'y emploie en effet. J'ai l'idée de Contes et de Fables et peut-être même....

— Voilà qui est tout à fait passionnant... Tout à fait passionnant...

Henri de Sorel l'interrompait, continuant à parler la bouche pleine :

— Vous me ferez penser à vous recommander à un libraire de mes amis... Un certain Claude Barbin. Certes, ce n'est pas Charles de Sercy, mais, pour les textes, il édite... Fort proprement, fort proprement.

Jean avait compris. Il fallait être beau joueur et se résigner, abdiquer, abandonner, s'oublier, se sacrifier, s'immoler... En un mot : renoncer. Le marquis l'avait fait habilement tomber dans un piège littéraire, car à n'en pas douter, sur l'instant, c'était un drame qui se jouait, un drame cornélien. Il ne fallait pas s'y tromper, le ton était clair : Jean avait le choix entre l'édition et la compulsion. Voudrait-il se servir, le marquis le laisserait faire, mais alors, adieu lettre d'introduction. Se priver n'était pourtant pas une mince affaire. Jean souffrait, il souffrait assurément. Les vrais amoureux des arrière-cuisines, des repas engloutis à l'abri des regards indiscrets, de ces amours particulières que l'on peut entretenir avec la bonne chère, ceux-là donc, le comprendront. Le marquis avait trouvé le moyen de garder ce qu'il défendait comme une prise de guerre.

Henri lui tendit la coupe :

— Alors en prendrez-vous une... Quand même ?

Jean ne prit rien, ou plutôt prit sur lui et suivit donc le chemin de son ambition :

— Non, non merci... Je n'en ai pas l'envie.

— Fort bien !

Le marquis retira sa coupe et la posa sur une petite table, une petite table tout juste distante d'un jet de salive.

Jean s'était vaincu, mais se consola bien vite. Pour être trop gourmand, le marquis devait en payer le prix, et c'était doux de se souvenir maintenant qu'il avait les dents pourries.

Pourtant, pour être tout à fait honnête, Jean eut du mal à suivre la suite de la conversation de la mêmc façon.

Lc marquis partit d'ailleurs dans de vastes considérations, sur la vie, la mort et la superstition.

Rien de très original, ni de très précis encore.

Par moments, Henri de Sorel laissait tout à Charles ; à d'autres, c'était la marquise qui se taillait la part du lion. Il allait, venait, critiquant chacun.

— Et votre frère ?

— Vous l'avez vu comme je vous vois. Il ne pense qu'à

manger mes revenus et attend son heure, sans se soucier du tout de moi. C'est un égoïste !

— Et votre neveu ? Ne serait-il pas juste de le contenter un peu ?

— Mon neveu ? C'est un jeune daim !

Le marquis prononçait la phrase avec une sorte de nostalgie cachée, comme s'il se revoyait lui-même autrefois, et il était impossible de savoir s'il y avait là juste un regret ou aussi une certaine affection. Aussitôt, il reprenait :

— S'il aime tant Paris, il n'a qu'à s'y trouver une femme qui le nourrisse à sa faim !

— Et votre femme ?

— Ma femme ?

Le marquis retrouvait alors cette fragilité qu'il tentait en tout point de nier :

— Ma femme, je vous l'ai dit. Je ne lui demanderais que de m'aimer un peu et elle aurait tout ce qu'elle veut !

L'on avançait d'un pas et l'on reculait de deux, dans un pas de danse qui se révélait dangereux.

— Marquis, vous avez assez de connaissance pour savoir que ne pas choisir revient toujours à faire le pire.

Jean formula ainsi l'essentiel de sa pensée.

— Je sais, je sais...

Le marquis laissa tomber sa réponse avec une sorte d'agacement. Il y avait encore une autre solution et il en voulait à Jean de ne pas la lui avoir dite.

— Eh oui ! Cela est possible aussi... Voilà qui réglerait tout.

La vérité était que dans son nouveau mariage Henri de Sorel n'avait pas renoncé à enfanter, plus exactement à avoir des garçons, car les filles, comme chacun sait, n'apportaient que des complications. Sa précédente union s'était révélée stérile... Il y avait à cela mille raisons et surtout une certaine affection de l'ancienne marquise qui l'avait laissée fragile pour le reste de sa vie. Mais cette fois, son hymen avait toutes les raisons d'être fécond. Sa femme était jeune et lui encore gaillard. Alors en fait, s'il prenait maintenant certaines dispositions, c'était pour calmer les esprits et se retrouver à nouveau maître chez lui. Plus, quelles que soient ses décisions, il espérait qu'avec la naissance d'un héritier elles seraient bientôt sans objet.

Le discours n'allait pourtant pas sans certaines inquiétudes brutales, presque aussitôt réprimées. Sans cesse il était question de la marquise. Henri de Sorel retrouvait alors ce regard un peu perdu qu'il avait eu quand Jean lui avait dit l'autre nuit ce qu'il pensait de la situation.

— Croyez-vous que si elle était rassurée cela la conduirait à me rouvrir sa porte ?

D'autres auraient pu être émus, mais, une fois ou deux, le marquis changea de ton, ôtant, par là même, comme par enchantement, toute envie de le plaindre.

— Ne pensez-vous qu'elle se ferait plus docile si elle craignait d'être déshéritée ?

À mieux étudier certains détails, à mieux s'attacher à certaines subtilités dans lesquelles Henri de Sorel eut l'air de se complaire, Jean eut bientôt une certitude : le marquis ne pensait qu'à lui. Plus, toujours avec cette folie qu'il avait déjà révélée, il donnait l'impression de chercher, de calculer la meilleure façon de continuer à vivre après sa mort. Oh, n'y voyez aucun souci spirituel ! Henri de Sorel ne croyait pas, pas assez en tout cas pour avoir la certitude de rejoindre un paradis azuré. Il ne craignait pas non plus la grande faucheuse qu'il avait bien souvent fréquentée, jouant parfois sa vie sur un coup de dés.

Non, c'était plus subtil, plus matériel, plus obsessionnel aussi.

En élaborant certaines combinaisons qui semblaient avoir soudain jailli de son esprit, à moins qu'il ne les cachât depuis plus longtemps sans avoir encore voulu en parler ou commencer à les exécuter, il mettait l'ensemble de sa famille dans une perpétuelle condition d'obligés. La loi l'autorisait en effet à distinguer entre la jouissance et la propriété. Il pouvait donc accorder l'une à l'un et l'autre à l'autre, provoquant ainsi de contraignants assemblages que personne ne pourrait plus contrôler. Personne, pas tout à fait, puisque chacun serait obligé d'obéir aux dispositions qu'il aurait savamment érigées et qui lui permettraient donc de continuer à régner en toute saison. Il avait là une évidente cruauté, une forme même de perversité que Jean n'avait pas autrefois décelée.

Mais après tout, le marquis était alors plus jeune lui aussi.

En fait, dans ce séjour, ce fut sa première désillusion. Il faut rarement revoir les héros de ses vertes années. Étonnamment, Jean eut l'impression d'expérimenter personnellement ce qu'il avait pensé en regardant les planches ornithologiques de la bibliothèque, cette impression de bizarrerie, d'étrangeté, cette anomalie singulière qui n'avait pas laissé de l'étonner. Car, même après ce qu'il avait déjà vu, compris et ressenti, Jean aurait cru qu'il serait plus ému en se retrouvant seul à seul avec son mentor d'autrefois, son mentor lointain certes, mais son mentor tout de même et son ancien correspondant.

Mais non...

C'était curieux, vraiment.

Déjà la première fois, puis la deuxième et maintenant ce soir, encore... Il n'avait aucune émotion, aucune émotion véritable. C'était un peu comme de revoir une maîtresse que l'on n'avait plus rencontrée depuis des années, une maîtresse que l'on avait figée dans un temps passé, et de réaliser subitement qu'on ne l'aimait plus, qu'on ne l'avait jamais vraiment connue ou que, plutôt, on ne la reconnaissait plus.

Et là, tout de même... définitivement, absolument, terriblement, l'homme qui se tenait en face de lui n'avait rien de commun avec celui de sa mémoire. Il lui ressemblait, certes, mais juste assez pour bien mesurer tout ce qui avait changé. L'âme, elle-même, semblait s'être échappée. Mais cela encore n'était qu'une illusion, car c'est avec l'âge que tombe le masque. Il fallait donc apprendre à côtoyer un étranger avec qui, curieusement, il aurait partagé certains souvenirs.

Henri de Sorel ne sembla rien remarquer. Et c'était tant mieux car c'était impossible d'expliquer, de parler.

Après coup seulement Jean se rendit compte que, à ce moment précis, il eut une impression désagréable, un frisson, un sentiment de danger qu'il ne sut pas immédiatement décoder...

Car, comme on l'a dit, Jean n'écouta pas tout.

Il se surprit même à rapprocher sa chaise pour tenter de voler un des petits carrés sucrés, de le voler subrepticement dans la coupe d'argent quand le marquis avait le dos tourné... Là, là, il approchait l'annulaire, le pouce et puis l'index... Mais là brutalement, il fallait se gratter la tête ou fermer le poing. Au bout de dix, de vingt tentatives, Jean y réussit presque. Il avait attrapé un des petits pavés, quand soudain le marquis quitta brusquement la fenêtre où il s'était un instant immobilisé. Comme s'il avait compris son manège, il fondit vers lui, le prit par le bras et le fit lever. Mais ici, loin de le gourmander pour sa duplicité, il lui dit, avisant le beau secrétaire incrusté que Jean avait déjà eu tout le loisir d'admirer :

— Voilà où je tiens tous mes trésors. Bientôt, j'y enfermerai le testament que je vais rédiger.

Entre-temps, la pâte de fruits, si consciencieusement dérobée, était tombée sur le plancher. Jean l'apercevait, il pourrait peut-être à nouveau s'en approcher. Non, voilà que maintenant le marquis le ramenait dans la chambre ! Jean pourrait prétexter quelque oubli pour revenir en arrière...

Soudain, deux coups secs interrompirent les derniers espoirs du plan de campagne : on venait de frapper au cabinet particulier. Le marquis eut l'air surpris, retraversa la pièce et ouvrit la porte qui donnait sur l'autre côté.

— Ah, c'est vous... Qu'y a-t-il ?

Jean entendit vaguement chuchoter.

— Jean, je vais vous demander de me laisser.

Le marquis était revenu près de lui, sans introduire encore son mystérieux visiteur.

— Nous nous verrons demain. Ce soir, j'ai beaucoup parlé. Vous me direz une dernière fois votre conseil...

Il lui montra la porte qui donnait sur l'antichambre et Jean prit congé.

Qui pouvait venir à cette heure ?

Jean regretta plus tard de ne s'en être pas plus inquiété. Le regard rivé au sol, il venait de se rendre compte que sa prise de guerre, la pâte de fruits tant convoitée, était venue un instant dans la chambre avant de repartir de l'autre côté, repoussée par la chaussure du marquis qui avait failli l'écraser.

Maudite fourmi !

# Chapitre 7

Jean avait soufflé sa bougie. Il tournait et retournait dans son lit, sans pouvoir trouver le sommeil. Voilà au moins dix minutes qu'il s'était couché.

Aurait-il une insomnie, lui le dormeur infatigable ?

Peut-être qu'une petite gâterie l'aiderait à s'apaiser ?

Non, ce soir, il n'avait pas envie. À vrai dire, il se sentait comme saisi par une lourdeur de la pensée qui l'empêchait presque de respirer.

N'était-ce pas plutôt un malaise ?

Il y avait d'abord cette boule dans la gorge, cette impression d'étouffement, et puis surtout ce petit chatouillement d'estomac...

Un gargouillis, oui... ou plutôt... un gargouillement...

Et aussi ce petit point de côté...

En bas... à droite... un peu plus bas encore... juste là... Incontestablement le signe avant-coureur de ce que ce Jean détestait le plus au monde : une crise de flatuosité, de ventosité contraire, de borborygmes hypocrites, une sorte de météorisme complexe due à un trop-plein d'acidité. À la Trinité, il se serait soigné à la bourdaine, à l'argile blanche et au chardon-marie, souverains remèdes contre les humeurs digestives ; mais ici, il n'avait rien de sa petite pharmacie... Mon Dieu, quel sot avait-il été de ne pas se prémunir et de se croire au-dessus des lois naturelles ! En un instant, il revit sa jolie ferme fortifiée... Yvonne, Toine, tout son petit monde commençait à lui manquer... Même Marie...

Non, pas Marie, pas elle !

Jean sentit monter une chaleur, comme une agitation, un agacement, une irritation, un mécontentement, une colère, un déplaisir, voire un début de contrariété...

Par saint Crépin, il était en train de s'énerver !

C'était très mauvais ça !

Il lui faudrait d'abord se calmer, puis penser à quelque chose de joli, à quelque chose d'agréable, à quelque chose de beau... Quelque chose de serein comme un bruit d'eau et le chant des petits oiseaux... sinon c'étaient aussi ses rêves qui allaient être visités... Jean se souvenait encore de cette nuit où il avait bataillé pendant des heures avec Marie. Elle faisait dix fois sa taille, avec une poitrine en conséquence, et elle le poursuivait dans une chambre rose et molle pour tenter de l'écraser avec son pied... Il avait fallu que le lendemain ce soit justement elle qui vînt le réveiller ! En la voyant, il avait eu quelque mal à ne pas crier et en était resté traumatisé toute la journée...

Jean commença par expirer profondément puis à tenter de créer le vide dans son esprit. C'était ce qu'il avait de mieux à faire. Cela marchait toujours dans les rares occasions où Morphée lui jouait des tours.

Mais cette fois, rien !

Ou plutôt si : à la place des moutons qu'il tentait de rassembler pour les mieux compter, il ne voyait plus qu'une énorme pâte de fruits !

C'était ridicule, inadmissible, à peine croyable !

Cinq autres minutes, puis dix, peut-être quinze... Le

temps passe étrangement vite ou étrangement lentement dans ce genre d'affaires...

Toujours rien !

Jean avait beau fermer les yeux, il avait la terrible impression qu'il les avait toujours ouverts. Il se retourna une nouvelle fois et tira les draps par-devers lui... Tout de même, contrairement à ce qu'il avait cru, il se le redit, il serait mieux dans son logis. À n'en pas douter, ici l'atmosphère générale commençait à lui attaquer les nerfs... S'il restait, il lui faudrait retrouver une forme d'équilibre et se forcer chaque matin à aller herboriser. L'exercice lui manquait, son corps le lui montrait, c'était patent. Il passerait le reste de la journée enfermé à étudier dans la bibliothèque où il prendrait même ses repas...

C'était cela ou il rentrait.

Voilà maintenant qu'il avait mal au doigt. Finalement, le duel avec Poignant l'emporterait peut-être à retardement... Jean sourit intérieurement, cette peur-là, il se sentait capable de la maîtriser et jouait avec comme pour mieux effacer les autres... S'il y avait eu quelque chose à craindre, la plaie serait vilaine, et celle-là était fort belle...

Enfin, en apparence...

Tout de même, on avait vu des colosses terrassés par une égratignure, même par une piqûre de rose, alors une épée... Non, il fallait prendre sur soi et se souvenir, même si l'on n'y croyait pas que, même dans les pires moments, Yvonne lui avait toujours prédit une longue vie... Yvonne avait même ajouté... Soudain, s'interrompant lui-même dans son attendrissement programmé, Jean se mit à maudire Yvonne. Ah, cela lui allait bien de la regretter ! Finalement tout cela était sa faute... Depuis son enfance, elle avait passé son temps à l'effrayer soi-disant pour le protéger... Elle l'avait étouffé, oui !... Au fond du fond, Jean était un garçon courageux, il n'y avait rien à dire. S'il fallait lui soigner une dent ou affronter le barbier, il se montrait d'un sang-froid admirable... Tout le monde était là pour en témoigner. Mais affronter était une chose, l'idée d'affronter en était une autre... bien plus terrible, bien plus insidieuse, une idée qui s'infiltrait en vous et vous paralysait doucement comme le venin d'un serpent.

Et cette lumière blanche qui traversait les rideaux pour se refléter sur le carrelage rouge... À vous glacer les sangs !

Jean porta la main à sa gorge. Il avait craint un instant qu'une bulle d'air s'y soit coincée...

Demain, il aviserait...

La pleine lune ! C'est ça, nous étions à la veille de la pleine lune ! Comment n'y avait-il pas pensé plus tôt ? Inutile de lutter, Jean savait que ces nuits-là lui étaient terribles... Si seulement il avait pensé à prendre son petit flacon de pavot... Bon, maintenant qu'il connaissait la cause de son trop-plein d'activité, au moins cesserait-il de s'inquiéter !

Jean s'enfonça dans les oreillers.

Le silence, doucement, semblait devoir se faire.

Il avait quand même assez mal au côté... Pas plus mal que d'habitude à vrai dire... Peut-être que si, à la réflexion... Il hésita, appuya doucement, puis appuya un peu plus fort... Ouh là... C'était comme si un coup de poignard venait de lui transpercer les entrailles, un fer rouge à faire hurler une bête ! Pourquoi fallait-il que ce soit toujours la nuit que ses douleurs prissent de l'amplitude ? Ce n'était pas la première fois, et Jean tenta de se rassurer en se parlant doucement, comme à un tout petit enfant : tout allait bien, tout rentrerait dans l'ordre au petit matin.

Rien n'y faisait, la douleur persistait...

Tout de même, peut-être cela dissimulait-il une infection ?

Une purulence ?

Une corruption des chairs ?

Un noircissement du sang ?

Un début de putréfaction ?

En tout cas, une altération, quelque chose de caché, un mal sournois qui attendrait le bon moment pour se montrer : celui où il n'y aurait plus rien à faire, celui où il serait trop tard !

Jean tenta d'arrêter de penser. C'était comme demander à l'eau de cesser de couler... Il n'avait pas peur de la mort, mais il ne voulait pas souffrir. Comme il souffrait déjà, il essaya de se convaincre que ce ne pourrait pas être tellement pire...

Le calme peu à peu commençait à l'envahir. Bientôt, il oublierait tout. Le sommeil réparateur n'était plus très loin...

Ce n'était pas possible !

Jean resurgit du trou noir dans lequel il était en train de tomber. Soudain, voilà qu'il n'entendait plus son cœur battre. Il se rassit brusquement, souhaitant presque retrouver cet essoufflement salvateur, celui qui prouvait qu'il était toujours en vie.

Il se prit le pouls...

Non, non...

Si, si... Le cœur battait bien... Il était même un peu rapide... Beaucoup trop rapide d'ailleurs ! 80, 90, 100, 110... La machine s'emballait, jusqu'où n'allait-on pas aller ? C'était cela qu'il sentait venir : après le flux de bile, la crise de tachycardie... Demain, en lui apportant son bouillon, le valet de chambre le trouverait raide. D'ailleurs Jean avait froid, il avait DÉJÀ froid. Il ÉTAIT froid, voilà la vérité... Il devrait aller s'habiller, au moins saurait-il dans quel équipage on l'allait enterrer. Il choisirait son costume de voyage, le plus épais... Celui qui résisterait le plus longtemps à la voracité des mouches et des vers... Longtemps Jean avait cru que les vers devaient d'abord entamer le cercueil avant de pouvoir venir se repaître des pauvres morts. Ce n'est qu'assez récemment, à la lecture de certains ouvrages qu'il aurait préféré ne jamais connaître, qu'il avait appris que ces affreuses bestioles venaient de l'intérieur de soi. Et même si maintenant il le savait, se l'était répété et l'avait compris, c'était une nouvelle impossible à digérer, et il le pensait sans humour feint...

Une chouette hulula dans la campagne.

C'était complet !

Comment allait-on faire pour rapatrier le corps ? Et si on l'enterrait ici... Après tout, la loi l'exigeait.

Non ! Jean voulait s'en retourner auprès des siens, être mis en terre avec son père et sa mère... Le père La Vallée, le curé de sa paroisse, y veillerait... C'est lui qui l'avait baptisé, ce qui lui donnait une certaine autorité. Il ferait rapatrier le corps... Il faudrait faire venir une charrette, à moins qu'on le ramenât en carrosse, un bâton dans le dos pour le faire tenir droit...

Oui, oui...

Jean était bien mal pour parler déjà de lui à la troisième personne... Au stade où il en était, ces détails avaient-ils tant d'importance ? C'était idiot de s'inquiéter pour une chose à laquelle, finalement, on n'assisterait pas.

Quelle horreur !

Si Jean en venait à se réveiller dans cette boîte en bois blanc. Si on l'avait cru mort seulement... Non, dans son cas, comme il faudrait le ramener, il se passerait assez de temps... Jean se signa, comme pour conjurer le mauvais sort. Il ne fallait pas penser à cela mais plutôt à l'autre vie qui l'attendait. Il retrouva un semblant de calme. La vérité était que, maintenant, il se dissociait et se voyait déjà d'en haut avec une objectivité qui le calmait et l'affolait tout à la fois... Yvonne allait avoir bien de la peine. Il regrettait déjà de l'avoir... Enfin de lui avoir reproché son tourment. Pauvre Yvonne, il la voyait se lamenter dans sa cuisine. Jean aurait aimé la consoler, mais là où il était maintenant, il ne le pouvait plus... Il suivait mentalement le triste cortège...

D'ailleurs qui viendrait à son enterrement ?

Jean était un peu distrait, capable de nourrir de farouches inimitiés, mais connaissait encore bien du monde. Il s'efforça de compter de tête, cela ne pouvait pas être mauvais pour ce qu'il avait.

À part la famille et les proches immédiats... Disons six ou sept personnes... Il y aurait Guvin, son adjoint à qui il fallait rajouter tous les employés de la maîtrise, cela montait à un bon soixante-quatre... Quelques-uns de ses amis de Paris qui feraient le voyage, une dizaine environ... Racine, Boileau, Molière, la famille de Rambouillet... Les habitués de Vaux, et peut-être, même, Madame du Plessis-Bellière... À cela, on pourrait encore additionner des cousins de la région, des amis de ses parents et aussi quelques relations de La Ferté-Milon... Bref, il y aurait assurément de quoi remplir toute une nef, presque une église... Cela serait admirable, Jean serait bien pleuré. On ferait le banquet à la Trinité et puis on se partagerait ses affaires... Ses papiers seraient dispersés, et au bout de quinze jours, trois semaines, allez six mois, il serait complètement oublié !

Quelle horreur !

Quelle ingratitude !

Quelle injustice !

Quelle inanité !

Jean attrapa sa culotte et en sortit un linge pour s'essuyer le front. Ce n'était pas tout d'accepter de mourir, c'était terrible de penser que les autres allaient finir par ne plus se rendre compte que vous aviez cessé d'exister !

Il prit une grande respiration...

Une inspiration généreuse, peut-être la dernière...

Il y avait tant de choses qu'il aurait encore voulu faire... Mais même cela s'estompait, disparaissait comme les rives d'un pays que l'on quittait. La mort n'était pas loin, et maintenant qu'elle s'approchait à grands pas, Jean sentit tomber sur lui quelque grâce divine... À la révolte, à l'orgueil succédaient maintenant de bien plus chrétiennes qualités. Voilà qu'il aimait tout le monde, qu'il se sentait brusquement en harmonie avec tous les êtres vivants, hommes, bêtes, arbres, plantes... Tout se fondait en lui dans une même extase... C'était donc cela l'illumination des derniers moments, cette fusion avec tous les éléments de la Création...

C'était beau, c'était magnifique même !

Jean était prêt à s'abandonner quand il se rendit compte qu'il était toujours là. Son cœur se calmait, mais maintenant c'était son ventre qui devenait gros comme un ballon. C'était curieux et soudain. Au vide, voilà maintenant que répondait l'illusion du trop-plein, car il faut avouer que depuis son arrivée, au sortir de table, Jean ne s'était jamais encore senti rassasié. Son corps, toujours lui, le lui disait. Il criait famine et se défendait comme il pouvait.

C'est alors que Jean eut un éclair de conscience. Face au grand trou noir, à la peur qui l'avait saisi, il lui fallait manger. Se sentir digérer, c'était se sentir vivre, plus, c'était rendre hommage à la nature en rendant tous ses organes occupés. En effet, celui qui voulait se rassasier devait marcher jusqu'au garde-manger, utiliser ses mains, regarder avec les yeux, ouvrir sa bouche, réveiller sa langue, solliciter le foie et l'intestin... Dans sa tête, Jean voyait en désordre défiler les plats du dîner : écrevisses à la nage et artichauts braisés ; pralines et fruits confits ; brioches et massepains...

Oui, c'est cela, Jean avait faim.

Il sauta de son lit, réprima un vertige, rabaissa sa chemise, attrapa sa robe de chambre, recoiffa son bonnet, chercha ses pantoufles, ralluma la flamme de sa bougie en soufflant sur les braises de la cheminée et ouvrit la porte de sa chambrée.

*

— Vous devez m'écouter !

— C'est inutile, Madame, je crois qu'à présent j'en sais assez pour deviner quel jeu s'est joué !

Les voix du marquis et de la comtesse résonnaient dans la grande galerie.

Visiblement, Henri de Sorel venait de ressortir de la chambre de son épouse.

Sa belle-mère l'avait-elle attendu devant la porte ou venait-elle aussi de chez sa fille ?

La scène était trop engagée pour qu'on puisse le dire.

À la vérité, pour l'instant, Jean s'en moquait. Il se cacha comme il put afin de n'être pas remarqué. Rien ne l'embêtait plus que d'être arrêté dans une action quand il l'avait décidée. Il protégea la flamme de sa bougie avec la main et fit un rapide calcul : il y avait vingt pas entre la galerie et l'escalier, c'était peu, mais suffisant pour être repéré, interpellé, retenu... En tout cas, certainement retardé...

— Comprenez, je vous en supplie !

La comtesse avait attrapé la main du marquis auquel elle s'agrippait comme à un mouchoir :

— En amour, certaines femmes se voient conduites aux dernières extrémités. Vous les connaissez trop pour l'ignorer. Dans cette affaire la plus coupable n'est pas celle que vous désignez.

— Cessez, Madame, cessez de me harceler ! Je vous ai connue plus hautaine et plus sereine. Vous vous oubliez et, surtout, vous m'ennuyez !

À ce dernier mot, la comtesse poussa un cri étouffé. Comme un vent du sud, un vent soudain chargé du sable des Afriques, la voix d'Henri de Sorel s'était levée et avait trouvé une sorte d'aspérité. Il s'était retourné et dans la colère avait recouvré un air de jeunesse foudroyé que Jean lui avait oublié. Il repoussa la comtesse sans violence extrême. Pourtant, comme une poupée de papier, ces poupées que l'on voyait dans les foires s'envoler et retomber, Madame de Saint-François atterrit sur le marbre dans un froissement d'air et de soie. Elle semblait presque morte, désarticulée. Sa bouche s'ouvrait sans plus qu'aucun son n'en sorte. Brusquement, son regard hagard sembla se fixer en un point précis. De son poste d'observation, ou plutôt de sa cachette, car il ignorait maintenant comment désigner le recoin où il se trouvait, Jean aurait juré que c'était lui qu'elle avait remarqué.

Était-ce l'ombre de sa flamme ?

Était-ce le bruit de sa respiration ou pire, la vibrante manifestation de ses appétits ?

Mais, non... Mais non... Bientôt le regard reprit sa mobilité.

Ce moment d'angoisse n'avait duré qu'une seconde, une éternité. Henri de Sorel s'éloignait maintenant à grandes enjambées. La comtesse se ramassa, lui lançant une dernière fois :

— Ayez pitié...

Puis dans un souffle exhalé, elle répéta :

— Ayez pitié d'elle !

Trop tard, le marquis n'était plus là pour l'écouter. Madame de Saint-François s'affaissa un instant contre le mur comme un combattant épuisé, reprit son souffle puis retrouva subitement son allure naturelle et avança à son tour, glissant sur le sol comme quelque patineuse sur un lac gelé.

Jean attendit un peu, une minute peut-être, pour s'assurer que le lieu était bien déserté.

Plus personne en vue ?

Alors, seulement, il commença à descendre silencieusement les degrés qui menaient au rez-de-chaussée.

*

La lune se reflétait maintenant sur le sol noir et blanc de l'entrée. S'y aventurer donnait l'impression de marcher sur un gigantesque damier ajouré. Jean ignorait où se trouvaient les cuisines et s'en voulait maintenant de n'y avoir pas prêté attention. Elles étaient au sous-sol à n'en pas douter, comme dans toutes les grandes maisons. À la Trinité, c'était plus simple, presque l'inverse à vrai dire, le royaume d'Yvonne occupait toute l'aile droite, de plain-pied, ressemblant bien plus à une pièce à vivre qu'à un simple garde-manger.

Jean élimina toutes les portes qui conduisaient vers les salons et se tourna vers le sens opposé. Il avisa une ouverture découpée dans la boiserie, juste à côté d'une grande fresque guerrière représentant Achille menant ses troupes au combat. Il en fit tourner la poignée et découvrit un petit escalier de pierre en colimaçon qui semblait le regarder de travers. Une descente aux enfers... C'était visiblement le prix à payer si l'on voulait réussir à se sustenter. À la huitième marche, Jean faillit tomber. Il avisa une lanterne à mi-hauteur et entreprit de l'allumer. Il lui fallut encore prendre deux tournants et il était enfin arrivé.

Devant lui, il semblait y avoir plusieurs grandes pièces encore tiédies par les bûches qui achevaient de se consumer dans les poêles et les cheminées.

Dans la première salle, il y avait deux tables imposantes en bois foncé. C'était là, sans doute, que l'on déposait les plats avant de les monter ; là aussi où devaient se réunir les domestiques pour dîner.

Un peu plus loin, en traversant une porte vitrée, on arrivait dans un endroit plus étonnant pour le néophyte. De larges ouvertures étaient visibles dans les murs, des fours à farines, des fours à volailles, des fours à dorer, des fours à saisir tout ce qui devait griller, craquer, rôtir, brunir. Au centre pourtant, comme si l'ensemble pouvait ne pas suffire, un âtre gigantesque avec un tournebroche qui pouvait recevoir un bœuf entier. Contrairement à la première pièce qui devait davantage servir à éplucher les légumes, celle-là conservait encore des odeurs de viandes grésillantes, de pain saucé, de rillons, de confits et de gésiers.

Jean se prit à rêver... à rêver seulement car pour l'instant il n'avait encore rien trouvé à manger. Il s'enfonça donc plus avant, traversa encore une autre salle, une salle avec de grands baquets qui devaient servir à laver la vaisselle sale, puis il aperçut une sorte de petit couloir voûté, un couloir entièrement carrelé qui menait à une lourde porte cloutée. Elle s'ouvrit dans un grincement sinistre, une sorte d'avertissement qui semblait prévenir le chef cuisinier :

— Attention quelqu'un s'est introduit dans le garde-manger !

Avez-vous déjà eu une image du paradis ? Certes, elle est

variable pour chacun car chacun y met ses émois particuliers ; elle peut même changer d'une heure à l'autre au gré des envies exaltées ou des désirs rassasiés. Elle est donc éminemment fragile, pouvant vous séduire un instant, vous dégoûter celui d'après comme une trop belle femme, une femme trop voluptueuse que l'on aurait consommée avec l'excitation et le remords du péché.

À la seconde, ce que Jean découvrit lui sembla être digne de ce fameux repos du guerrier évoqué par les poètes persans, de ce jardin d'Éden où il n'y avait qu'à se pencher pour trouver ce que l'on cherchait. Imaginez l'arbre à jambon, le buisson à boudin, le bosquet à gigot, la fleur de saucisse, un parterre de terrines et de pâtés, un vol de gibier tout préparé plus toute une ronde de mies et de croûtes variées...

Jean avisa une rosette et un beau bout de Parme qu'il décrocha avec la prudence d'un antiquaire qui a flairé la grosse affaire. Il fouilla rapidement dans la poche de sa robe de chambre. Heureusement, il avait eu la présence d'esprit de s'armer de son couteau.

*

Un sifflet, puis comme une pierre lancée au carreau... Un sifflet à nouveau... puis un court silence.

Jean se réveilla en sursaut. Il avait la digestion tranquille, et après s'être repus il s'était senti envahi par une douce chaleur qui l'avait surpris sans qu'il demandât son reste.

Depuis combien de temps s'était-il endormi sur ce banc, la tête sur la grande table de la cuisine ?...

Une heure, peut-être deux...

La lune avait changé de côté, et à travers les soupiraux, on devinait tous les contours du jardin qui semblait brusquement redessiné, épuré, grandi, laissant davantage apparaître ses structures secrètes et donc la volonté de domination de son maître.

Un sifflet encore une fois.

Jean regarda de droite et de gauche, ne voyant encore pas bien, bouffi de sommeil, les yeux lourds et la bouche paralysée. Mais ce que son œil perdait, son ouïe le gagnait. Chacun a pu s'émerveiller de cet équilibre naturel qui, dès lors que l'on est encore partiellement en éveil ou que l'on revient en conscience, ne manque pas d'étonner celui qui pense à l'observer. Vous endormez-vous, vous réveillez-vous qu'un bruit imperceptible sera subitement amplifié, multiplié, presque décomposé... Un bruit que vous n'aviez pas remarqué peut subitement vous empêcher de vous endormir, comme un bruit qui gêne dans le réveil, qui semble même réveiller, sera oublié dès que l'on aura émergé de cet état second qui nous tenait éloigné.

On sifflait encore.

Pas de doute, le bruit venait de ce soupirail-là...

Jean regarda et crut deviner une ombre qui se détachait dans la lumière de la lune. Il s'approcha en silence et commença à entrevoir une silhouette, plus exactement une silhouette tronquée car sa position enfoncée et l'obscurité ne lui permettaient pas de saisir l'inconnu dans son entier...

Des jambes d'homme assurément...

Un homme mince et athlétique...

Un homme jeune sans doute, ou en tout cas qui faisait de l'exercice... Il n'y avait qu'à observer sa façon de se camper avec force, certitude et agilité...

Des bottes de daim...

Des chausses de voyage aussi... de deux bruns, à moins que ce ne soit de deux gris différents...

Visiblement, « on » attendait quelqu'un... Un rendez-vous nocturne, donc secret...

Quelques pas sur le gravier...

Un sifflet à nouveau et puis plus rien...

Jean retint son souffle. Son ventre rassasié, ses oreilles et sa curiosité recommençaient à très bien fonctionner. Comme il l'avait fait tout à l'heure dans l'escalier pour le marquis et la comtesse, il attendit quelques secondes puis avança doucement la tête. Il n'y avait plus personne, juste l'ombre des grands arbres dont la masse semblait se décupler dans le lointain. Était-on venu pour rien ou tout au contraire avait-on obtenu ce que l'on désirait ? Impossible d'y répondre.

Jean resta encore immobile...

Un court moment...

Puis, comme s'il revenait d'un songe, il retourna vers la table et chercha sa bougie. Il était dans le noir sans s'en apercevoir et il ne trouva rien... ou plutôt si, un bout de chandelle éteint dont les restes avaient fondu dans le bougeoir...

*

Jean arrivait dans la galerie. Il avait réussi à monter, il devrait dire à gravir, les escaliers qui conduisaient des cuisines à l'entrée. Il retrouvait maintenant la lumière dc la lune qui filtrait par les grandes vitres arrondies, comme un homme, perdu chez les sauvages, devait retrouver le premier poste de la civilisation.

Il reprit son souffle et s'arrêta un instant.

C'était un peu ridicule, mais Jean était aussi, en cela, resté comme les enfants. Il avait peur du noir, pas toujours, mais souvent. S'il devait traverser un couloir d'ombre ou d'obscurité, il lui arrivait de sentir derrière lui quelque brusque danger... Une force qui allait l'engloutir ou le frapper... Et le voilà qui se mettait à courir, toujours suivi par cette menace qui accélérait au même rythme que lui. Il se donnait alors symboliquement une sorte de frontière salvatrice, un lieu à partir duquel il serait en sécurité. Cette fois le frisson du péril l'avait saisi quand il arrivait dans l'entrée, juste avant de refermer la porte sur le vieil escalier. Jean avait tenté de se maîtriser puis, soudain, avait avalé quatre à quatre les nobles degrés qui menaient au premier. Heureusement, ces petites affaires restaient toujours privées car Jean n'avait jamais aucune peur s'il était accompagné. Même la présence d'un nourrisson l'empêchait de s'affoler. Il était alors en charge, avait une responsabilité, et cette simple marque de confiance suffisait à le rassurer... Il regarda autour de lui, passa sous les fresques et s'engagea dans le couloir qui menait à sa chambre.

Quelle nuit !

Ah, cela, il s'en souviendrait !

Jean était en train de se laisser emporter par une digne révolte qui achevait de le convaincre qu'il ne risquait plus rien, quand soudain...

À quelques mètres de lui...

Une autre respiration...

Quelqu'un l'observait...

L'inconnu de tout à l'heure ?

Quelqu'un de la maison ?

C'était imperceptible, mais avec cette conscience de chat, Jean sentait qu'il n'était pas seul.

Était-ce à lui qu'on en voulait ?

Venait-il simplement déranger des pions ?

Il se retourna brusquement, voulant faire face au danger... Mais rien... Il s'arrêta un instant, regarda autour de lui puis s'engouffra brutalement dans sa chambre qu'il se hâta de boucler à double tour.

*

C'était décidé cette fois, il rentrait. Il avait déjà donné des ordres au palefrenier. Rossinante devait être prête pour midi. Tant pis pour les quatre cents livres ! Tant pis pour le marquis ! Il resterait poli et inventerait un impératif soudain qui l'obligeait à s'en aller, mais l'expérience de cette nuit avait suffi. Ce château lui était hostile, voilà le mot. Il y avait des lieux comme cela, et Sorel en faisait partie. D'ailleurs Rossinante l'avait bien senti, la brave bête ! Elle avait refusé de s'engager sur le pont à leur arrivée. Si ce n'était pas un signe !

Jean s'était levé tôt. Levé c'était une façon de parler car en fait il avait eu bien du mal à fermer l'œil, une fois dans son lit. Il s'était allongé le couteau sous son oreiller, prêt à bondir à la moindre sollicitation. Non, finalement c'était encore pendant le petit moment qu'il avait passé dans la cuisine qu'il avait réussi à récupérer un peu. À l'aube, Loïc lui avait apporté son bol de bouillon et Jean avait sauté dans ses chausses. Il avait traversé le parc, encore tout humide de rosée, et s'était dirigé vers les bois pour herboriser. Au moins, les plantes, elles, n'avaient pas de problèmes à lui confier ; de mystères à dissimuler...

Ce matin, Jean cherchait de la bardane, de la racine de bardane pour être précis car c'était de cette partie cachée de la plante qu'il fallait extraire le principe actif dont il avait grand besoin. Il lui restait de la nuit une curieuse impression de malaise, mais aussi une inflammation... ou plutôt un début d'inflammation... ou, disons pour être tout à fait juste, un risque d'inflammation qu'il sentait poindre à l'aile droite du nez, juste à la frontière de la narine, là où la chair est la plus fragile... À n'en pas douter, il allait lui pousser ce petit bouton très douloureux qui apparaissait ici ou là en cas de trop grande émotion...

C'était net !

Jean arpentait donc la forêt à la recherche d'une trouée dont l'*Arctium lappa*[1] faisait d'habitude sa terre d'élection. Comme c'était une plante bisannuelle, une plante rare donc, il savait que c'était là aussi qu'il trouverait son meilleur adjuvant, la pensée sauvage qui faisait également merveille dans ce genre d'affection. Il repensa soudain à la maison forestière, celle qui se trouvait dans la clairière où il avait repéré la fourmilière dans ce vieux tronc de chêne...

Il fallait prendre à gauche...

Non, à droite...

Jean hésita, hésita une, deux, trois fois, puis décida de faire confiance à son instinct, à cette sorte de boussole interne qui le conduisait toujours là où il désirait, même s'il ne pouvait assurer que c'était le plus court chemin...

Voilà, c'était là...

*

Un cri, un cri épouvanté...

Jean revenait tranquillement vers le château, remontait par le sentier et arrivait par la cour d'honneur. Il releva la tête et interrompit sa réflexion. Devant lui, un jeune homme sautait de cheval, venant d'arriver. Ils se regardèrent sans avoir le temps de se présenter. Loïc sortait sur le perron et reprenait l'alarme :

1. *Arctium lappa* : nom latin de la bardane.

— Venez vite, Monsieur le marquis a passé !

Le jeune homme resta un instant interdit puis s'élança vers le logis. Il portait un bel habit brun, un brun terre de Sienne comme on en portait depuis que la mode était venue d'Italie.

# Chapitre 8

Le marquis était étendu en travers du lit, sa chemise à demi remontée. On ne lui avait pas encore baissé les paupières, comme si personne n'avait osé le toucher. Jean, même s'il ne le voulait pas, ne put s'empêcher de le regarder. C'était toujours étrange l'expression que chacun laissait au moment de partir, signifiant le dernier sentiment qu'il emportait, révélant peut-être l'essence même de son être en un seul trait.

C'était injuste peut-être, inattendu souvent, mais plus encore imprévisible.

Il y avait les masques paisibles, les masques terrifiés, les masques moqueurs, les masques orgueilleux, les masques méprisants, les masques méchants, les masques lumineux, les masques résignés, les masques suppliants, les masques abandonnés, autant de qualificatifs qui montraient dans quelle tenue on allait se présenter devant son Créateur. On avait vu de saintes femmes partir avec cette expression de contentement que d'habitude on n'affichait qu'à certains moments, des voleurs, des criminels même s'envoler avec cet air de certitude d'avoir accompli ce pourquoi ils étaient venus, et de bons paroissiens manifester que, finalement, ils n'avaient rien compris, comme s'ils se rendaient compte, au moment de passer, qu'ils avaient manqué leur vie, l'air de rien. Ces derniers n'étaient pas les plus rares, et dans ses différentes missions, Jean l'avait souvent observé : plus nombreux qu'on ne le pensait étaient ceux dont la face tranquille se transformait en de curieux points d'interrogation.

Henri de Sorel était de ceux-là, de ces questionneurs d'au-delà. Il ne dérogeait pas à la règle. Le trépas semblait l'avoir surpris en une seconde, le laissant stupéfait. Ses yeux grands ouverts ne semblaient pas croire qu'était venue leur heure dernière. Sa bouche, elle aussi, béait d'une surprise subite. Il paraissait avoir regardé la mort et lui dire encore :

— Est-il déjà temps ? Souvent j'ai pensé à vous, mais je vous voyais autrement.

Pouvait-on s'en étonner de la part d'un homme qui semblait se croire immortel et avait toujours collectionné les planches et les livres, cherchant constamment à en savoir davantage sur les secrets de l'univers ?

*

— J'ai frappé ce matin, comme à mon habitude... Comme Monsieur ne répondait pas, je... je suis entré...

Loïc était bouleversé. C'était lui qui avait retiré de la bouche du marquis le morceau de pâte de fruits avec lequel il avait dû s'étouffer, témoignant une fois encore de cette vérité : on meurt par où l'on a péché. Mais Loïc était pour l'instant bien loin de considérations philosophiques. Il avait perdu tous ses moyens et sa grande carcasse ne semblait plus lui servir à rien. Bastien, le domestique de Charles, oubliant le récent passé, s'était approché de lui pour lui apporter son muet soutien.

Un peu plus loin, blottie contre sa maîtresse, Jeanne, la

femme de chambre de la marquise, était plus blanche que vive. C'est elle qui avait crié, attirée par la curiosité quand elle avait vu Loïc ressortir encore tout tremblant de sa macabre découverte. Ses larmes bruyantes étaient les seules que l'on pouvait entendre. La marquise pleurait, elle aussi, mais ses larmes à elle semblaient d'une autre nature... Jean se reprit. Il fallait qu'il cesse d'observer tout et rien, d'en tirer des conclusions, alors même que personne n'avait posé la moindre question. Ce n'était plus de l'instinct, c'était une manie...

Une chose était sûre, une chose que Jean se reprocha de penser tout au fond de lui : le peuple était sentimental, bien plus sentimental que ses maîtres, et une mort même étrangère pouvait le bouleverser plus ouvertement qu'un seigneur ne s'affligerait de la perte de son père ou de sa mère.

Fallait-il y voir un excès chez les uns et un manque chez les autres ?

Une peur panique contre une noble fatalité ?

Oui, certainement.

Ce n'était pas un hasard si les aristocrates avaient le sentiment d'appartenir à une lignée qui leur assurait, en tout état de cause, une forme d'immortalité. Que l'un vienne à s'en aller, un autre, un autre de son sang continuerait à porter son blason et son épée. Le manant lui, le bourgeois même, disparaissait en instantané. Le vagissement d'une servante, le silence des familiers... Si l'on en avait douté, le spectacle venait abondamment renseigner : dans la nuit, le marquis Henri de Sorel, comte de Villiers, de Marécourt, de Remiremont, baron du Terray, seigneur des Millières et autres lieux avait rendu son âme à Dieu. Mais il était le huitième du nom et descendait des croisés. Tout de même mourir ainsi étouffé, quelle stupidité !

— Venez, Louis, et aidez-moi à remettre votre oncle bien couché dans son lit.

Charles s'était tourné vers le gracieux jeune homme avec qui Jean était monté. À vrai dire, il l'aurait presque oublié, tant il y avait à se nourrir, à tenter de comprendre et d'apprendre. Ainsi donc, c'était lui, ce neveu qui rentrait de Paris, ce neveu dont il avait déjà tant entendu parler, ce sujet de discorde, ce fils de cadet qu'il fallait songer à installer. Il avait belle allure et encore ce teint de jeune fille, cette brusque timidité d'adolescent qui ressortait quand on se trouvait pris de court. Et assurément, si Charles de Sorel avait l'air sombre, son fils, lui, semblait bien stupéfait. La seule ressemblance qu'il conservait avec son parent, le marquis, à cet instant.

— Eh bien, Louis...

Charles s'était approché du lit.

Louis jeta son chapeau et vint lui prêter main-forte.

On rabattit d'abord la chemise, par décence pour les dames et respect pour le défunt.

Charles saisit le tronc, Louis les jambes, mais bientôt l'un et l'autre se trouvèrent plus embarrassés qu'ils n'auraient pensé. Le corps était si raide qu'il était impossible de le plier. Jean comprit la situation et s'approcha aussitôt pour apporter son aide. Après de bien curieuses manœuvres, on finit par réussir à remettre Henri de Sorel dans les draps et à rabattre sur lui le lourd couvre-lit armorié au chardon et au lis entrelacés.

De cette seconde, Jean fut en alerte.

Il savait maintenant pourquoi son esprit avait commencé à vagabonder, à flairer, à s'aiguiser, à se demander, à rechercher. Henri de Sorel présentait une curieuse rigidité alors que son corps avait encore presque la chaleur de la vie.

Pourtant contrairement à ses angoisses de la nuit, Jean n'eut aucune incertitude : Henri de Sorel, lui, ne se réveillerait jamais plus. Il était mort et cet état allait durer très longtemps.

*

On récita d'abord un Pater que Jean marmonna machinalement. Suivant sa méthode, celle qu'il utilisait toujours en société, et finalement la mort n'en était que l'ultime fréquentation, il ne dirait rien de ses premiers doutes, moins encore de ses premières constatations. Il savait d'expérience que de trop rapides conclusions nuisaient le plus souvent aux véritables révélations. Il lui faudrait donc se faire violence, s'empêcher de supputer, d'estimer, de déduire, de calculer, en un mot d'aller droit au but, comme il pouvait le désirer... D'ailleurs, ce serait manquer d'intelligence et surtout d'honnêteté que de conclure avant terme. Pour l'instant, Jean s'interdit donc même de penser que le marquis avait été un peu aidé dans un voyage qu'il ne prévoyait pas. Aussi, pendant que ses lèvres continuaient à s'ouvrir et à se fermer, s'efforça-t-il simplement de noter scrupuleusement tout ce qu'il pouvait engranger, comme un sage écureuil amasse les noix et les châtaignes pour un hiver qui va bientôt arriver.

Alors que Charles continuait à réciter la prière des morts, Jean attarda donc son œil sur le corps. Commencer par interroger le cadavre, car après tout, c'était encore lui le mieux renseigné, c'était toujours ainsi qu'il se mettait à procéder. Si l'on savait bien y regarder, un mort se lisait souvent à livre ouvert et se mettait à parler plus souvent qu'on ne l'aurait pensé.

Maintenant qu'il avait les yeux clos, Henri de Sorel semblait statufié. Mais l'impression était trompeuse car après une rapide inspection on voyait bien que ses mains n'étaient pas jointes. Charles avait pourtant plus d'une fois essayé de les rapprocher, mais chacun des avant-bras semblait présenter une crispation rebelle... Ainsi des jambes que l'on avait eu le plus grand mal à déplier. La chemise elle-même avait des choses à raconter : le tour du col était taché, un peu jauni, sans que pourtant aucun liquide ne semblât l'avoir touché. Une chose s'imposait, elle s'imposait d'évidence, même si la situation pouvait expliquer certaines omissions ou distractions. Dans la pièce, où chacun était réuni comme au dîner, personne ne semblait remarquer ce que Jean venait de constater. Tout le monde semblait s'accommoder de la situation, bien au contraire. Pas le moindre mot, pas la moindre réflexion.

Pourquoi ?

Jean avait bien son idée mais refusait toujours de répondre.

Un autre fait était clair lui aussi, si clair que Jean faillit négliger de le prendre en compte : le marquis était mort en tenue de nuit. Il avait donc eut le temps de se dévêtir et de se mettre au lit. Quand Jean l'avait aperçu dans la galerie, il était encore en habit. Si l'on tenait compte de l'état de température du corps, il avait dû mourir environ deux heures plus tard... Jean fit un rapide calcul. Cela n'avait pas de quoi réjouir : c'était à peu de chose près l'heure où il était remonté de la cuisine et avait senti cette étrange respiration à quelques mètres de lui...

La marquise continuait doucement de pleurer.

Charles venait de tracer une croix sur le front de son frère. Il assumait son rôle de chef de famille puisque, par la force des choses, il était maintenant l'aîné. Il l'assumait bien, peut-être trop bien.

La comtesse était restée très calme. Pendant un temps,

elle semblait n'avoir pu détacher son regard du mort, mais maintenant c'est à sa fille qu'elle semblait s'intéresser bien davantage.

Le chevalier Des Essarts, malgré tous ses efforts, n'arrivait pas à masquer quelque furieuse inquiétude. Son regard allait de tous côtés. Il semblait chercher quelque chose.

Était-ce sous le lit ?

Dans le grand coffre ?

Brusquement, le bras droit du marquis se releva, comme mû par un ressort que l'on aurait lâché. Après un bref instant où il resta incroyablement pointé, il retomba lourdement sur son flanc. On eût presque cru qu'Henri de Sorel était revenu miraculeusement à la vie, ou qu'il se dressait d'entre les morts pour parler.

Chacun resta prostré.

Charles lui-même blanchit, interrompant le lamento de la seconde prière qu'il avait entrepris de réciter. Il allait reprendre quand la marquise bouscula sa chambrière, traversa la pièce, s'enfuit dans le couloir et disparut dans ses appartements. Seul Louis avait réagi vivement, et il l'aurait suivie assurément sans la présence de son père qui lui attrapa la main et lui fit comprendre en un instant de n'en rien faire.

*

Mais pour l'heure, au moment de ce grand passage, de cet envol vers le ciel, intervenaient aussi d'autres éléments, des éléments moins essentiels, plus incongrus aussi. Même si on voulait l'oublier, on ne pouvait le nier : Sorel bruissait de rumeurs singulières.

Dehors, dans le couloir, sur le palier, et jusque dans la galerie, des laquais, des femmes de charge, des garçons d'écurie s'étaient réunis sans s'être concertés... Les petites gens, les invisibles... Ils semblaient être tous là comme attirés par un fluide, avertis, renseignés, sachant tout avant même qu'on ne les eusse dûment informés

En quelques minutes, un peu partout, tout le monde s'était assemblé, donnant une saisissante vision de la société. C'était comme si d'un grand coup de sabre un géant invisible avait tranché le château de haut en bas, surprenant chacun dans son activité immédiate. En traversant l'entrée, en montant l'escalier, Jean avait eu soudain l'impression d'être ce géant-là, ce dérangeur de ruche qui venait l'inspecter rayon par rayon.

Encore, ici aussi, y avait-il des degrés. Car, comme s'ils obéissaient à un ordre naturel, les domestiques s'étaient regroupés suivant les tâches qui leur étaient assignées. Les gens qui servaient à l'extérieur semblaient devoir rester les plus éloignés : les volaillères, les palefreniers ; les maraîchères, les jardiniers. Venait ensuite le personnel affecté à l'intérieur du château, mais là encore dans une combinaison toute réglée : le bataillon de cuisine, après les laquais en livrée. On parlait tout bas, on chuchotait plutôt, on voulait savoir, mais au grand jamais aurait-on un instant pensé à transgresser l'immanente autorité qui venait de se manifester et semblait devoir tout organiser. Si une volaillère voulait avoir des détails sur ce que l'on pouvait voir, elle s'adressait à un palefrenier qui demanderait à son tour à un laquais du rez-de-chaussée qui s'enquerrait enfin auprès d'un des domestiques du service privé. En notant instinctivement ce curieux et respectueux manège, Jean ne put s'empêcher de penser que cela rassurait chacun de se croire quelque chose et que même le dernier ici se pensait encore supérieur au métayer qui n'avait pas accès au-delà des grilles de la propriété. En s'inclinant, chacun manifestait ainsi de sa supériorité. Loïc et Bastien en premier.

*

Une araignée tissait patiemment sa toile. Elle allait et venait avec une impitoyable régularité, lançant patiemment ses fils toujours plus loin.

Si on la laissait faire, peu à peu, elle pourrait s'approprier la chambre tout entière.

Si, au contraire, on décidait de l'arrêter, de détruire son ouvrage, elle se cacherait un instant puis, au moment où l'on aurait le dos tourné, elle reviendrait sur les lieux de son empire premier et, à nouveau, sans désemparer, reprendrait possession des espaces qu'elle estimait avoir patiemment gagnés.

L'araignée ne renonçait jamais. Elle se repliait, attendait mais poursuivait toujours inlassablement sa tâche. Son instinct marquait là toute sa grandeur et ses limites.

— Que faites-vous encore ici ?

Jean tourna brusquement la tête, quittant le repli de la fenêtre sur lequel il s'était concentré.

Charles était revenu dans la pièce.

Le ton n'admettait aucune réplique et Jean n'en chercha d'ailleurs pas.

Pour l'heure, il en savait assez, enfin presque. Il était resté seul, quelques minutes à peine, profitant du trouble jeté par le brusque départ de la marquise pour continuer ses premières investigations. Elles étaient rapides mais toujours fructueuses. Jean savait qu'il lui fallait utiliser ce qu'il appelait souvent sa mémoire picturale, son instinct ludique aussi. Comme on l'a peut-être remarqué, il l'entretenait souvent, pour un rien, s'efforçant de noter ce qui, en un instant, avait été transformé ou semblait différent de l'accoutumée. En très peu de temps, il était donc devenu capable de noter dans une pièce tout ce qui avait bougé, dans une tenue, tout ce qui avait changé.

Ainsi, dans la cheminée, il y avait de chaque côté des chenets des restes de papiers non brûlés, presque rien à vrai dire mais assez pour être sûr qu'on avait voulu y faire disparaître quelque chose. Oui... Ce n'était pas du papier enduit, du simple papier d'allumage mais bel et bien du beau papier à écrire dont Jean avait discrètement ramassé quelques morceaux en faisant simplement semblant de se pencher. Plus curieusement, il y avait aussi un autre fragment qu'il avait également récupéré, sans avoir eu encore le temps de bien le regarder.

— Savez-vous que votre frère me voulait pour exécuteur testamentaire ?

Jean regarda Charles droit dans les yeux.

Monsieur-frère, il était à la seconde irrésistible de le nommer ainsi, fit comme s'il n'avait rien entendu :

— Les femmes montent pour la toilette et il est temps de se retirer pour les laisser à leur ouvrage.

Jean marqua un temps, puis :

— Je comprends, bien sûr...

Il fit donc mine d'obtempérer.

En fait, il avait sa petite idée. Jean adorait commencer à obéir à des ordres pour mieux les éviter. Il tourna sur lui-même, comme s'il cherchait à s'orienter, puis se dirigea vers le cabinet particulier qu'il n'avait pas eu le temps d'inspecter. Alors qu'il venait d'y entrer, Charles lui lança :

— Je vous serais reconnaissant de ressortir par l'autre côté.

Jean dut trahir malgré lui une certaine déception, une contrariété, car Charles crut utile d'ajouter :

— Tant que le notaire n'est pas arrivé, vous comprendrez qu'il est certaines précautions que je me dois de faire respecter.

Tout comme son frère, Charles venait d'en dire plus par ses silences que par tout ce qu'il pouvait raconter. À l'instant même où il finit sa phrase, Jean surprit son regard qui partait de côté. Au fond de la pièce, le secrétaire, le beau secrétaire dans le goût italien que Jean avait déjà remarqué... Jean s'avança sans que Charles l'empêchât cette fois d'aller plus avant. Grossièrement, rapidement sans doute aussi, on avait tenté de le forcer sans y parvenir... Jean n'eut pas même à s'interroger :

— On s'y est pris avec ça...

Charles lui montra le coupe-papier à tête de bélier dont la pointe était endommagée :

— Je n'ai pas eu grand mal à le retrouver. On l'a abandonné juste à côté d'un pied. Vous comprenez maintenant que je puisse penser qu'il y a quelque chose à protéger.

Jean ne répondit rien.

Il retourna sur ses pas et traversa la chambre où il se signa.

Charles le regarda partir et se figea devant le corps de son frère.

On frappa à la porte.

Dans l'embrasure de la fenêtre, la toile d'araignée semblait briller dans le soleil.

*

Jean se rendit dans les écuries.

Il fallait donner ordre de rentrer Rossinante car il ne pouvait décemment s'en retourner en cette triste journée... Inutile de dire qu'ici aussi la mort du marquis avait eu certains effets. Rossinante attendait patiemment dans sa stalle sans que personne n'eût encore pensé à le harnacher. Un valet se précipita pour s'en excuser. Jean ne put alors s'empêcher de penser à ce précepte de la sagesse militaire que Toine ne cessait de lui répéter :

— Ne jamais exécuter un ordre avant d'avoir reçu le contrordre.

Cette fois, la maxime allait se révéler dans toute sa vérité. Alors que Jean était venu pour faire desseller, il allait en fait confirmer les instructions qu'il avait données plus tôt dans la matinée. Oh, il n'avait pas rechangé d'avis et à nouveau décidé de s'en retourner, mais Rossinante, en digne élève de son maître, semblait montrer d'indubitables signes d'impatience. Elle piétinait le sol, et quand Jean approcha, elle lui donna un grand coup de col. Le message était clair : il fallait se dégourdir les jambes et sortir respirer un peu d'air.

Jean en fut pourtant étonné. Il connaissait le calme de sa monture qui semblait ici parfaitement bien traitée. Il était venu chaque jour lui rendre visite, à défaut de la monter, et jamais elle n'avait encore montré un mécontentement si évident[1]. Il se demanda ce qui lui causait un trouble si soudain. La fumée qui sortait de ses naseaux indiquait assuré-

1. Ici, une précision s'impose. Comme nous l'avons vu, Rossinante était un mâle affublé d'un nom de femelle. Jusqu'à présent nous avons habilement joué avec les mots en évoquant « la bête » ou « la monture » et rarement « le cheval ». Or, avouons-le sans ambages : même s'il le fit avec une certaine mauvaise conscience (dont nous verrons plus loin certaines conséquences), Jean parlait et pensait à Rossinante au féminin. À la vérité, il avait longtemps hésité, mais une chose finit définitivement par l'emporter : Jean aimait bien mieux le beau sexe, même dans la race chevaline. Alors... On demandera donc au lecteur une certaine indulgence sur cet état de fait, et parfois même une certaine hésitation entre les sexes.

ment un énervement, une colère... Jean reconnaissait aisément le sentiment...

Peut-être avait-elle, aussi, passé une mauvaise nuit ?

C'était cela, Rossinante s'était inquiétée pour lui !

Elle avait compris, dans son langage, que Jean regrettait son écurie. Une fois encore, Jean ne pouvait que s'étonner de cette étrange communauté d'esprit qui donnait à son cheval tant de raison, d'entendement, de conscience, de connaissance, d'intelligence, de réflexion, de tête, de cerveau... De génie, en un mot. Pour la récompenser, il allait donc l'emmener promener en certains lieux où il s'en voulait retourner.

Il avisa donc le valet qui s'était planté devant lui :

— Que l'on prépare mon cheval et le mène dans la cour.

Jean allait ressortir le cœur plus léger d'avoir trouvé un compagnon à qui se confier quand il remarqua le beau cheval noir que l'on venait de rentrer. C'était celui du jeune Louis de Sorel... Un bien bel étalon à vrai dire, nerveux, musclé, endurant et dispos. Il ne montrait pas le moindre signe de fatigue malgré les quarante... ou cinquante lieues qu'il devait avoir parcourues.

Rossinante eut une sorte de grand frisson nerveux.

Était-elle jalouse ?

La voilà maintenant qui hennissait, semblant ordonner à son maître de s'éloigner d'un nouvel arrivé qu'elle ne semblait pas beaucoup apprécier. Jean ne l'avait pas tout de suite remarqué, mais c'était dans son ancienne stalle qu'on l'avait installé. Oui... Rossinante avait bel et bien été déplacée. Il s'adressa au même valet et lui montra l'endroit où se trouvait maintenant l'étalon noir :

— N'était-ce point là la stalle de mon cheval ?

Le valet finissait d'attacher la selle :

— Oui, dia ! Mais comme vous deviez partir cette

matinée, on y a mis celui au jeune seigneur. L'endroit est mieux aéré et mieux chauffé.

Jean leva le sourcil :

— Comme maintenant je compte rester, vous veillerez à remettre les choses en l'état.

Jean attrapa Rossinante, l'enfourcha et la mena sur le petit sentier qui débouchait sur le parc. Alors qu'il descendait le raidillon, il se pencha vers son col :

— Tu retrouveras ta place, ma bonne vieille...

Puis ne sachant plus s'il parlait à son cheval ou à lui-même :

— Comme si l'on m'allait changer de chambre...

Il baissa la tête pour éviter une branche. C'était curieux, mais cette journée s'annonçait décidément magnifique. Ce serait la première depuis qu'il était arrivé. Le soleil était maintenant assez haut dans les cieux, semblant se moquer du deuil qui tentait de flotter dans l'azur.

Jean éperonna Rossinante. Ils poussèrent un galop dans l'allée centrale puis, soudain, bifurquèrent vers la maison forestière.

*

— Les biens de monsieur le marquis de Sorel comportent, ou plutôt comportaient...

S'ensuivit une longue liste de biens mobiliers et immobiliers qu'il serait fastidieux de rapporter. Maître Jurquet était l'homme de loi de la famille Sorel depuis longtemps déjà. Son père l'était avant lui, et il se persuadait que lui aussi appartenait donc à une forme de dynastie. C'était un petit personnage tout en rondeur, onctueux, plein de dents, plein de mots, qui s'écoutait toujours parler avec délice et un brin d'étonnement. Il était arrivé de Reims, il y avait une heure à peine, conduisant seul un étrange cabriolet qui tenait tout à la fois de la charrette et de la citrouille, un équipage fort confortable au demeurant avec couverture, garde-manger et chaufferette.

— Maître, au fait !

Visiblement, Charles s'impatientait.

— Je dois respecter les règles...

À la seconde, nul doute que le notaire jubilait d'un pouvoir qui lui appartenait pour quelques minutes encore. Oui, c'était bien lui qui semblait trancher de tout, qui annonçait les bonnes et les mauvaises nouvelles, qui remplissait ou décevait les espoirs. Par moments, il lui semblait presque que c'était lui qui faisait les lois. Cherchait-on à contester ce qu'il n'était pas loin de considérer comme ses décisions ou le déroulement des opérations qu'il s'abritait derrière cette « déontologie » qui lui servait à justifier toutes les bassesses, toutes les lâchetés, toutes les hypocrisies de la vie. D'un code véritable, il faisait le paravent de toutes les turpitudes. Ainsi vont des grands principes avec les petites gens. Enfin, on arriva à l'essentiel :

— En l'absence de tout testament, la totalité de la fortune du marquis de Sorel revient naturellement à sa femme, Madame la marquise de Sorel, ici présente...

Le notaire avait prononcé cette dernière partie de phrase avec une sorte de componction un peu gourmande qui marquait le respect du bourgeois pour le titre qu'il n'avait pas.

— Maître, mon frère nous avait signifié la volonté de faire un testament.

Charles marqua le coup avec une dignité certaine. Pourtant, il était évident qu'il n'avait pas donné son dernier mot.

— Monsieur le marquis ne m'en avait jamais parlé... D'ailleurs, une intention même clairement exprimée ne vaut pas pour acte légal. ...

Maître Jurquet sentit passer sur lui l'ire d'un grand seigneur. Il sortit son mouchoir et essuya la buée de ses lunettes.

— Je ne suis là que parce que... *ad concilium...*

Visiblement le petit homme était à deux doigts d'en perdre son latin.

— ... Pour vous éclairer.

— Monsieur de La Fontaine...

Charles s'adressait maintenant à Jean, esquissant un sourire forcé qui se voulait aimable :

— Vous êtes le premier témoin de cette discussion. Vous m'avez bien dit que mon frère vous voulait pour exécuteur testamentaire.

Jean sourit.

Voilà que Charles entendait maintenant :

— Certes, Monsieur. Mais Maître Jurquet vous confirmera que je ne peux rien en cette affaire.

Charles regarda Jean, interloqué, puis se retourna machinalement vers le petit homme, ce petit homme qui le répugnait mais qu'il devait bien considérer comme son conseil :

— Monsieur de La Fontaine est parfaitement dans le juste. La loi française est formelle, vous appartenez à une noble famille et dans votre cas, plus que dans aucun autre, les volontés se doivent d'être dûment enregistrées.

La nature a de ces curiosités dont il faut apprendre à ne pas s'étonner. S'il était physiquement presbyte, Charles était intellectuellement myope. Incapable de lire de près sans ses lorgnons, il n'était pas plus apte à avoir rapidement la vision globale d'une situation. Il ne fallait pas y croire trouver un manque d'intelligence, peut-être juste une raideur inadaptée qui le rendait souvent déplacé. En l'occurrence, comme on pouvait s'y attendre, il ne sembla pas comprendre :

— Vous voulez dire que même si l'on trouvait un testament écrit par mon frère, une lettre manuscrite ou quelque autre document, cela n'aurait aucune valeur ? Ne serait-ce pas une preuve...

Maître Jurquet sauta sur le mot qu'il connaissait comme le naufragé sur le radeau qui vient le secourir :

— Un commencement de preuve, tout au plus... Un commencement de preuve...

— Cela ne servirait donc à rien ? Dieu ne peut permettre une telle injustice !

En une seconde, Maître Jurquet avait pu mieux mesurer la situation. Charles semblait aux abois ce qui le mettait en situation avantageuse. Il se lécha les babines, comme une belette attentive... Non, à le bien regarder, on eût plutôt dit une sorte de grippeminaud, jouissant d'un pouvoir éphémère, inespéré sur quelque grand personnage qui d'habitude le faisait trembler :

— Je ne crois pas, Monseigneur, que Dieu soit pour quelque chose dans ce genre d'affaire... Il faudrait plaider, peut-être aller jusqu'au parlement de la province... Qui sait ? Jusqu'à Paris ! Monsieur de La Fontaine, qui est aussi homme de loi, vous dira tout comme moi... Mais cela peut coûter fort cher et prendre des années...

Jean précisa :

— Un arrangement à l'amiable est toujours possible et vaut bien mieux qu'une chicane...

La comtesse coupa net.

Depuis la mort du marquis, il semblait que c'était la première fois qu'on entendait sa voix :

— Il suppose pour cela qu'il y ait une certaine amitié ou que l'on pense n'être pas dans son bon droit. Or, le cas qui nous occupe, inutile de se voiler la face, ne rentre dans aucune de ces deux suppositions.

— Madame, je vous en prie !

Charles avait haussé le ton.

— Mère...

La marquise tentait de s'interposer, d'éviter que la réunion ne dégénère. Trop tard. Madame de Saint-François se leva tout d'un coup. Elle regarda Charles avec des yeux brillants de colère. Jean ne lui avait pas deviné tant de réserve de passion :

— Monsieur, si vous ne nous aimez pas, sachez que nous non plus. Depuis le jour où nous sommes arrivées dans cette maison, vous nous traitez comme deux ennemies...

Charles ricana froidement et sortit nerveusement sa blague à tabac :

— Et vous me prouvez que j'avais raison...

— Madame, Monsieur...

Le pauvre Jurquet n'en pouvait mais.

Charles prisa longuement puis ajouta :

— Je ne sais qu'une chose. Le marquis avait clairement manifesté son intention d'ester... La terre de Sorel, au moins, cette terre où nous sommes devrait me revenir par droit de justice.

Jurquet hocha la tête :

— Je crains malheureusement, Monseigneur, que cela soit un peu plus compliqué... Avant de pouvoir réclamer, il vous faudra au moins attendre le délai légal...

Soudain, comme l'autre matin, le cri d'une servante, le même cri terrifié.

Chacun se précipita dans l'escalier.

Le bruit venait de la chambre du défunt.

*

— Le chien, regardez le chien !

L'une des quatre pleureuses (car chez les Sorel il était d'usage de faire veiller le mort par quatre femmes du village, quatre femmes toujours choisies dans les mêmes familles, les familles les plus anciennes et les plus respectables de la bourgade), l'une des quatre pleureuses, donc, avait pointé son doigt vers la porte entrouverte. Dans le cabinet de méditation, un magnifique épagneul se tordait de douleur. Il eut un soubresaut, puis un autre, puis plus rien.

Charles entra le premier :

— Melchior !

Il se retourna, l'air furieux

— J'avais pourtant interdit que l'on pénètre dans les appartements de mon frère... Qui que ce fût !

La voix de Charles tremblait de colère. En fait, suivant son usage, il laissait sortir toute celle qu'il avait trop longtemps contenue. C'était à son frère, c'était à Jurquet qu'il criait sa haine.

La plus vieille des femmes prit courageusement la faute à son adresse :

— Ce n'était qu'un chien, nous n'avons pas pensé à mal en le laissant vaquer librement dans les appartements de son maître... Oui, dia.

Charles ne répondit pas. S'opposer à une marque d'affection si naturelle eût dressé toute l'opinion contre lui. Il se dirigea vers l'autre porte et l'ouvrit. Impassible malgré les cris, Loïc y faisait toujours bonne garde. En quelques secondes, on abandonna le corps du marquis pour s'approcher de celui de la pauvre bête. L'épagneul gisait, inerte. Et de fait, la vieille rajouta ce que tout le monde pensait tout bas :

— C'est comme s'il avait trop de peine et qu'il avait voulu rejoindre son seigneur.

— Il est bien mort...

Jean s'était penché sur Melchior. Instinctivement il lui ouvrit la gueule et en retira une bouillie informe... une sorte de colle encore rosée... Plus loin sur le sol, on apercevait une coupe qui était tombée et avait roulé... Une coupe d'argent... Une coupe dans laquelle chacun savait que le marquis trouvait ses pâtes de fruits.

On resta immobile.

On se tut un instant.

On n'osait pas se regarder.

Ce fut la comtesse qui reparla la première, elle qui dit ce que chacun avait compris, sans vouloir prononcer les mots. Elle s'adressa à Jean :

— Si je comprends bien, Monsieur... mon gendre... le marquis est mort... empoisonné...

Les pleureuses réprimèrent un cri, un cri curieusement collectif, qui semblait répondre aux larmes et aux prières qu'elles avaient lentement égrenées. Cette fois ce fut la plus jeune qui s'exclama :

— Not'maître... On a tué not'maître !

Charles hocha la tête et sembla lui répondre alors qu'il l'ignorait plus certainement que le chien qu'il avait à ses pieds :

— Je crois que c'est ce qu'il convient de conclure.

La comtesse reprit, comme hypnotisée :

— Empoisonné par ces pâtes de fruits que le chien vient de dévorer...

Jean remit le reste de la pâte dans la coupe, tremblant rétrospectivement à l'idée que c'était peut-être celle qu'il avait rêvé de manger :

— Sans doute, Madame...

Il s'essuya les doigts, marqua une pause puis rajouta :

— Il va falloir faire prévenir les autorités.

— Plaît-il ?

Charles eut un sursaut de mauvaise humeur. On eût dit qu'il venait d'être cruellement attaqué par quelque insecte ou qu'un domestique maladroit venait de lui renverser sur la main un bol de soupe brûlante. Jean avait parfaitement conscience d'être cet insecte-là, et même si cela n'était plus très anatomique, il s'en mordait les doigts. Charles continua pourtant sans lui répondre directement. Il s'adressait à tous, à personne, et parlait comme pour se convaincre lui-même :

— Il me semble que c'est à moi d'en décider ! Aurait-on oublié que, riche ou pauvre, je suis le nouveau marquis de Sorel ? Laissez-moi donc exercer ce qu'il me reste de prérogatives, même si je dois être complètement dépossédé... Je rappelle que j'ai désormais droit de haute et basse justice sur l'ensemble de mes vassalités.

Un silence se fit.

Chacun savait que la décision ne pouvait être remise ; plus profondément, que Charles ne pouvait exercer un droit sur des terres qui ne lui appartenaient pas.

Maître Jurquet n'osait plus dire un mot. Jean prit sur lui de trouver une formule adaptée puisque, après tout, c'était lui qui avait déclenché l'esclandre :

— Monsieur, cela est tout à fait exact et nul n'en saurait douter... (Jean mentait pour la bonne cause car un bon mensonge vaut bien mieux qu'un esprit irrité.) Mais nous sommes dans un cas particulier...

— Et pourquoi donc ?

Charles daigna enfin le regarder.

Jean poursuivit sur un ton de juriste, un ton aussi neutre qu'il était possible d'adopter en la circonstance :

— Parce que le mort est le chef de famille... Celui qui, jusqu'à aujourd'hui, exerçait légalement ces privilèges... Sa disparition, si elle avait été naturelle, n'aurait entraîné aucune carence légale... Mais là... L'état de droit exige une enquête extérieure.

Charles marqua un temps.

Comment allait-il réagir ?

Il ne manifesta rien tout d'abord puis serra imperceptiblement les poings et se retourna vers les pleureuses :

— Eh bien ! Qu'attendez-vous pour reprendre votre ouvrage !

Les quatre femmes hésitèrent puis emboîtèrent le pas à leur douairière. Groupées autour du lit, elles se remirent à marmonner leurs prières. La plus jeune, celle qui avait crié, semblait soudain terrorisée, comme si le corps d'Henri pouvait présenter maintenant un soudain et mystérieux danger qu'elle avait jusque-là ignoré. Charles se tut à nouveau, commença par toiser chacun puis tourna casaque et sortit vivement de la pièce, en ajoutant :

— Après tout, faites bien comme il vous plaira...

Personne ne parla davantage, mais tous savaient que la décision était prise, et l'on se sépara derechef. Maître Jurquet vit alors l'assemblée se retirer, sans plus bien savoir s'il devait épouser le mouvement ou faire une tentative d'autorité :

— Je crois... Je crois que la consultation juridique s'arrêtera là... Et que vous n'avez peut-être plus besoin de moi...

Il était étrangement pâle et n'osait pas regarder le mort. Il sortit un mouchoir parfumé comme s'il lui fallait une odeur coutumière pour se rasséréner. Sentant sans doute la présence de Jean ou plutôt son regard se poser, il se crut obligé de se justifier :

— C'est que, voyez-vous, je ne vois jamais ces gens-là que sur papier...

Loïc prit la coupe d'argent en tremblant. Comme s'il avait compris que Jean avait revêtu une sorte de légitimité que même Charles ne cherchait pas à lui contester, il lui demanda en tremblant :

— Que dois-je faire avec cela ?

Le reste de pâtes de fruits, le reste de pâtes de fruits...

Très étonnamment, à cette seconde, à la seconde même où il comprenait, où il comprenait vraiment que cela aurait pu être lui, étendu là, sur le parquet du cabinet, Jean restait calme. Il se dit simplement avec l'objectivité la plus froide que ce n'était pas aujourd'hui, non plus, qu'il allait pouvoir rentrer à la Trinité. C'est presque mécaniquement qu'il s'entendit articuler :

— Donnez-la-moi, je vais la mettre en sécurité.

Puis :

— Que l'on ne touche plus à rien !

*

Inutile de dire que l'annonce de l'empoisonnement du marquis n'avait pu être gardée secrète et s'était répandue dans les escaliers avec la rapidité d'une mèche s'enflammant. Le maître assassiné, c'était cette fois chacun qui se sentait un peu plus touché.

Qui était soupçonnable, qui avait voulu le tuer ?

Était-ce « Monsieur Charles » ?

D'aucuns ne donnaient pas cher de sa peau.

Était-ce la marquise ?

Cette femme était beaucoup trop jeune pour un homme de cet âge.

Était-ce l'un des autres invités ou encore un domestique qui aurait voulu se venger ? Un des garçons de cuisine était parent d'un métayer que le maître venait de chasser. Tout le monde le regardait bizarrement, certains pour l'accuser, d'autres pour le soutenir. Personne ne cherchait à respecter la plus simple vraisemblance. Retenu par la maladie de sa mère, il était retourné dans son pays à vingt lieues de là et n'était rentré que ce matin. Quinze personnes au moins pouvaient en témoigner...

En fait, comme toujours dans ce genre d'affaire, chacun y allait secrètement de sa version, révélant ses peurs, ses désirs, ses amitiés, ses inimitiés et quelquefois plus...

Jean, lui, espérait surtout que Melchior serait la dernière victime de ce qu'il devinait être une sinistre conspiration.

# TROISIÈME CAHIER

# Le mort qui parle

# Chapitre 9

— Place, place !

Deux jours avaient passé depuis les pénibles événements que nous avons rapportés. C'était Maître Jurquet qui s'était proposé d'aller prévenir le lieutenant de police, à Château-Thierry, trop heureux de pouvoir s'enfuir de Sorel avec, comme il l'avait dit lui-même en prenant congé, dans un sourire retrouvé sous sa pelisse soigneusement remontée : « Une bonne raison pour n'y point rester puisqu'il me faut aller alarmer... »

— Place à la police du roi ! Place, place !

La phrase sans cesse répétée sonnait comme une déflagration, redoublée par le galop des chevaux qui faisait trembler les fenêtres. Une petite troupe de soldats en uniforme galonné d'or venait de traverser le pont jeté sur les fossés et passait maintenant sous les grilles armoriées. Elle s'arrêta en faisant crisser les graviers, dans une odeur de bêtes en nage et de cuir échauffé. Le chef mit pied à terre et tendit sa monture au palefrenier... Un fort bel homme, comme ne manquèrent pas de le noter les deux servantes qui s'avançaient avec des cruches de vin pour que les policiers puissent étancher leur soif avant de se rassasier. C'était la comtesse qui y avait veillé, ordonnant que l'on préparât en cuisine tout ce qu'il fallait pour les contenter. Mais cette fois, elle avait laissé sa fille aller en premier.

— Nous vous attendions avec impatience. Je suis... Je suis la veuve du marquis.

Comme s'il l'avait espéré et la voulait remercier d'un accueil auquel il n'était pas habitué, le capitaine des gardes s'inclina devant elle et prit sa main pour la baiser :

— Pierre Gribeauval pour vous servir...

C'est alors que la comtesse s'avança :

— Vous avez rencontré, ma fille, la marquise de Sorel... Je suis la comtesse de Saint-François...

Elle avait d'évidence précisé le rang de Marie. Elle semblait y tenir plus que la principale intéressée qui paraissait tout au contraire vouloir le fuir. Il est un grand pas, en effet, entre être marquise et simplement veuve d'un marquis. Il y a, ainsi que Blaise Pascal aimerait à le dire, comme un changement d'optique. Or, depuis la mort d'Henri de Sorel, la comtesse ne parlait plus jamais de sa fille sans lui donner son titre. Ce n'était pas de l'orgueil, mais plus certainement de la fine politique. La comtesse savait ce qu'elle faisait. Visiblement, une seule chose lui importait : asseoir la position de la jeune Marie. Partout, elle lui marquait, en public, un respect appuyé, comme si elle voulait signifier que c'était maintenant à elle qu'il fallait obéir dans la propriété.

L'humeur de Charles s'en était trouvée naturellement et immédiatement affectée. Même son goût pour la lecture semblait lui avoir passé. Il restait des heures à la chapelle, et l'on eût dit qu'il se réfugiait là parce que c'était la maison de son dieu et que personne ne pouvait la lui enlever. Quand il en sortait, il était de la plus méchante compagnie et Jean surprit un laquais du service privé confier à un des concierges de l'entrée que, l'autre soir, il avait bien failli écharper le jeune Louis pour s'être simplement trompé de chapeau avec lui. Jean ne l'aimait pas beaucoup... À vrai dire il lui était surtout indifférent, mais ces dernières heures, il l'avait presque pris en pitié, sentiment qu'il détestait et dont il voulait actuellement se défendre pour tenter de garder toute son objectivité. C'était plus fort que lui, alors il se décida à l'accepter en intégrant ce mouvement comme une partie prenante de ses observations.

Imaginez cependant un homme qui se retrouvait soudain comme un étranger sur la terre même de ses ancêtres, dans le château de ses aïeux. Il était maintenant le premier des Sorel, certes, mais les terres et la demeure même qui les avaient vu naître, lui et ce nom, ces terres et cette demeure donc, passaient maintenant en des mains étrangères, et cela... le plus légalement du monde. S'il voulait installer son fils, comme il semblait tant s'en soucier, Charles devrait composer avec une veuve et sa mère qui ne paraissaient pas beaucoup l'apprécier. La marquise s'était dressée à table contre lui, du vivant même de son mari ; et la comtesse n'avait pas craint un esclandre posthume, « devant notaire ». Quant à y bien regarder, c'était blessant, profondément, un peu comme de voir son pays passer sous domination étrangère. Charles s'était donc refermé sur lui-même, comme s'il attendait d'avoir pris la juste mesure des choses, la juste mesure de sa douleur et de ses rancœurs avant de savoir quel parti choisir. À voir ses soudains emportements dans ces derniers temps, ses fureurs contenues et ses explosions brutales, il fallait pourtant, assurément, se méfier d'un trop grand calme qui semblait bien annoncer une terrible tempête.

Mais pour l'instant, le capitaine des gardes, Pierre Gribeauval, puisque c'est ainsi qu'il faut l'appeler, ignorait tout à fait où il mettait les pieds. Alors qu'il abandonnait la main de la comtesse, il releva la tête et sembla s'étonner de la réception qui lui était faite. Outre les femmes qui se portaient à sa rencontre, on semblait s'être réuni dans l'entrée. Il y apercevait deux, trois perruques et d'autres domestiques encore, prêts à s'affairer. La comtesse eut l'air de comprendre son interrogation :

— Un gamin du village a pris les raccourcis pour annoncer votre arrivée. Nous avons pensé que...

Madame de Saint-François ne put terminer sa phrase. Brisant la réserve qu'il s'était promis de respecter, Charles était sorti comme un diable de sa boîte :

— Je n'ai pas l'heur de vous connaître, Monsieur...

— Gribeauval...

Le capitaine quitta les dames et monta prestement sur le perron :

— Capitaine Pierre Gribeauval...

Charles lui tendit la main sans chaleur et se présenta à son tour. Si Marie était la femme du marquis, Charles s'en réclamait encore comme le frère. En une seconde, Pierre Gribeauval ne put s'empêcher de penser que ce mort-là déterminait bien des vivants. Charles termina plus sèchement encore :

— Vous comprendrez que je sois un peu surpris. Je pensais que Monsieur de Beauregard se serait déplacé... En personne. C'était un ami de mon frère et nos familles...

— Je sais, je sais...

Gribeauval, lui, ne parut pas autrement confondu de la réaction du cadet. Il s'y attendait même visiblement et ajouta le plus courtoisement du monde :

— Monsieur de Beauregard avait bien prévu de venir lui-même. Mais au dernier moment une crise de goutte l'a malheureusement retenu au lit. Croyez-bien qu'il en est le premier désolé.

Puis, comme s'il voulait répondre à ce qui semblait bien être une tentative d'humiliation, une attaque sur son nom, ou plutôt sur son absence de nom, Gribeauval amorça un sourire :

— Mais rassurez-vous... Le service du roi anoblit tout. Devant lui, il n'est plus de grand ou de petit, d'aîné ou de puîné mais juste des sujets. Cette affaire sera traitée comme elle doit être, soyez-en sûr...

Charles encaissa le coup, puis comme si, brutalement, une lumière se faisait en son esprit, il continua :

— Gribeauval, dites-vous... Gribeauval... Ah oui, l'on m'a déjà parlé de vous ! Si j'en crois mes informations, vous remplacez habilement Monsieur de Beauregard dans certaines situations...

— On prétend même que cela m'a valu la mienne...

Gribeauval tourna le dos à Charles. Il ordonna à ses hommes de desseller les chevaux et de les conduire aux écuries. En l'espace d'un instant, il montra qu'en certaines affaires c'était lui le maître, et lui seul. Il se retourna à nouveau, sourit à Charles sans un mot, et alla pour passer dans la grande entrée au sol noir et blanc. Personne dans la région n'ignorait qu'il était l'amant d'Henriette de Beauregard, « Madame la Lieutenante », comme on l'appelait souvent, et les méchantes langues affirmaient en effet que les offices rendus à son chevet remplaçaient les quartiers de noblesse qui lui manquaient. Soulignons à ce sujet que Madame de Sévigné, toujours elle, une des « grandes amies » d'Henriette, n'était pas en reste. La marquise de Beauregard ayant quinze « bonnes années » de plus que son amant, la Garcieuse ajoutait perfidement que ce dernier ne pouvait revendiquer s'être illustré par le sang...

— Chevalier Des Essarts...

Le chevalier avait fait un pas en avant.

Gribeauval s'était immobilisé sous l'immense lustre en cuivre doré.

Maintenant c'était au tour de Louis de Sorel de se montrer. Un salut rapide, presque embarrassé, et tout aussitôt, Des Essarts qui revenait en première ligne et tentait de se pousser. Il soupire, il minaude, il transpire :

— Nous va-t-il falloir rester ? L'on m'attend à Épernay pour une affaire d'importance qui ne saurait être remise. Vous allez comprendre, je vais vous expliquer...

La suite de la conversation s'assourdit comme dans un brouillard, ou plutôt fut couverte par le fracas des questions que Jean ne pouvait s'empêcher de se poser.

Allait-il le voir ?

L'avait-il déjà vu ?

Serait-il possible de l'éviter ?

Que lui dire ?

Pourquoi avait-il fallu que ce soit lui !

Trouver les mots justes...

Jean reculait instinctivement. On l'aura compris, il n'avait rien manqué de la scène, de l'arrivée du beau capitaine aux évanescences de la marquise en passant par les douceurs de la comtesse, les attaques de Charles, l'embarras de Louis, et maintenant les ronds de jambe du chevalier. Il se sentait stupide. Dès qu'il l'avait vu, il aurait dû y aller, aller à sa rencontre. Et au lieu de cela, il se sentait pris d'une furieuse envie de disparaître sous terre. Si seulement c'était possible...

Le chevalier parlait toujours... Jean aurait voulu qu'il continuât pendant des heures. Il l'aurait presque embrassé... Le regard du capitaine commençait à fuir... Cette fois, il n'avait pu le manquer. Et à nouveau toutes ces remarques stupides, inutiles à vrai dire, qui le prenaient à la gorge. C'était un peu comme avant de mourir, ou tout du moins ce que l'on en raconte, toute une série d'images, de mots et de sons qui revenaient en concentré puis par couches successives...

Gribeauval ici !

Gribeauval investi de toute l'autorité !

Il n'y avait pas quinze jours qu'ils s'étaient disputés... Jean ne regrettait rien. Il avait eu raison... Quel butor ! Ce, ce... L'objet de la discorde avait moins d'importance que la tendance de fond. Il avait eu raison, c'était sûr... Comme toujours d'ailleurs... En toute bonne foi... Oui, oui parfaitement ! Pierre était un, un... Un barbare, un sauvage, un Turc... Pire, un Ottoman !... Rien que d'y repenser, Jean était au bord de suffoquer. Il fallait respirer, se reprendre, se rappeler qu'on avait eu le dessus et qu'on était dans son bon droit... L'autre soir, Pierre n'en menait pas large. Après tout, ce serait plutôt à lui d'être gêné... Oui, oui ! L'humiliation publique n'était peut-être pas nécessaire... Peut-être Jean n'aurait-il pas dû... Mais après tout, c'était de bonne guerre et surtout... la faute de Pierre ! Par saint Crépin, il trouverait bien le moyen de...

— Jean ?

— Pierre...

Gribeauval venait de l'apercevoir derrière un pilier. Il laissa là le chevalier pour se précipiter sur lui...

Si seulement Jean pouvait remonter se plonger dans ses livres.

Le choc se précisait.

Un lion fondant sur sa proie !

Mais non...

Pour un peu, Pierre l'aurait embrassé, pris et soulevé comme une jeune mariée. Il le serrait dans ses bras et semblait vraiment ravi de le voir. Jean se sentit tout aussitôt rasséréné et, pour un peu, l'aurait embrassé aussi. Il s'en voulut presque d'avoir médit, il se trouvait honteux, mais il est vrai que Jean se connaissait suffisamment bien pour savoir qu'il avait la colère affective... Enfin, plus affective qu'un autre. Même dans ses moments les plus agressifs, il suffisait de lui prouver un peu d'amour pour le retourner... Enfin, c'était une façon de parler.

— Mais qu'est-ce que tu fais là ?

— Des recherches à la bibliothèque...

La réponse n'était pas fausse, mais stupide et inappropriée. Jean s'en voulut aussitôt. Il s'était piégé lui-même ! Instinctivement, il flairait quelque chose. Il ne savait pas quoi, mais il savait déjà que Pierre allait lui jouer un tour à sa manière. Quelque chose dans l'œil le lui disait, quelque chose d'imperceptible, d'invisible presque, mais quelque chose que Jean reconnaissait fort bien. Tous ses sens étaient alertés. Il devait se méfier. Et c'était précisément quand il lui fallait de la présence d'esprit qu'elle lui faisait justement, cruellement, malheureusement, honteusement... défaut ! Il y avait un autre mot pour cela et Jean ne le trouvait pas... Atrocement ? Non, c'était une redondance... Méchamment ? C'était mieux, mais cela ne rendait pas tout à fait l'idée...

— Des recherches dans la bibliothèque ?

Gribeauval eut l'air d'abord incrédule puis, ensuite, singulièrement compatissant :

— Décidément... (Décidément, c'était cela l'adverbe que Jean cherchait ! Quand il le fallait, la présence d'esprit lui faisait *décidément* défaut...) Oui, décidément, il faut toujours que tu ailles fourrer ton nez là où il ne faut pas... Jean, tu m'écoutes ?

— Oui...

Jean l'écoutait fort bien et l'entendait doublement. Il fouilla dans sa poche, en sortit une petite boîte et la tendit à Pierre :

— C'est l'arme du crime...

Inutile de chercher un mot d'esprit, de tenter de rétablir la situation... Inutile, inutile... Inutile, pour l'instant. Il fallait attendre la mise à mort la tête haute... À moins que... Oui, cela c'était une idée... Mais Gribeauval interrompit le solitaire et rapide conciliabule, interdisant de pousser la réflexion plus avant :

— Ah ! Je vois...

Il en disait peu, mais à son air on voyait bien qu'il avait soudainement l'assurance du chasseur comblé qui s'en allait faire sonner l'hallali :

— J'ai quelque chose pour toi...

Jean ne répondit pas. Il s'attendait au pire, mais tout de même pas à cela... Pierre venait de sortir une lettre...

— Yvonne m'a remis ce pli. C'est Dame Ermeline qui lui a fait porter. C'est d'un certain Pinchêne, je crois... Un libraire de Paris...

Jean attrapa la missive.

Pinchêne avait donc enfin répondu ! Il était si tendu et si excité qu'il ne songea pas à regretter de n'être pas resté pour lire plus tôt les lignes autorisées de celui auquel il avait confié ses manuscrits si précieux.

Pierre s'était retourné vers Charles et la marquise. Suivant leur propre expression, il leur demanda solennellement :

— Veuillez me conduire auprès de votre frère et de votre mari...

Jean releva brutalement la tête.

Il contenait mal sa colère.

Pierre avait choisi son moment.

Là, à la seconde, Jean ne pouvait ni s'emporter ni répondre. Comme s'il eût voulu achever la bête, assister à la curée, Pierre, s'excusant auprès de Charles, redescendit rapidement les quelques marches de l'escalier qu'il venait de monter.

Il revint vers Jean et lui dit tout bas en montrant la lettre :

— Excuse-moi, je l'ai ouverte... Au cas où cela aurait été important... Mais cela ne l'est pas... Comme tu le vois... « Style un peu jeune »... Comment dit-il déjà ?... « Un peu ampoulé »... Oui, c'est ça ! Il n'aime pas, il n'aime pas du tout. Mais ne te décourage pas, ce n'est qu'un avis après tout !

Puis il ajouta, après un temps imperceptible :

— Serviteur... Serviteur.

Comme un automate, Jean s'entendit lui répondre :

— Mille grâces...

Pierre sourit et remonta tout aussitôt.

Jean, lui, était anéanti.

Jean et Pierre, Pierre et Jean... Il nous faut interrompre une seconde notre récit et en dire un peu plus sur l'histoire et les rapports de ces deux-là, pour mieux comprendre ce qui était en train de se jouer ce jour-là.

*

Pierre et Jean, Jean et Pierre s'étaient rencontrés pour la première fois, alors qu'ils ouvraient à peine les yeux, chacun accroché au téton d'une fermière, l'un au sein droit, l'autre au sein gauche, ce qui finalement pouvait résumer toute notre affaire.

Pierre était le fils de cette généreuse nourrice, cette moderne Léda qui avait accouché de son gros fils le même soir que Françoise Pidoux, épouse La Fontaine, mettait au jour le fils de son auguste mari. Plus fragile de constitution, cette dernière n'eut pas de lait ou trop peu pour contenter la bouche vorace du petit Jean.

C'est ainsi presque naturellement, sur les conseils d'Yvonne qui connaissait bien les deux maisons, que chacun des garçons se trouva accroché à l'un et l'autre mamelon, objectivement en concurrence sans même qu'ils eussent à émettre un son.

Les deux bambins, on l'aura compris, n'étaient pas issus des mêmes couches de la société. Jean appartenait à cette classe intermédiaire qui se situait, ou plutôt s'effaçait quelque part entre la grosse bourgeoisie marchande et la petite noblesse de province. Pierre, lui, venait de cette paysannerie aisée, propriétaire de ses terres, ces « laboureurs » comme on les appelait, qui n'avaient plus rien à voir avec les simples métayers.

Aussi, apparemment, on ne pouvait imaginer de caractères plus opposés.

Pierre était une force de la nature, un très bel homme, comme on a dit, et même un peu plus encore. Contrairement à Jean qui parlait beaucoup du beau sexe, qui en rêvait aussi avec certains délices secrets et privés, mais qui restait finalement sur une réserve étudiée, une réserve philosophique et récréative, Pierre, lui, parlait peu, mais lutinait beaucoup... Beaucoup et sans compter, ce qui explique sans aucun doute une certaine sagesse à ne s'être jamais marié. On peut trouver un peu curieux d'accompagner ce double portrait par une étude de mœurs, de sexe, même, mais finalement c'est souvent par l'utilisation de cet appendice ou de cet orifice qu'un caractère peut rapidement se résumer. Pierre, donc, lutinait le matin, il lutinait à midi, il lutinait le soir ; il lutinait à la cuisine, il lutinait dans une grange, il lutinait dans un salon ; il raffolait des brunes, recherchait hardiment les blondes et n'avait rien contre les rousses. Les servantes, les bourgeoises, les duchesses, les chanteuses, les abbesses, les filles publiques, les garces privées, rien ne l'arrêtait... C'était un ouragan, une tempête, une tornade, un cyclone à tourbillons, et on murmurait même qu'il fréquentait certains garçons.

Était-il bougré bougrant ou bougrant bougré, entendez enfilant ou enfilé, cela Jean ne voulait pas le savoir et encore moins le voir... Ah, non ! Non... non, non... Non merci !

Une fois avait suffi, passons...

Jean n'était en rien choqué, il avait simplement des haut-le-cœur. Pierre était trop proche de lui, sa seule famille, et comme chacun sait, la sexualité, la sensualité même est soigneusement cachée dans cette sorte de communauté. Aussi quand ils se voyaient y avait-il certains sujets à éviter.

Un jour de grande colère, Pierre reprocha à Jean d'avoir de plus profonds rapports avec son cheval qu'avec sa femme. Jean le reprit, lui répondit qu'il avait tort ou peut-être raison, tout cela dépendait de quel angle on voulait prendre la vie. S'il voulait ignorer une allusion ignoble, indigne et finalement si stupide que même un grossier personnage comme Pierre n'eût pu en avoir l'idée, il reconnaissait bien volontiers se mieux entendre avec Rossinante qu'avec Marie...

— Et pour cause..., répondit Pierre. ...Tu peux la monter sans discontinuer, et dès qu'elle hennit, tu prends cela pour un oui...

Pourtant ce serait une erreur que d'ici s'arrêter car, à y bien regarder, les deux hommes avaient bien des points en commun à partager, au-delà de leur vibrante et chaleureuse animosité.

Le premier, le moins visible, le plus anodin, est que l'un comme l'autre appartenait justement à une classe intermédiaire, à une classe médiane, situation privilégiée ou inconfortable suivant les jours, créant un lien secret, une commune vision du monde : celle que l'on a depuis la croisée des chemins. Ce n'est donc pas un hasard si les deux enfants reçurent un temps sensiblement la même éducation. Dans leurs jeunes années, on les vit se battre, pardon fréquenter le même collège à Château-Thierry, tout près de la rue des Cordeliers. Ce n'est qu'un peu plus tard, après leur seizième ou dix-septième année, que les voies s'étaient différenciées, Jean montant à Paris, Pierre rentrant dans l'armée puis dans la police où il savait avoir de meilleure chance de progresser.

Le second, mais de cela, à Château-Thierry, à Reims, à La Ferté, tout le monde pouvait en parler, le second point commun donc était plutôt un état de fait : Pierre et Jean ne pouvaient passer plus d'un mois sans se voir. Certes, ils ne se l'avouaient pas, mais ils se connaissaient depuis si longtemps que l'un était un peu l'étalon de l'autre, la mesure s'entend. Le blond et le brun, l'actif et le rêveur, le « précipité » et le « réfléchi », le bruyant et le silencieux, le paysan et l'aristocrate avaient tissé entre eux une familiarité indestructible, une familiarité faite de complicités, de rivalités, d'affection et d'exaspérations, une relation plus solide que bien des serments échangés dans l'hyménée. Jean était là pour en témoigner. Pierre non, car Pierre, rappelons-le, lui, était resté garçon.

En fait, ceux qui les connaissaient bien et depuis longtemps racontaient à voix basse qu'il y avait encore autre chose, une vieille blessure que l'un avait faite à l'autre sans que l'on sache exactement, cette fois encore, qui était l'attaquant et qui était l'attaqué.

C'était sans doute cette mystérieuse histoire, à moins qu'elle aussi n'eût été que le reflet de leurs tempéraments opposés, qui expliquait ces mouvements de va-et-vient auxquels Pierre et Jean avaient continuellement besoin de se livrer. On parlait simplement « d'une certaine femme » sans jamais la nommer, une ombre mystérieuse qui tantôt pouvait les diviser ou les relier.

Mais revenons à notre affaire...

*

— Ah çà, non !

Cette fois, Pierre avait été trop loin ! Par saint Crépin ! Profiter de l'absence de Jean pour lui voler son courrier ! Était-ce beau ? Était-ce noble ? Était-ce digne tout simplement de plus de quarante ans d'amitié ! Ah çà, non reprit Jean intérieurement ! Pierre avait triché, dépassé les limites, ignoré les règles ! S'il s'était conduit ainsi à une table de jeu, il aurait été chassé comme un vaurien, un sacripant, un gredin, une arsouille, un chenapan, une vermine, une crapule, une canaille, un coquin ! Oh, il ne fallait pas être grand clerc pour comprendre ce qui s'était passé. Jean le voyait très bien. Il avait été stupide de ne pas y penser. Mais lui n'avait pas l'esprit retors et l'âme vile, comme certains. Pierre avait été mis au courant de son départ, on ne sait trop comment, par quelque manigance, par quelque indiscrétion, et il s'était immédiatement invité à la Trinité... Invité, installé oui... comme à son habitude au rez-de-chaussée de la tour carrée. Avec ses grands yeux mouillés, son sourire niais, Pierre était venu se faire dorloter... Cette pauvre Yvonne ne savait rien lui refuser, quant à Marie, c'était selon...

La suite, Jean préférait ne pas l'imaginer !

Il faisait son bagage, fou de rage.

Ce Pinchêne finalement n'avait pas très bonne réputation. Récemment, Racine n'en avait pas été très content.

Était-ce bien de lui ou de l'un de ses concurrents immédiats ? Oui, à n'en pas douter, c'était ce Pinchêne-là ou un homonyme... Si ce n'était pas lui ce pouvait être tout aussi bien son cousin... Ou son frère ! Un libraire ou un autre, ils se valaient tous ! La même engeance... Des vautours. Non des moutons, incapables d'innover et toujours prêts à voler au secours du succès !

Ah, un jour viendrait où Jean se vengerait bien !

Et puis quelle importance d'ailleurs ! Ce n'était pas tant le refus de ce bélître qui l'offusquait (mon Dieu, non !), mais bien plutôt la cruauté du messager. Ce faux jeton, ce traître déguisé... !

Cette fois c'était certain, acquis, indiscutable, irrévocable, définitif même : Jean ne resterait pas une minute de plus dans cette maison.

Il attrapa son sac et fit un dernier tour d'horizon.

N'avait-il rien oublié sur la table, dans le lit, ou quelque part ailleurs dans la chambre ?

Non, tout semblait en ordre.

Il attrapa la lettre qu'il venait de cacheter et referma doucement sa porte en espérant ne plus croiser personne. Jean ne s'enfuyait pas comme un voleur, il se retirait, nuance. D'ailleurs, en bon gentilhomme, il s'excusait auprès de la comtesse de ce départ subit, inopiné en quelque sorte, mais une importante affaire de famille, etc. Comprenne qui voudra. Il traversa la grande galerie, s'arrêta un instant devant la bibliothèque, soupira, prit à droite dans le couloir et déposa le message sous sa porte.

*

— Comment cela, vous ne trouvez plus ma selle ? Une selle anglaise, en cuir fauve. Vous la connaissez fort bien ! C'est bien à vous que j'ai parlé l'autre jour.

— Oui dia, Monseigneur...

Le palefrenier avait l'air des plus embêtés. Jean lui sentait l'air chafouin.

— Je nie pas l'avoir eue en main.

— Me l'aurait-on volée ? C'est cela ? !

Jean leva les bras au ciel puis caressa nerveusement le col de Rossinante :

— On aura profité de la mort du maître, de l'embarras de chacun pour se livrer à toutes sortes de larcins... Mais dans quel monde vivons-nous ? Dans quel monde vivons-nous, je vous le demande !

Puis comme le palefrenier ne répondait rien :

— Avouez !... Vous vous taisez... C'est donc bien cela... Du vol, du vol qualifié... Tu entends, Rossinante... Ma selle, notre selle nous a été volée !

— Non, juste confisquée !

La voix venait de l'entrée des écuries. Jean n'eut pas à se retourner pour deviner à qui elle appartenait :

— Je vois décidément que vous ne reculez devant rien, Monsieur... Devant rien pour parvenir à vos fins !

Gribeauval sourit. Le soudain vouvoiement annonçait chez Jean quelque tressaillement intérieur qu'il connaissait bien... Jean reprit après un temps fort bref :

— Fins que j'ignore d'ailleurs et dont je préfère ne rien savoir. Je vous prierai juste de me faire rendre mon bien.

Jean voulut alors s'adresser au palefrenier, mais ce dernier s'était éclipsé.

— J'étais sûr de te trouver-là. Tu es si prévisible...

Pierre termina sa phrase en poussant un soupir étudié.

Jean rongea son frein. Même si cela était vrai, dans quelques rares circonstances, il avait horreur de se sentir à découvert.

— Sachez, Monsieur, que si j'ai pris la décision de partir,

c'est de façon tout à fait inopinée. Il n'y a pas dix minutes, j'étais bien décidé à rester.

— Seulement voilà, quelque chose t'a fait changer d'idée !

Pierre marquait un point. Jean trouva plus élégant de ne pas le nier :

— Eh bien oui. Un désir soudain de revoir les miens...

— Je comprends...

Brusquement Pierre avait changé de ton.

Refusait-il l'algarade ?

Ce n'était pourtant pas dans sa façon :

— Je vais te faire rendre ta selle puisque tu y tiens.

Jean réprima une exclamation. Il allait s'avouer que c'était de déception mais le temps lui manqua car, presque aussitôt, Pierre ajouta sur une musique bien plus militaire :

— Mais je t'interdis de quitter le domaine !

Un campagnol observait la scène depuis une poutre. Il resta un instant médusé puis reprit sa course effrénée. Rossinante donna un coup de pied violent dans le bois de sa stalle. Insensible à tout ce qui l'entourait, Pierre poursuivait :

— Je ne te conseille pas de transgresser mes ordres. J'ai fait poster mes hommes un peu partout et ils ont ordre de tirer à vue.

— Ah...

C'était donc cela ! La fausse gentillesse et maintenant les menaces. Des menaces inconcevables, grossières, mais des menaces tout de même. De l'intimidation en un mot ! Et dire que Jean avait cru que dans ce grand corps il y avait finalement quelque chose d'humain. Il prit une profonde inspiration, ignorant volontairement les premiers mots d'insulte qui lui venaient en tête :

— Et peut-on savoir ce qui me vaut ce traitement de faveur ?

Pierre sourit. Il était maintenant tout près de Jean :

— Rien.

Il faisait jouer sa badine sur les portes des stalles dans un petit martèlement tout à fait exaspérant :

— Il n'est aucun traitement de faveur. Tu es à la même enseigne que tout le monde. C'est tout...

— Ah...

« À la même enseigne que tout le monde ! » Il sera dit que Jean devrait boire la coupe jusqu'à la lie.

— Cela t'étonne ?

Pierre continuait de savourer sa victoire. Il fallait ne rien montrer et en minimiser la portée :

— Je serais bien sot.

— Tu étais là au moment de la mort du marquis ? N'est-ce pas ?

Voilà maintenant qu'on passait à la défiance :

— Parfaitement.

— C'est même toi qui m'as remis ce que tu as appelé, je cite, « l'arme du crime » ?

— Sans moi, elle partait aux ordures.

— Je n'en disconviens pas, je constate. Tu es donc un suspect comme un autre.

— Je n'y avais pas pensé, mais je l'avoue, tu as raison...

À ce moment, Pierre regarda Jean un peu plus attentivement :

— Tiens, tu es blessé au doigt. Je n'avais pas vu. Intéressant, intéressant...

Jean haussa les épaules. Il avait trop l'habitude de ces procédés pour se laisser impressionner. Cette façon de désarçonner l'adversaire, pardon « le client », en marchant de long en large avant de revenir brutalement l'attaquer sur un point de détail, un détail anodin mais si précis que l'autre pouvait parfois se trahir sans crier gare, cette façon, ou plutôt cette méthode, c'est Jean qui la lui avait apprise quand ils avaient dû collaborer dans de précédentes enquêtes. Collaborer, c'était vite dit, car c'était toujours Jean qui comprenait le premier... Enfin, presque toujours... Souvent, pour le moins...

— Pour qui me prends-tu ! Le marquis est mort du poison, pas d'une lame ! D'ailleurs, j'étais blessé en arrivant. Tout le monde pourra en témoigner. Tu n'as qu'à interroger la marquise, le chevalier, la comtesse...

Pierre hocha la tête :

— C'est exact...

Jean marqua un moment de stupeur. Il n'en revenait pas :

— Ne me dis pas que tu as vérifié !

Pierre s'apprêtait à ressortir :

— Et pourquoi non ? Voilà que tu te défends déjà comme un coupable...

Jean allait bondir dans une légitime indignation quand, soudain, dans une illumination :

— Tu as besoin de moi, c'est cela ! Mais bien sûr... Comment ai-je pu ne pas comprendre ? Être aussi aveugle !

Il alla vers lui, le dépassa et se mit de façon à le surprendre face à face :

— Tu as vu le corps et tu as besoin de moi ! Mais dis-le...

Comme par instinct, c'était cette fois Pierre qui se trouvait sur la défensive :

— Vous vous égarez, Monsieur ! Vous oubliez à qui vous parlez. Vous n'êtes pas ici dans votre circonscription et c'est moi qui suis chargé de l'enquête...

Jean ne le laissa pas finir :

— Tu me vouvoies, tu me vouvoies ! C'est bien ce que je dis ! Voilà que tu te trahis, malgré toi !

Il se tourna vers Rossinante, fou de joie :

— Tu vois, Rossinante, il ne peut rien sans moi !

Puis retrouvant la pose de l'homme de loi, en tout cas de celui qui était dans son bon droit, Jean avança d'un pas et mis son pied gauche en avant :

— Eh bien, Monsieur Gribeauval, nous attendons vos excuses.

Jean ne savait pas pourquoi, mais cette fois, le « Nous » de majesté lui sembla tout à fait approprié.

— Pardon ? !

Pierre voulait le cacher, mais il savait bien par où il lui faudrait en passer. C'est vrai qu'il avait besoin de Jean. La mort, pardon, le meurtre du marquis de Sorel était une affaire d'importance ; cette enquête, un travail de confiance. Il fallait trouver un coupable et vite. Le lieutenant de police le lui avait bien fait comprendre. Et puis, en l'occurrence, Jean était plus qu'un témoin privilégié, c'était un miroir, un double qui l'aidait à penser. Nul doute que dans ce monde de salon trop civilisé, il l'aiderait à déjouer les pièges et les chausse-trapes qui ne pouvaient venir à manquer.

— Puisque vous semblez ne pas bien entendre, je répète...

— Bon, bon... Tu as gagné... Je m'excuse, voilà !

— Mieux que cela.

Pierre crispa sa main sur sa badine :

— Je ne l'ai pas lue cette lettre. Enfin si, mais c'était un hasard... Un pur hasard. Elle s'est ouverte sous la pluie et j'en voulais connaître le contenu... pour te le répéter au cas où l'eau en viendrait à effacer l'encre... Mais j'ai déjà oublié...

— Vraiment ? Vous sembliez pourtant bien vous en souvenir tout à l'heure... Vous vous en délectiez ! « Ampoulé », disiez-vous ? C'est bien cela ?

Pierre piquait du nez.

— Peut-être...

— Sans doute !

Jean poursuivit :

— J'ai voyez-vous la mémoire sélective...

Malgré lui sa voix se fit plus rauque :

— ... et j'ai encore certains de vos mots dans une partie de mon oreille, pas la meilleure, je vous le concède.

Puis, à nouveau, il retrouva le ton badin sur lequel il voulait occuper le terrain :

— Sachez pourtant, Monsieur, que le jugement en était fort injuste.

— Je n'en doute pas...

— Ce Pinchêne, quand il me critique, et vous savez que je suis ouvert à toutes les opinions, eh bien, ce Pinchêne se trompe, il est aveugle, je dirais même plus, il broute dans les pâturages de l'erreur.

— C'est absolument certain !

— Un fait acquis !

À l'évidence, comme un champ de fleurs se relevant après la pluie, Jean semblait aller beaucoup mieux... Tout à fait bien même. On eût dit qu'il se nourrissait de mots, comme un chiot affamé du lait de sa mère :

— Et pour me le prouver, ce soir, vous viendrez dans ma chambre...

Pierre soupira, résigné :

— Écouter certains vers...

Jean continua sans désemparer, car l'un et l'autre avaient l'habitude de ce marchandage en mélopée :

— Que je viens de composer et que je ne trouve pas mauvais.

— C'est entendu...

— Serviteur, Monsieur, serviteur !

En reprenant à son compte l'expression consacrée que les deux garçons passaient leur temps à s'échanger, Jean savait qu'à la minute c'était lui qui venait de marquer. Ce petit jeu, invisible pour l'extérieur, ces formules de politesse soigneusement calculées obéissaient effectivement à un code tout aussi étudié. À y bien réfléchir, ce n'était pas fort différent du rituel animalier, une sorte d'acte de soumission réel même s'il n'était que passager. En s'affirmant « serviteur », serviteur comme il fallait deux fois le répéter, l'on indiquait tout au contraire que l'on estimait que l'on venait justement de l'emporter. L'autre, s'il acceptait d'en convenir, devait alors avancer la seconde formule usitée, celle de la reddition, de la défaite, de l'abandon.

Comme ce matin, Jean s'y était plié, c'était maintenant à Pierre de s'exécuter :

— Mille grâces... Mille grâces..., répliqua-t-il dès que son compère eut le dos tourné.

Ce cérémonial pouvait paraître curieux, mais Pierre et Jean y tenaient depuis leurs quinze ans, car comme toutes les règles, celles-ci aussi avaient une histoire. Elles remontaient au temps du collège. Faire semblant de s'incliner alors qu'ils venaient en fait de marquer un point, c'était ainsi qu'ils agissaient avec leurs maîtres. L'un comme l'autre avait tiré cet enseignement des philosophes et voulait en conclure que, dans les sociétés civilisées, les apparences étaient trompeuses, et que celui qui semblait courtiser était bien souvent loin d'être le dominé...

Jean sortit le premier de l'écurie. Avec l'air du dehors, il retrouvait une énergie décuplée.

— Je vais aller faire remonter mon bagage...

Il se retourna vers Pierre :

— Eh bien ? !

— Quoi encore ?

— Nous l'allons voir ?

— Qui cela ?

— Mais le corps !

# Chapitre 10

— Et cela, il m'a fallu un certain temps pour l'identifier, mais c'est un reste de mouchoir, un reste de mouchoir armorié... Un mouchoir du marquis à n'en pas douter. Regarde... Là... Là, sur le côté...

Jean montra une série de points soigneusement exécutée, une série de points qui ressemblait bien à l'ébauche d'une tige finement brodée :

— Incontestablement, il s'agit du lis et du chardon entrelacés... Les armes des Sorel. Pourquoi ce mouchoir s'est-il retrouvé dans la cheminée ? Pour l'instant, c'est une question à laquelle je suis encore incapable de répondre...

Jean venait de sortir d'une petite bourse tous les éléments matériels qu'il avait réussi à glaner. Il y avait ce bout de tissu racorni qui l'avait un temps intrigué, et ces morceaux de papiers calcinés, tout cela provenant des débris qu'il avait retrouvés dans le foyer.

— Autant de choses qui n'auraient pas dû nécessairement s'y trouver et que l'on a voulu faire disparaître.

— Hummm !

Pierre se tenait debout près du lit où le marquis reposait toujours, mais cette fois, on l'avait déjà presque mis en bière. Il était allongé dans un cercueil non fermé. Avec son habit de velours bleu, sa grande croix de Saint-Jean, il paraissait maintenant presque reposé, même si, à y bien regarder, certaines curieuses crispations n'avaient pu être totalement effacées.

Jean s'approcha de Pierre et suivit son regard :

— Je ne connais aucun poison qui ait cet effet-là !

Un second grognement accueillit la constatation. Jean continua :

— Pourquoi n'as-tu pas amené le docteur Babinet avec toi ?

Le docteur Babinet était un bien curieux personnage, le médecin attitré du lieutenant de police, et, sur plusieurs enquêtes déjà, il avait permis de parvenir à des conclusions fort éloignées de ce que l'on avait d'abord supposé. Pierre, la mine toujours aussi préoccupée, ne répondit pas tout de suite.

Jean insista :

— Eh bien ?

— Un médecin a plus à faire à s'occuper des vivants qu'à contempler les morts.

— Veux-tu dire que la goutte du marquis de Beauregard vaut davantage que le... refroidissement du marquis de Sorel.

— Hummm.

Nouveau grognement. Manifestement, depuis qu'il avait pénétré dans la chambre du marquis, Pierre semblait vouloir se braquer. C'était plus fort que lui. Jean choisit de ne pas le remarquer. Il ajouta sur le ton le plus civil et le plus naturel du monde :

— Entends-tu ce que je te dis ? Henri de Sorel a été tué par un poison inconnu dans nos contrées. Voilà le secret caché dans cette bouillie informe.

Jean montrait maintenant les restes de pâtes de fruits.

Mais toujours rien.

Cette fois, plus même un son.

Pierre regardait de biais, masquait mal sa nervosité et s'occupait à peine des éléments que Jean venait de produire. Pire, il voulait maintenant le fuir en allant nerveusement vers la fenêtre. Cela ne lui ressemblait pas, mais alors pas du tout ! C'était incompréhensible... Un peu comme s'il l'avait appelé à son secours pour ne pas vouloir entendre la vérité. Jean n'avait pourtant pas l'intention de renoncer :

— La plupart des poudres utilisées de nos jours, des poudres sérieuses j'entends, sont à base d'arsenic ou de ciguë. Or, dans le cas qui nous occupe, rien de tout cela, je te l'assure !

Pierre grommela une fois de plus. Jean s'était penché à son tour sur le corps :

— L'arsenic provoque toujours sur la peau quelques lésions, quelques rougeurs qui n'apparaissent pas tout de suite mais quelques heures après la mort... Parfois, on aperçoit même de curieuses zébrures vertes... Et là, il n'y a rien. D'ailleurs une victime de l'arsenic ne meurt jamais du premier coup, tu le sais aussi bien que moi. Il faut l'empoisonner lentement, et le pauvre bougre aurait souffert pendant des semaines... Sur un chien, je ne dis pas, mais pour un humain ! Quant à la ciguë, elle peut-être fatale en une prise, mais elle endort lentement, et tout dans la mort du marquis prouve au contrairc que c'est très rapidement qu'elle l'a saisi. Voilà pourquoi la présence de ce bon Babinet n'était pas de trop, et si tu m'avais consulté, vraiment, je...

D'un seul coup Pierre revint vers Jean. Il traversait la pièce à grandes enjambées, comme s'il voulait se convaincre de la rectitude de sa pensée :

— Ton marquis est mort. Il est mort assassiné. Qu'importe la nature du poison ! Je veux un coupable, pas une leçon de sciences chimiques. Alors ton poison peut-être inconnu, je m'en moque !

Pour un peu, Pierre eût frappé le cercueil de sa badine, comme s'il lui en voulait d'être là. Monsieur de Beauregard avait visiblement donné des instructions que Jean devait être en train de contrarier. Il fallait tout régler sans y mêler la Faculté. L'absence de Babinet prouvait assez qu'il voulait que l'affaire allât vite. L'attitude de Pierre le confirmait pour celui qui voulait encore en douter. Jean releva la tête :

— J'avais donc bien raison...

— Je ne te suis pas...

Pierre ne semblait pas relever.

Jean le regarda droit dans les yeux :

— Vraiment ? Tu en es arrivé aux mêmes conclusions que moi. Le corps t'intrigue. Seulement voilà, les ordres sont clairs... C'est l'évidence même, par saint Crépin !

À ce même moment, on frappa à la porte. C'était Loïc, encadré des quatre pleureuses qui voyaient d'un mauvais œil l'intrusion du policier. Il faut dire que Pierre et Jean étaient remontés quand le curé du village, qui était aussi le confesseur du marquis, allait commencer à officier et à lire la prière des morts. Ici, chacun les avait regardés comme des intrus qui venaient interrompre le service divin, des parpaillots, des infidèles, des étrangers qui pourraient attirer sur le château une malédiction diffuse en empêchant l'âme du défunt de trouver la sérénité.

— Madame la marquise vous fait dire que monsieur le curé va sortir de chez elle...

— Qu'il attende ! Je vous ferai savoir quand il pourra entrer.

Pierre referma la porte d'un geste autoritaire et revint vers Jean, comme s'il était enfin décidé à se dévoiler :

— Le marquis était un proche du duc d'Orléans, le duc

d'Orléans avait affaire avec le prince de Condé, le prince de Condé était en relation avec Madame de Montpensier... Je te fais un dessin ou tu commences à comprendre ? La Fronde est tout juste calmée et l'on a pour commandement...

Il se reprit :

— J'ai commandement de ne rien laisser passer qui pourrait servir de prétexte à la ranimer ! Dans certains cas, des meurtres de familiers prennent l'allure d'assassinats politiques si on n'en vient pas rapidement à trouver une solution. Alors oui, tout ce que tu as dit je l'ai remarqué, mais je ne peux compliquer une enquête...

Jean le coupa :

— Qu'il faut boucler au plus vite. Seulement voilà, tu es incapable de conclure sans être convaincu et tu préfères que nous soyons deux à avoir raison ou à nous tromper. C'est bien cela ?

Pierre ne nia pas, mais s'arrangea pour ne pas répondre directement :

— Pour moi l'affaire est claire. Le marquis a été empoisonné par des pâtes de fruits. On a tenté de forcer le secrétaire. Des papiers ont été brûlés...

Jean l'interrompit une fois de plus :

— Des papiers qui venaient d'où ?... car je te le rappelle, le secrétaire est toujours fermé.

— Du coffre ou d'ailleurs !

Une fois de plus, Pierre ne semblait pas vouloir s'embarrasser de ce qu'il tenait, voulait tenir pour des détails. Jean choisit de l'amener tout seul à s'enferrer. Il l'enferma dans sa logique, voulant simplement le pousser dans ses dernières tranchées :

— Cela n'est pas impossible, mais cela n'est pas prouvé. Et si j'en crois ta formule préférée : seuls les faits comptent.

— Laisse-moi poursuivre !

— Et le mouchoir ? C'était aussi pour ce qu'il y a d'écrit dessus qu'on l'a fait disparaître ? Non vois-tu, tu n'auras la réponse à rien tant que tu ne sauras pas pourquoi on a trouvé utile de vouloir brûler un mouchoir...

En disant tout haut ce que Pierre pensait tout bas sans vouloir se l'avouer, Jean avait réussi à l'exaspérer :

— Décidément, tu es impossible !

Pierre ouvrit brutalement la porte, jeta un dernier regard sur le cercueil et s'en alla. Il préférait sortir, abandonner la place, que de prononcer des mots qu'il aurait à regretter.

Jean le regarda s'éloigner, fit un signe à Loïc, lui signifiant de ne toujours pas bouger, et referma la porte. Il savait fort bien que, dans la tête de Pierre, tout ce qu'ils venaient de se dire allait faire son chemin. Dans un premier mouvement, Pierre refusait toujours l'évidence quand elle le dérangeait, puis, peu à peu l'intégrait, et là, soudain, il revivait, et on le retrouvait bien avancé sur le chemin. Il suffisait d'attendre le moment... Jean haussa les épaules, s'immobilisa un instant puis repassa de la chambre dans le cabinet. Là il ouvrit la porte où quelqu'un avait frappé le soir de la mort du marquis, un ou une inconnue dont l'arrivée l'avait chassé. Elle donnait sur une petite antichambre qui menait à la grande galerie ou aux appartements de la marquise...

Jean jeta un œil à droite puis à gauche. Ensuite, presque dans le même mouvement, il revint sur ses pas, retraversa le cabinet et s'en retourna dans la chambre. Comme Pierre tout à l'heure, il se colla à la fenêtre, voyant plus qu'il ne regardait les perspectives du parc qui donnaient jusqu'à la forêt. Il gardait encore quelques secrets renseignements pour lui. Pour l'instant, Pierre venait de prouver qu'il n'en ferait rien, et ce serait sans doute plus riche d'enseignements de lui laisser faire ses propres recherches... En effet, même si Jean ne pouvait se défendre d'un certain complexe de supériorité en matière psychologique (car finalement toute enquête se réduisait toujours à un cheminement de l'esprit : il suffisait de retrouver celui du meurtrier...), il n'en était pas moins conscient d'être, dans cette affaire, à la fois favorisé et desservi, étant d'une certaine façon juge et partie... Enfin... Il lui fallait pour l'instant oublier les écueils de la logique, surtout éviter de raisonner et de construire, mais juste d'engranger tout ce qu'il pouvait observer... Petit à petit, les pièces du casse-tête allaient toutes seules se ranger. C'était cela le secret, comme dans une version ou un thème latin : attendre et surtout ne rien forcer. Dans l'embrasure de la fenêtre, la toile d'araignée avait encore grandi. Elle couvrait maintenant presque toute la moitié haute du volet intérieur. Si l'on avait fait la toilette du mort, l'on négligeait assurément celle de sa chambre. Alors qu'il la remarquait juste, la répugnante bestiole s'était immobilisée sur sa toile. C'était comme si elle avait compris que Jean l'observait... À moins que ce ne soit l'effet du soleil qui venait d'entrer dans la pièce et qui l'aveuglait. Jean n'eut pas le temps de se poser la question plus longtemps. En suivant le trait lumineux du regard, il venait d'apercevoir quelque chose qui brillait sous le lit. Il s'en approcha, perdit un instant le reflet, recula puis l'aperçut à nouveau. En se baissant pour ramasser ce qu'il avait vu, il tomba sur plusieurs bouts de verre qui jusqu'à présent étaient restés inaperçus...

Il les attrapa vite et se releva comme un voleur.

Que viendrait à penser le prêtre s'il le trouvait à quatre pattes sous le lit sur lequel reposait un cercueil ? Et qui savait si malgré les injonctions répétées il n'allait pas finir par rentrer ?

Ce serait singulier pour le moins, indigne assurément.

Jean revint vers la table où il avait posé sa bourse de cuir, y rangea le mouchoir, les restes de papiers, et ce que maintenant il venait de trouver...

Des bouts de verre, de curieux bouts de verre... Voilà qui permettrait peut-être d'avancer et de ne pas aboyer sous le mauvais arbre...

*

— C'est elle, cette diablesse ! cette... cette traînée !

Ainsi qu'attendu, Charles de Sorel venait d'exploser.

Tout avait commencé, il y avait quelques secondes à peine, pour un rien, une broutille, une simple étincelle, mais cela avait suffi à embraser sa colère refoulée qui crépitait maintenant comme une paille trop sèche, embrasant toute une forêt assoiffée de haine et de rancœurs trop longtemps accumulées.

Qu'avait-il bien pu se passer ?

Fort peu de chose, on l'a dit.

Depuis la mort d'Henri de Sorel, Bastien, le valet de chambre de Charles, entendait avoir le pas sur Loïc, qui n'était plus que le serviteur du défunt maître. C'était Bastien, donc, qui voulait présider la table domestique, lui qui voulait servir le vin, avoir les clés de la cave et du cellier, mais aussi s'occuper des plus importants invités, bref, en tout passer le premier. Comme on l'a déjà vu, la rivalité des frères se traduisait aussi par des soubresauts ancillaires. Mais cette fois, Loïc ne chercha pas à temporiser ou à fuir le combat, il refusa tout net. Bastien et lui faillirent en venir aux mains, et, après réflexion, il fut décidé d'en référer à la comtesse. Madame de Saint-François prit le parti que l'on devine aisément, et c'est Loïc qui fut reconduit en fonctions. Il faudrait désormais s'y habituer, en l'absence de l'ancien marquis, c'était maintenant sa femme, et elle seule, la maîtresse. La comtesse avait bien l'intention de faire respecter au sous-sol ce qu'elle imposait déjà partout dans les étages. Mais Bastien refusa de l'entendre de cette oreille, et c'est lui qui courut en référer à son seigneur. Il n'en fallut pas plus pour que Charles s'enflammât contre l'injustice qui lui était faite, à lui et aux siens. Voici la suite :

— C'est elle qui a confectionné les pâtes de fruits... Ma chère belle-sœur que voilà devenue si riche ! Il faut être bien naïf pour ne pas comprendre.

Il hurlait contre Marie, la poursuivait à travers l'entrée et les salons. Comme une bête traquée, la veuve du marquis, puisqu'il voulait maintenant, lui aussi, l'appeler ainsi, avait fini par se réfugier dans la pièce de chasse qui fermait cette partie du château sur l'aile droite.

La scène était d'une violence inouïe !

Oh pas à cause des coups échangés, il n'y en eut aucun. Mais c'était de voir Charles dressé, rouge violacé, hurlant et pointant du doigt la jeune marquise qui tenait à peine sur ses jambes. Elle avait l'air si fragile, presque diaphane, puis soudain, son teint s'était brouillé, et elle semblait maintenant au bord de tomber. Assurément cette femme avait les nerfs épuisés et elle faisait peine à voir. Elle était là, sans plus aucune porte pour s'enfuir, acculée, insultée, se taisant, se forçant à se tenir droite, à affronter, alors que visiblement elle se retenait de fondre en larmes. Et tout cela au milieu des bois de cerfs et des têtes de sangliers empaillées.

Charles se tourna vers Gribeauval qu'il avait harponné dans le vestibule pour le prendre à témoin, mieux, pour le provoquer :

— Qu'attendez-vous pour la faire arrêter ?

Jean et Louis de Sorel, alertés par le bruit, venaient d'arriver. Charles ne parut même pas les remarquer. Il continuait à désigner la marquise à la vindicte policière :

— Cette sorcière, cette empoisonneuse. Elle mérite le bûcher !

Jean connaissait trop la situation dans laquelle se trouvait Marie de Sorel pour accepter de la voir se prolonger. Il voulut la secourir. Pierre avait sans doute la même intention et s'était interposé entre Charles et la marquise, mais ce fut Louis qui intervint cependant le premier.

— Père, cessez !

Il lui baissa le bras.

— Comment osez-vous !

Charles le regarda avec stupéfaction :

— Vous porteriez la main sur moi ?

— Oui, si c'est pour vous empêcher de dire ou de faire une stupidité que vous ne manqueriez pas de regretter.

Charles marqua un temps d'arrêt. Il semblait se réveiller de quelque cauchemar avec les yeux vides et la langue pâteuse :

— Sachez, Monsieur, qu'il vous va bien falloir choisir... Comme je vous l'ai déjà dit, Esaü n'est pas de ma famille !

— Taisez-vous, père et suivez-moi. La colère ne vous vaut rien, et les événements des derniers jours nous ont tous beaucoup éprouvés.

— Votre fils a sagement parlé.

Pierre bénit le ciel d'un tel allié. Il lui aurait été fort préjudiciable d'avoir à porter la main sur un homme qui pouvait aisément prouver ses seize quartiers [1] :

— Écoutez-le et laissez-moi faire mon métier.

Comme s'il l'avait secrètement entendu, Charles redevint le grand seigneur, antipathique certes, mais digne qu'il

---

1. Seize quartiers, *i.e.* seize quartiers de noblesse, soit quatre générations d'aïeux paternels et maternels appartenant déjà à cet ordre. (*N.d.É.*)

n'aurait jamais dû cesser d'être. Il revenait sur terre, retrouvant son calme presque aussi soudainement qu'il l'avait perdu.

— Il serait temps, en effet, Monsieur, que vous vous décidiez à l'exercer.

Ce qu'il venait de dire à Pierre se teintait d'une menace à peine voilée. Puis, l'ignorant avec superbe, il repoussa le bras de Louis et se tourna vers Marie à qui il dit, sans la moindre émotion apparente :

— Sachez, Madame, que je vous prie de m'excuser de m'être ainsi emporté. J'ai commis la pire des erreurs, je me suis oublié. Cela ne se reproduira plus, vous avez ma parole de gentilhomme.

Et, geste incroyable, il lui prit la main pour la baiser.

Marie, qui n'avait pas fléchi, lui répondit alors, la voix cassée :

— Je veux vous croire, Monsieur, et j'en accepte l'augure.

La pièce était maintenant dans le plus absolu des silences. Une seconde suspendue puis, un bruissement de soie et un parfum d'iris :

— Allons, voilà qui est mieux...

La comtesse venait d'entrer à son tour. Elle avait dû assister à la dispute depuis le miroir du corridor. Charles la regarda dans un demi-sourire :

— Je m'étonnais de votre absence.

— Et j'ai bien l'impression d'avoir manqué quelque chose...

À la seconde, un étranger serait entré qu'il se serait cru déranger une réunion amicale. Désormais tout se dirait à fleuret moucheté :

— Ne vous y trompez pas, comtesse. Ceci n'est qu'une retraite. Je saurai attendre mon heure et j'irai porter mes droits jusqu'où il me sera loisible de le faire. Je n'ai pas l'intention de renoncer.

— Personne ne vous le demande..., Monsieur le marquis.

En donnant à Charles son nouveau titre, Madame de Saint-François le moquait-elle ou faisait-elle un geste d'apaisement ? Chacun le comprit à sa manière et tout le monde s'en contenta.

Charles sortit le premier, et aussitôt chacun s'approcha de la marquise. Au bout de quelques minutes, c'est elle qui demanda à respirer. Pierre lui fit part de son désir de l'interroger quand elle serait remise. Elle accepta de lui répondre sur-le-champ.

La comtesse s'éclipsa de son côté, laissant Louis et Jean. C'était la seconde fois que Jean se retrouvait en tête à tête avec le jeune neveu. Il repensait à la phrase d'Henri, celle qu'il lui avait confiée dans le cabinet, non sans un brin d'envie :

— Louis, c'est un jeune daim !

Un jeune daim, pensa Jean, certes, mais un jeune daim qui ne manquait pas de courage assurément.

— C'était fort brave de votre part que d'oser affronter votre père. Même le marquis, votre oncle, hésitait toujours à le faire. Mais expliquez-moi une chose. Je sais votre père fort pieux, mais que voulait-il signifier en disant « Esaü n'est pas de ma famille ». Faisait-il allusion au personnage de la Bible ?

— C'est que...

Louis semblait embarrassé.

Jean intervint tout de suite, comme s'il en savait déjà, assez.

— Oh, vous n'avez nullement à vous expliquer ! Je suis très heureux que vous ayez agi ainsi. À votre place, j'aurais fait tout de même. Je vous approuve donc... Entièrement et sans réserve.

— Merci.

Louis souriait pour la première fois. Il souriait avec des airs d'enfant. C'était comme si Jean venait de lui donner un regard, une approbation longtemps attendue. Jean le sentit d'ailleurs immédiatement. Il poursuivit, comme pour continuer de le rassurer :

— Il n'est rien de plus terrible que de voir tout le monde crier haro sur un présumé coupable, comme s'il s'agissait d'une pauvre bête que l'on a déjà condamnée, sans l'entendre ou lui laisser le loisir de se justifier.

**_Procès-verbal_**
(Extraits)

De par le Roy, l'an de grâce 1662, le 14 avril.

Devant nous, Pierre Gribeauval adjoint au Lieutenant de Police du Duché de Château-Thierry, terre du très haut et puissant seigneur de Bouillon, assisté de Justin Vattier, sergent-greffier, a comparu la marquise Marie de Sorel, née Marie de Saint-François, veuve du marquis Henri de Sorel.

Voici sa déposition :

*« Il y a maintenant quatre jours, non pardonnez-moi, cinq, j'étais dans la cuisine du château. J'avais décidé d'y confectionner des pâtes de fruits. C'était en début d'après-midi.*

*« D*[1] *: Pour qu'elle raison faisiez-vous ces sucreries ?*

*« R*[2] *: Mon mari en raffolait. J'avais l'habitude de lui en*

1. D pour Demande. (*N.d.É.*)
2. R pour Réponse. (*N.d.É.*)

*faire une à deux fois par semaine. Il disait que je les faisais mieux que personne.*

« *D : Cette fois, c'est lui qui vous les avait demandées ?*

« *R : Oui.*

« *D : Quand les lui avez-vous remises ?*

« *R : Dans sa chambre avant souper. Je précise que ce n'est pas moi mais une servante qui s'en est chargée.*

« *D : À votre connaissance, quelqu'un d'autre en a-t-il goûté ?*

« *R : Certainement pas. Le marquis pouvait se montrer généreux sur certaines choses, mais tout le monde savait qu'il gardait toutes les sucreries pour lui et n'en offrait jamais.*

« *D : Celui ou celle qui a empoisonné les pâtes ne prenait donc pas le risque de voir quelqu'un d'autre mourir par erreur ?*

« *La marquise marque une pause, puis :*

« *R : J'avoue n'y avoir pas pensé mais, non, non je ne crois pas. Cela me semble même tout à fait exclu.*

« *D : Dans la chambre du marquis quelqu'un aurait-il pu verser du poison sur les pâtes de fruits sans être remarqué ?*

« *R (après un temps) : Non je ne le crois pas. Demandez-le aux autres convives mais il me semble que mon mari a conservé la coupe qui contenait les pâtes toujours auprès de lui... Mais peut-être, je peux me tromper, il faudrait vérifier.*

« *Nous lui montrons alors les restes de pâtes de fruits, retrouvées dans la gueule du chien Melchior.*

« *D : Reconnaissez ces pâtes comme celles que vous avez faites ?*

« *R : Oui, je les reconnais effectivement ou je crois les reconnaître pour ce qu'il est encore possible de le faire.*

« *D : Vous admettez donc que vos pâtes de fruits ont été*

*empoisonnées, provoquant la mort de votre époux et de son chien préféré ?*

*« R : Incontestablement, ces pâtes de fruits ont été empoisonnées mais ce n'est pas par moi. Tous ceux qui savent cuisiner vous diront qu'il faut faire reposer la pâte avant de la découper. De plus, même cette opération effectuée, j'ai laissé les pâtes dans la cuisine, au frais à reposer. Je ne suis pas la seule à avoir pu les approcher. »*

*

Renseignement pris, chacun confirma que Henri, le marquis de Sorel, ne s'était pas départi de la coupe empoisonnée durant tout le dîner. Pierre décida alors de procéder comme à l'accoutumée.

On fouilla toute la maison.

On commença par les étages, par les appartements des dames puis par ceux de ces messieurs. Chacun devait se trouver là quand on inspectait sa chambre. Il ne fallait y voir ni une humiliation, ni une tentative d'humiliation mais bien une simple précaution. Pierre se souvenait encore d'une douloureuse affaire, une affaire récente chez un autre seigneur de la région, où l'un de ses hommes avait été injustement accusé de vol et de dégradation. Il avait eu toutes les peines du monde à prouver son innocence. En fait, il s'était rapidement avéré que l'on avait créé l'incident pour l'utiliser, et en prendre prétexte pour le dessaisir de l'enquête. Aussi avait-il dorénavant décidé de ne plus opérer aucune perquisition sans la présence du maître des lieux. Il faut ajouter que Pierre avait remarqué, ou plutôt qu'il s'était convaincu, qu'un coupable se révélait souvent en voulant trop cacher ce qu'il craignait que l'on découvre, et que certaines attitudes renseignaient souvent bien plus qu'un long discours. Jean s'étonna du procédé. C'était la première fois qu'il le voyait appliqué. Il le trouva d'abord grossier puis dû revenir sur certains *a priori* quand il se surprit à chercher à dissimuler certains pots de séné et de tamarin qu'il rangeait soigneusement dessous son lit.

— Qu'est-ce que cela ? lui demanda l'exempt avec l'air soupçonneux et ravi de celui qui pensait être tombé sur une grosse légume.

— Quelque drogue digestive..., répondit Jean, fort embarrassé d'avoir à s'expliquer.

— Mais encore ?

— Monsieur Gribeauval me connaît assez...

À cet instant, Jean pensa intérieurement que le grave n'était pas son mal mais bien la constipation de l'âme dont le drôle qui le regardait avec ses yeux comme des soucoupes avait bien l'air accablé.

— Je vois... Je vois... On cherche le passe-droit...

L'exempt le dévisageait maintenant comme certains sergents de ville peuvent le faire avec les filles de joie. Dans son œil, il y avait quelque chose de dominateur, de lubrique, une sorte d'excitation bestiale, de celle que l'on doit surprendre dans l'œil du cerf au moment du rut. C'est tout du moins ce que Jean ressentit :

— Mais je vous en prie !

— Eh bien ?

Pierre revenait dans la pièce. Il regarda le soldat, il regarda Jean puis fit un geste silencieux pour qu'on lui apportât les fioles. Il les ouvrit, sourit et les redonna à l'exempt :

— Vous pourrez lui rendre, soldat... Cela ne tuera que lui !

Puis s'adressant à Jean :

— Cela vous est précieux, je crois... Vous ne devriez pas le laisser traîner...

Jean tendit la main et reprit son bien. Il le reprit d'un geste rageur, en prononçant une sorte d'onomatopée qui devait être un merci.

Une petite parenthèse s'impose ici, une parenthèse que je rajoute pendant que Jean est endormi, comme dans l'avant-propos, je l'avais dit.

Quand il était sur une affaire, et le meurtre du marquis de Sorel en était une, même s'il ne la dirigeait pas officiellement, Jean n'allait pas... Il n'allait pas au propre comme au figuré... En deux mots, vous m'avez compris. On peut même affirmer qu'au fur et à mesure des événements il allait de moins en moins, pour finir par ne plus aller... du tout.

Comme à son habitude, pour cela aussi, Jean avait une explication. Il décrivait ce phénomène à ses intimes en voulant y voir (et avec les années je pense qu'il avait raison) une curieuse translation entre l'esprit et le corps, le corps et l'esprit.

En effet, tant qu'il n'avait pas dénoué les nœuds qui obstruaient sa réflexion, tant qu'il ne pouvait résoudre un cas en toute fluidité, son intestin boudait. Il n'y avait pas d'autre mot, il boudait, car assurément cet ustensile de sa personne avait un tempérament bien à lui. Un exemple suffit : un jour, il arriva que Jean crut délier les mystères d'un trafic de fausses vierges (de statues entendez). Après tant de semaines passées à piétiner, il jubilait. Il avait la solution ! Enfin, il était libéré !

Pourtant, très vite, il lui fallut se rendre à l'évidence : la situation ne marquait aucun signe d'évolution. Jean commença donc à s'inquiéter... Était-ce plus grave que d'ordinaire, non pas une simple perturbation psychologique comme il l'avait pensé, mais une commotion interne, un tamponnement hépatique, une collusion entre deux organes ; pire, une occlusion entérique ? Le tracas initial n'aurait alors servi que de déclencheur, voire de simple révélateur à une situation autrement plus sérieuse.

Jean était au bord de s'aliter et de demander la saignée quand il se rendit compte, au même moment, qu'il avait été induit en erreur par un témoignage erroné... Il changea ses conclusions et son corps retrouva le chemin de la raison.

Donc, et nous refermerons notre digression sur ceci, dans une enquête, Jean pouvait se trouver sérieusement incommodé. Cette précision peut paraître inutile, même triviale, mais elle pourra aider à mieux comprendre le déroulement de l'action, ou plutôt l'amplitude de certaines réactions, ainsi que quelques accès d'humeur et autres exagérations de notre ami. Et si l'on veut conserver une image, il suffit d'avoir connu une fois les embarras de Paris pour savoir qu'il ne plaide ni pour la tempérance, ni pour la modération.

Revenons à Pierre et à ses investigations.

En cuisine, on interrogea tout le monde aussi, les servantes, les apprentis, les marmitons, les rôtisseurs, les sauciers, les pâtissiers, le maître queux et même le chasse-marée qui s'en arrivait de Dieppe avec du poisson salé. On retourna tout de fond en comble, on vérifia l'emploi du temps de chacun, et ce que l'on apprit fut bien maigre à la vérité. Comme elle l'avait déposé, la marquise était venue juste après le dîner pour confectionner ses confiseries. La comtesse était descendue la rejoindre un moment après pour bavarder un peu et voir avec elle les ordres à donner pour le menu de la semaine à venir. Ensuite, les deux femmes étaient remontées, et chacun avait vaqué à ses occupations comme à cette heure de la journée. Un moment même, il ne resta sans doute personne de l'impressionnante brigade dans les sous-sols de la propriété : le maître queux et ses aides étaient partis au potager pour choisir les légumes à arracher, les rôtisseurs et les sauciers étaient en train de finir de nettoyer leurs ustensiles à grande eau au bord des fossés, et les femmes s'étaient retirées dans une arrière-cour pour causer, pardon pour nourrir la volaille, ramasser les œufs et changer la paille.

La conclusion était claire.

Un néophyte l'aurait compris : en cet après-midi tragique, tout le monde aurait pu passer dans la cuisine y verser le poison qui fut fatal au marquis.

*

— Eh bien, monsieur de La Fontaine, je ne vous connaîtrais pas mieux que je vous penserais d'humeur renfrognée... Je me dirais même que vous n'allez pas bien... Vous n'êtes pas plongé dans vos livres aujourd'hui ? Peut-être est-ce que cela vous manque ?

La comtesse s'était installée sous les premiers arbres du parc, de grands ifs d'Irlande à la robe verte et profonde. Bien qu'au début d'avril, cette année s'annonçait déjà fort belle, et le soleil paraissait déjà presque un astre de juin. Aussi, malgré la saison précoce, Madame de Saint-François n'avait-elle pas eu peur d'arborer en extérieur un de ses grands décolletés qui lui allaient si bien. Elle était assise devant un ravissant petit chevalet de bois et s'y livrait à l'aquarelle, une de ses passions préférées. À ses pieds, on devinait une ombrelle et un carton à dessins.

— Attendez-vous quelqu'un ?

Jean avisa l'autre tabouret et l'autre chevalet que la comtesse tenait tout à côté d'elle.

— Vous, bien sûr !

Madame de Saint-François partit de son petit rire de gorge à dérouter un régiment de fantassins.

Elle continua :

— C'est vrai, quoi que je fasse, je prévois toujours une place pour quelqu'un. La solitude est une chose si triste qu'il vaut mieux s'illusionner d'attendre que de s'attrister de ne plus espérer. Aujourd'hui, il sera dit que ce sera vous... Et croyez-bien que j'en suis ravie... Asseyez-vous donc, et si vous ne voulez pas peindre, jouissons ensemble des plaisirs de la conversation.

Jean hésita une seconde, pas à s'asseoir, n'importe quel homme l'aurait fait, mais sur le parti à prendre. La comtesse était de ces femmes, de ces femmes... de ces femmes-femmes, dirons-nous, dont on ne savait jamais tout à fait si c'était vous qui leur faisiez la cour ou, tout au contraire, si c'étaient elles qui vous séduisaient. Elle possédait cet art consommé, cette fortune innée en fait, de laisser toujours une porte ouverte *et* fermée. À tout moment, elle pouvait vous laisser faire, bien mieux, se laisser aller, ou vous regarder avec ses grands yeux clairs, l'air offusqué.

— Puisque vous m'y invitez...

Jean prit donc place à ses côtés.

Par politesse d'abord, par curiosité ensuite, il regarda la feuille que Madame de Saint-François avait commencé à colorier. À sa grande stupéfaction, il la vit entièrement blanche alors qu'elle avait bien le pinceau dans une main et la palette dans l'autre.

— Vous vous demandez ce que je suis en train de faire. Je pense même que vous vous interrogez pour savoir si, tout simplement, je ne fais pas semblant de m'occuper pour cacher quelque noir dessein... C'est vrai, voici presque une demi-heure que je suis là, tapie dans l'ombre, et je n'ai rien d'apparent à présenter...

Jean sourit. Il n'aurait pu mieux résumer sa pensée :

— Je l'avoue, Madame.

La comtesse lui montra le mur en terre séchée, un peu en surplomb :

— Apercevez-vous le verger...

— Je l'aperçois en effet...

— Et au-dessus, les frondaisons...

— Je les aperçois aussi...

— Les fleurs de ce cerisier. Regardez... Elles commencent tout juste à s'ouvrir... Si vous vous en approchez, vous les verrez légèrement teintées de rose, mais d'ici...

La comtesse prit une respiration qui semblait presque être une émotion :

— D'ici... Un blanc, un blanc pur, un blanc absolu... Eh bien, voilà la couleur que je cherche sans la trouver, et voilà pourquoi vous me trouvez le bras ainsi levé.

La comtesse rit à nouveau, mais différemment cette fois :

— Vous me prenez pour une folle, n'est-ce pas ?

— Point du tout, point du tout...

Jean ne mentait pas. Une fois encore la comtesse l'avait emporté avec elle. Il aurait aimé le lui dire, mais ne savait pas comment procéder. Cette quête d'impressions dans laquelle elle semblait s'être envolée, il la connaissait lui aussi. Elle lui évoquait de bien lointains souvenirs, des souvenirs d'Espagne et de Grenade... Oh rien de Don Quichotte, rien d'Isabelle, non plus... C'était une tout autre histoire qui lui venait en tête, celle de cet émir mauresque... Une fois, il y a bien longtemps, un prince arabe d'Andalousie avait épousé une princesse blonde, une princesse du Nord qui devint bientôt sa vie. Pourtant, il avait beau l'aimer et la princesse l'aimer aussi, elle se mourait, jour après jour, inéluctablement et sans répit. Elle avait tout, mais il lui manquait la neige de son pays natal, ce tapis immaculé et fragile dont la nostalgie lui dévorait l'âme. Alors un matin, quand elle se réveilla, son mari la supplia de venir une fois encore sur sa terrasse. Plus morte que vive, la princesse accepta que son prince l'y portât. Et là... à perte de vue, jusqu'à l'horizon et plus loin encore, elle vit s'étendre à ses pieds toutes les neiges de Scandinavie. Dans la nuit, le prince amoureux avait mobilisé ses peuples, et chacun, homme, femme, enfant avait dû planter un amandier en fleur pour qu'à son réveil la reine perde sa pâleur... Voilà, voilà ce que la comtesse inspirait à Jean, des visions, comme des nuées, des échappées vers l'ailleurs qui...

— Oui... Je le vois !

Madame de Saint-François interrompit la rêverie dont elle était pourtant la cause :

— Vous me trouvez bien futile, à présent...

Jean ne trouvait rien de tout cela, mais ne fut sans doute pas assez convaincant, car elle poursuivit :

— Dans les circonstances que nous traversons, mon attitude vous choque sans aucun doute.

— Non, Madame, je vous assure...

Jean s'en voulait d'être si mal compris. Visiblement tout ce qu'il disait se retournait contre lui. La comtesse posa sa palette et son pinceau :

— Ne vous troublez pas... Je comprends votre réaction. Elle est fort naturelle...

Sa voix se radoucit, elle lui prit la main :

— Mais voyez-vous, dans les grandes souffrances, il est deux façons de réagir : s'abîmer dans les larmes ou s'évanouir dans la gaieté. Vous commencez à en savoir assez sur moi pour comprendre que mon choix n'a pas été le premier. Curieusement, dans chacun des deux cas, les apparences sont parfois aussi trompeuses, et finalement on ne sait jamais qui il faut réellement consoler.

La comtesse changea de ton encore une fois :

— Vous me faites dire des stupidités. On ne se console jamais... On fait semblant puis on vit avec...

Elle se leva soudain :

— Venez et faisons quelques pas. Nous parlons de la mort et voilà que j'ai froid. Il est au moins une chose heureuse aujourd'hui...

— Laquelle ?

Jean l'aidait à se relever du petit tabouret de bois :

— Celle de savoir votre mère remise de cette malheureuse indisposition qui la retenait clouée au lit...

Jean ne comprit pas tout de suite, juste qu'il lui fallait réagir très vite... Oui ! La lettre... La lettre qu'il avait glissée sous la porte de la comtesse juste avant son départ l'autre matin, enfin ce qu'il avait cru être son départ.

— Oui, oui... Je vous remercie. Dans la famille, nous sommes apparemment fragiles, mais comme le disait mon cher père, des durs à cuire, des durs à cuire !

Jean détourna le regard. Comme tous les hommes, il savait qu'il mentait mieux par écrit. Que dirait la comtesse si elle comprenait la vérité ? Ne l'avait-elle pas comprise d'ailleurs ? On le sait, Françoise Pidoux, la mère de Jean, était passée dans l'autre monde, il y avait bien des années déjà, mais c'était la première excuse qu'il avait trouvée... Comme un tout petit enfant, sa mère lui servait encore bien souvent de paravent.

Heureusement, la comtesse n'insista pas. Elle passa son bras sous le sien et ils avancèrent dans l'allée. Elle avait pris son ombrelle, lui, son carton à dessins.

# Chapitre 11

— Il est terrible de penser que ce pauvre Henri n'est plus et que son meurtrier est toujours parmi nous...

— Ou sa meurtrière..., rectifia Jean.

La comtesse et lui marchaient maintenant depuis un bon moment.

— Je dois le reconnaître, mais voilà qui limite alors soigneusement le nombre des suspects... Des suspectes, dois-je plutôt dire..., reprit-elle aussitôt avec un sourire.

— Le poison peut être une arme de femme...

— César Borgia ne le détestait point et je ne le crois pas féminin.

— Comtesse, vous marquez un point...

Jean et Madame de Saint-François firent encore quelques pas. Ils arrivaient maintenant à la pièce d'eau d'où l'on apercevait le petit temple de l'amour. Jean rompit le silence :

— Puis-je vous poser une question ?

— Vous venez de le faire...

La comtesse ouvrit son ombrelle en toile d'indienne. Le soleil faisait sa réapparition et se reflétait dans l'eau, comme dans un palais des glaces.

— Pourquoi la marquise semblait-elle si bouleversée le jour de mon arrivée ?

Jean s'était avancé lentement et marchait maintenant un pas devant la comtesse, comme s'il voulait oublier sa présence, pour juste l'écouter.

— Je savais que vous l'aviez remarqué. Disons même que j'attendais que vous y veniez... Je crois que je ne suis pas obligée de vous répondre.

— Certes non...

— Vous êtes une sorte d'homme de loi, je crois... Mais ici, vous n'avez aucune autorité, c'est bien cela ?

— Parfaitement, les terres du marquis se trouvent en dehors de ma circonscription...

— Très bien...

Avec quelqu'un d'autre, la conversation aurait pu se tendre. C'est souvent à ce moment que les adversaires se révèlent et que chacun choisit son terrain de combat. Mais la comtesse n'était pas dans cet enclos-là. Il n'y avait rien de méfiant ou d'agressif dans tout ce qu'elle venait d'énoncer. On eût juste dit qu'elle cherchait à compléter des bribes d'informations qu'elle avait recueillies ici et là...

D'ailleurs, alors qu'il ne le voulait pas, elle rejoignit Jean et ajouta :

— Inutile de cacher la vérité. Vous l'apprendrez tôt ou tard : le marquis et ma fille ne vivaient pas dans la plus grande des félicités. Le marquis la soupçonnait toujours de tout et se montrait parfois d'une grande cruauté.

— Avait-il quelque chose à redouter ?

Jean ralentit le pas :

— Vous l'avez vu tout comme moi ! Il avait trois fois son âge. Il ne faut pas trop attendre des unions de convenance, ou plutôt si, il faut en attendre ce qu'il y avait dans la corbeille de mariée. Rien de plus, rien de plus. Tout homme sensé sait cela ! Le marquis épousait la jeunesse, une pouliche pour d'éventuels héritiers, et la marquise, avec lui, trouvait la sécurité.

— Le soir du meurtre, vous m'avez aperçu dans le couloir.

La comtesse s'arrêta de marcher.

Elle répéta la phrase comme si elle ne l'avait pas bien comprise ou comme si certaines images venaient en désordre assaillir sa mémoire :

— Le soir du meurtre... Dans le couloir... Il m'a bien semblé apercevoir quelque chose mais... C'était donc vous...

Comme tout à l'heure, elle changea de ton, mais cette fois-ci c'était pour se faire plus offensive :

— Vous avez donc pu constater par vous-même de quelles crises de folie cet homme était capable ! Toujours, il me fallait être là pour l'empêcher d'en arriver au pire... Excusez-moi...

La comtesse venait d'être submergée par une émotion subite. Elle se tourna un instant pour cacher ce que Jean aurait bien juré être des larmes. S'il s'était écouté, il se serait immédiatement jeté à ses pieds pour lui demander pardon d'avoir à la tourmenter ainsi.

Mais, à y bien réfléchir, Jean « n'avait pas à », il venait de le dire. Il allait cesser là. Pierre s'arrangerait à sa manière. Soudain, la comtesse se retourna à nouveau et lui fit face. C'est elle qui reparla :

— Sachez une chose, Monsieur, une chose que j'aimerais vous faire entendre et répéter... La marquise n'est pas une meurtrière. Elle aurait été incapable de tuer son mari. Peut-être avait-elle des raisons de le désirer, mais elle ne l'a pas fait. Ce n'est pas une femme de ce genre-là. Vous croyez que je mens, que je mens pour la protéger ?

— Je vous écoute, Madame. Je vous écoute simplement.

Voilà maintenant qu'ils étaient repartis vers le château, marchant presque sans s'en rendre compte. Elle poursuivit :

— Vous pensez que je cherche à protéger ma fille. C'est bien naturel pensez-vous. Eh bien, apprenez une autre chose, Monsieur : Madame de Sorel n'est pas ma fille et je ne suis pas injustement aveuglée.

— Pardon ?

Jean marqua un temps d'arrêt. La comtesse le devançait maintenant. C'est elle qui s'arrêta à son tour :

— Eh bien, remettez-vous !

Elle retrouva presque un ton de plaisanterie :

— Je n'ai pas encore tout à fait l'âge d'avoir une fille de cette taille-là... ou tout du moins, je veux le croire... J'ai épousé son père en secondes noces... Non, mais il faudrait que vous puissiez voir votre tête ! Un remariage, oui... Comme Marie et le marquis... Vous voyez donc que je sais de quoi je parle. Cela vous semble-t-il sorcier ou criminel, Monsieur de La Fontaine ?

*

— Monsieur de La Fontaine... Monsieur de La Fontaine...

Jean sortait des écuries.

Après sa conversation avec la comtesse, il avait trouvé utile de faire un petit tour avec Rossinante, comme s'il lui fallait digérer le moment qu'il venait de passer. Toujours sa méthode... Ne jamais rien forcer et laisser les événements, les informations se déposer en strates, se fréquenter, se chatouiller, se contredire, se renforcer, bref fricoter ensemble, car finalement le seul moyen de s'assurer d'une vérité c'était bien de la culbuter.

Un exempt venait de le rejoindre, courant à lui depuis le perron de l'entrée :

— Monsieur Gribeauval aimerait vous voir...

— Je m'en vais promener. Je le verrai à mon retour.

Jean s'apprêtait à éperonner sa fougueuse monture qui frémissait d'aise quand le jeune soldat attrapa ses rênes :

— Excusez-moi, Monsieur, mais...

— Mais...

Jean leva un sourcil. Le policier lui fit signe de descendre :

— J'ai pour mission de vous amener immédiatement.

— Très bien, il sera dit que j'aurai cédé à la force !

Il sauta de cheval et regarda le policier qui n'avait pas l'air méchant à vrai dire, juste assez gêné.

— Où se trouve votre chef ?

— Dans les appartements du marquis.

— Très bien...

Jean tapa sur le flanc de Rossinante :

— Je vous laisse veiller sur cette bête d'exception. Tenez-là occupée jusqu'à mon retour qui ne saurait tarder.

Visiblement le soldat ne savait plus quoi faire :

— Où alliez-vous ?

— Au village. Mais pourquoi cette question ?

— C'est que, Monsieur...

Le policier regardait le cheval jaune puis ajouta :

— Le capitaine ne vous a-t-il pas dit qu'il était interdit de sortir de la propriété. Les gardes ont pour ordre de tirer à vue... Et avec un animal de cette couleur-là...

— Isabelle, jeune homme... Sachez qu'il s'agit de la couleur isabelle... Pour votre information, votre culture et peut-être même tout simplement votre bien, sachez qu'il y a bien longtemps, au temps où...

Jean marqua un temps d'arrêt... L'ordre de tirer à vue... C'était donc vrai !

*

Toujours à la fenêtre, cette araignée qui semblait vous narguer et dont personne ne trouvait utile de se préoccuper. Jean songea un instant à la vaincre d'un revers de manche. Il n'en fit rien, Dieu soit loué. Mais ce n'est que plus tard qu'il comprit pourquoi tout à l'intérieur de lui, quelque chose, « on », choisissez-vous-même le nom, l'avait retenu...

— Regarde ce que j'ai trouvé...

Pierre était dans le cabinet du marquis.

Il avait fait ouvrir le secrétaire. On avait eu du mal à en recouvrer les clés mais Charles s'était souvenu que son frère en gardait toujours un double dans la couverture de son livre de messe. Il semblait près à tout pour aider à récupérer tout ce qui aurait pu ressembler à un début de volonté, de dernières volontés s'entend, qui l'aurait moins désavantagé. Comme à l'heure présente, cela ne pouvait être pire, il aurait donné l'autorisation de tout détruire s'il l'avait fallu. Mais même cela ne dépendait pas de lui.

Pierre ressemblait à un écolier perdu.

Autour de lui des papiers, des dizaines de papiers... À son air, on devinait bien qu'il n'était pas satisfait et que ses découvertes ne l'avaient pas comblé.

— Et tout cela...

Jean ramassait les feuilles éparses. Il reconnaissait quelques écritures : les anglaises tout d'abord, celle de Hobbes et de Locke ; les françaises ensuite... Tiens le marquis connaissait aussi Boileau... C'est vrai que personne n'est à l'abri des fautes de goût... Sans s'en rendre compte,

Jean oubliait tout. Il commençait à s'extraire, à oublier la raison de sa venue, et même à dire à Pierre qu'il pensait qu'il était fou ! Faire tirer à vue sur les honnêtes gens, il fallait vraiment avoir perdu la tête, à moins que...

— De la correspondance scientifique et littéraire... Il y a même des lettres de toi...

— Des lettres de moi !

C'était plus fort que lui, pas de l'orgueil vraiment, ni même du narcissisme, mais Jean était subitement intéressé. Pierre eut tôt fait de le dégriser :

— Rien, autant dire rien... Des phrases creuses échangées avec tous les traîne-misère que l'Europe peut compter !

— Je te remercie...

— Comprends-moi. Je n'ai pas avancé d'un pouce. Peux-tu me rendre un service ?

— Je t'écoute...

*

En fait Pierre avait surtout besoin de voir Jean. Ils ne s'étaient pas vraiment reparlé depuis que Pierre s'était emporté dans la chambre du marquis, qu'il était parti en claquant la porte, et l'épisode du lendemain, celui... enfin celui du séné et du tamarin, n'était pas fait pour véritablement rétablir une communion suspendue. En lui demandant de convoquer tout le monde pour dans une heure dans le salon, Pierre faisait un pas, un pas maladroit, certes, mais un pas tout de même. C'est tout du moins ce que Jean voulut penser, même s'il savait que, à la vérité, Pierre s'était assurément dit qu'il serait mieux outillé qu'un simple policier pour réunir des gens de qualité qui, l'affaire close, pourraient toujours aller se plaindre de ne pas avoir été convenablement traités.

— Ainsi donc, vous êtes un peu parent avec ce rustre ?

Charles venait prendre l'air sur la terrasse. Visiblement, il ne tenait pas à se retrouver face à face avec la comtesse ou la marquise. Il le faisait puisqu'on le lui imposait, mais pas plus longtemps qu'il ne fallait. La marquise venait d'entrer dans le petit salon du rez-de-chaussée. Il trouva donc séant de s'en aller. Il ne rentrerait qu'à l'heure dite.

— Disons que Pierre Gribeauval et moi nous connaissons depuis longtemps. Il est vrai qu'à sa façon il est un peu ma famille, presque la seule d'ailleurs.

Jean avait prévenu tout le monde et finissait lui aussi de prendre le frais.

En fait, la présence du corps du marquis rendait les choses insupportables. Personne n'en parlait, mais ce cercueil encore frais empuantissait l'air, plus sûrement qu'une fièvre quarte. Charles dut d'ailleurs penser la même chose au même moment, car il dit :

— Je lui ai demandé l'autorisation de faire enterrer mon frère...

C'était la première fois que Charles se conduisait comme tout un chacun, la première fois qu'il semblait fait de chair et de sang, la première fois aussi qu'en l'entendant évoquer son aîné l'on réalisait que c'était un peu de lui qui s'en était allé.

Pourquoi avait-il alors le besoin de se confier ?

Sans doute parce que, avec la disparition d'Henri, Charles se sentait maintenant en première ligne devant la faucille de la mort :

— Il n'a pas toujours été comme cela... Je veux dire cette poupée ridicule qu'il était devenu...

Charles parlait d'Henri sans avoir à le nommer. Sans

doute les restes d'une immense familiarité et le regret d'un amour inachevé :

— C'était l'un des plus beaux seigneurs de France. Le roi l'adorait... Nous l'adorions tous... Le premier à la chasse, le premier à la paume... Il s'intéressait à tout. Il n'avait qu'à paraître pour avoir une femme dans son lit. Vous m'entendez, il n'avait qu'à paraître... Dieu sait que je l'ai envié, détesté même, haï parfois... Mais quel homme, quel homme que cet homme-là !

Jean hocha la tête. Cette conversation lui rappelait étrangement celle qu'il avait eue avec le marquis dans son cabinet particulier, il y a des jours qui semblaient des mois, voire des années. Elle en était comme la réponse retardée, l'exact opposé, la vision de l'autre côté, le contrepoint mezzo voce, mais une fois encore fallait-il s'en étonner ? Henri et Charles s'opposaient apparemment sur bien des points, sans jamais avoir eu la chance de se rencontrer.

— Je sais, je sais..., répondit Jean, tout simplement. Charles le regarda différemment, une seconde, comme lui aussi sorti de son rêve, ou plutôt acceptant de le partager avec un nouveau venu :

— C'est vrai, j'oublie que vous l'avez connu... avant. Que s'est-il passé ?

Jean évita de répondre. C'était inutile, Charles le savait très bien. D'ailleurs, soudain, il serra les poings :

— C'est à cause d'elle... Mon Dieu, quelle stupidité ! Dès qu'elle est rentrée dans cette maison, il a commencé à changer. Oh ce furent d'abord des détails infimes, un mot, un signe... Il se croyait obligé de parler à la nouvelle mode... Puis bientôt ce fut le tour des tailleurs, des perruquiers et des maquilleurs. Voyez, je l'ai vu se décomposer bien avant aujourd'hui. Si je devais demander une faveur, une faveur divine, je demanderais à Dieu de ne jamais me rendre amoureux, jamais ! J'aurais dû...

Charles n'acheva pas sa phrase qui résonna comme une colère inutile. Une telle expression de souffrance se marqua sur son visage que Jean crut un instant avoir à lui apporter de l'aide, mais comme il le disait lui-même : pour avoir été marin, Charles avait l'habitude de la variation des climats et donc de celle des caractères et des tempéraments. À cette seconde, Jean le perçut autrement. Il ressentit même une sorte de fraternité avec cet homme qui l'avait toujours rejeté. En fait à sa manière, une fois encore, il pouvait constater que chacun restait l'enfant qu'il avait été. Jean, bien que plus jeune que Charles, restait l'ami du grand frère, et le puîné le rejetait de peur d'être lui-même refusé.

Charles ajouta, comme pour s'excuser :

— Tout cela n'a plus de sens à présent.

Les deux hommes restèrent en silence un moment, plongés dans les fantômes du passé. Charles semblait reconstruire le frère qu'il avait perdu et Jean taire une plus triste réalité. Lui qui avait reçu la confidence de tant de femmes amoureuses en avait retiré peu de chose, mais ce petit bagage, il le possédait bien. À n'en pas douter, malgré tout son savoir, tout son passé, Henri n'avait pas connaissance de lui-même, et l'amour qu'il avait cru vivre n'avait fait que le révéler. Charles souffrait de cette déchéance par procuration, il en souffrait bien plus qu'on ne l'aurait d'abord deviné. Avec la mort de son frère, voilà qu'il se sentait doublement déshérité. Peut-être était-ce pour cela que Jean se décida à lui parler, car dans certains cas ce sont les éléments matériels qui parviennent à vous sauver :

— Vous savez que l'on a retrouvé certains papiers dans la cheminée du marquis... Je veux dire un trop-plein de papiers... Comme si on avait voulu s'en débarrasser, faire disparaître quelque chose.

Charles se figea. Il marquait la surprise :

— Des papiers, des papiers dans la cheminée, je l'ignorais... Ils n'ont donc pas été entièrement brûlés ?

Puis presque aussitôt :

— Et a-t-on pu connaître de quoi il s'agissait ?

Jean remua négativement la tête :

— Non... C'était du papier à lettres, c'est tout ce que l'on sait.

Charles poussa un grand soupir :

— Des lettres ? N'en a-t-on pas retrouvé plein son secrétaire, à ce que l'on m'a dit ?

— Certes...

Jean se crut obligé de préciser :

— Mais c'est également sur ce genre de papier que l'on peut rédiger... un testament par exemple...

— Un testament ? Un testament ? J'en suis venu à croire que Maître Jurquet avait raison. Henri n'en a jamais écrit.

Jean s'appuya contre la balustrade :

— Eh bien moi, voyez-vous, je ne serais pas aussi affirmatif que vous...

Charles sortit une prise de tabac, en proposa une à Jean qui refusa puis ajouta :

— Eh bien, en tout cas, s'il l'avait rédigé sur les papiers dont vous m'avez parlé, il ne reste que des cendres pour en témoigner...

Il inspira profondément pour se laisser pénétrer par la pincée ambrée :

— Vous avez tort. Il est excellent... Je le fais venir d'Amsterdam !

La comtesse, Des Essarts, Louis et maintenant Gribeauval

entraient tour à tour dans le salon. Charles les aperçut tout d'un coup puisqu'il dit :

— Je crois que nous sommes attendus...

Jean lui fit signe de passer devant :

— Je vous suis dans un instant.

Charles marcha vers la porte-fenêtre.

Il paraissait beaucoup plus grand de dos.

Les papiers dans la cheminée ne semblaient pas du tout l'intéresser.

Curieux... Lui qui était à l'affût de la moindre bribe...

Ainsi, le voici maintenant qui tournait casaque.

Pourquoi ce revirement, alors qu'il y avait une seconde encore...

Se serait-il entendu avec la marquise ?

Son emportement récent semblait plaider le contraire.

Curieux encore...

Mais qui sait comment l'on se conduit pour masquer ses accords, ses secrets, ses turpitudes mêmes ?

Curieux homme, en tout cas, plein de fracas, de contradictions, de délicatesses et de rudesses intimement mêlés...

Curieux, curieux...

*

— Vous ne vous êtes donc pas rendue chez votre mari la nuit du crime ?

— Non, c'est lui qui tout au contraire est venu me voir.

Pierre finissait d'interroger la marquise. C'était la dernière de sa liste puisqu'il l'avait déjà fait déposer. Elle répéta consciencieusement tout ce qu'elle avait précédemment déclaré.

— Et pour quelle raison, s'il vous plaît ?

— Un homme qui rend visite à sa femme doit-il se justifier ?

Jean écoutait tranquillement, assis dans un coin du salon. À vrai dire, pelotonné au coin de la cheminée, les yeux fermés, il ressemblait à un de ces matous de maison bourgeoise dormant tranquillement en attendant leur pâtée. De temps à autre, il commentait intérieurement les déclarations des uns et des autres, mais bien malin serait celui qui pouvait affirmer ce qu'il pensait vraiment. Là, il venait de se passer la langue sur les lèvres, se lécher les babines pourrait-on dire. En fait, cela ne traduisait pas une satisfaction tactile mais bien plus une admiration muette pour l'aplomb de la marquise. Sans la voir, Jean la devinait aisément. Elle venait de blanchir imperceptiblement sous le fard, une pâleur charmante d'ailleurs qui devait parfaitement s'harmoniser avec sa robe de deuil improvisée, dangereuse corolle noire et bleu. Pierre était sous le charme, cela s'entendait clairement. S'il l'avait interrogée en dernier, c'était pour la garder pour la bonne bouche et pouvoir prendre tout son temps. Ce n'était pas très étonnant d'ailleurs, et ceux qui le fréquentaient un peu sauraient d'évidence qu'elle était tout à fait son genre... car même si l'on a indiqué que Pierre avait le goût cosmopolite, il y avait quand même certaines constantes dans ses connaissances bibliques... Jean savait les ressentir, sans pouvoir toujours les expliquer. Disons que c'était un peu comme de trouver normal qu'un amateur de bœuf bourguignon puisse apprécier la goulache, la daube puisqu'il faut aussi la nommer, le hochepot, mais encore la blanquette ou la poule au pot... Dans tout cela, il y avait du mijoté. Pour la marquise, c'était différent, mais on retiendra l'idée : une viande rosée, de l'agneau ou du veau... Jean s'arrêta en chemin. Malgré lui, il allait devenir désagréable, partial et donc nécessairement injuste, ce qui ne pouvait que nuire au bon déroulement de son enquête. Marie de Sorel, on le rappelle, avait trop de points communs avec l'autre du même nom pour que Jean ne se contraignît pas à une forme de discrimination positive qui l'amenait, pour l'instant, à vouloir l'innocenter à tout prix. C'était la raison pour laquelle il taisait à Pierre certaines des choses qu'il savait. Bien sûr, il les lui dirait, mais en temps utile, plus tard, pas maintenant... D'ailleurs, Pierre en savait déjà bien assez pour l'instant. Jean lui avait même raconté le pénible épisode de la pâte de fruits qui avait failli lui coûter la vie. Sans l'intervention du mystérieux visiteur... Enfin !

Jean sentit un parfum de miel et de cuir... Un effluve d'épices sucrées et viriles tout ensemble... Le tabac de Hollande. Décidément, Charles ne le quittait plus et était venu s'asseoir auprès de lui... Son tabac à priser, toujours... Non, il avait allumé une pipe cette fois... Une pipe en présence des dames... Tiens donc, cela signifiait que, même s'il avait passé un accord, il ne les respectait pas... Jean faisait peut-être fausse route...

Une chose apparaissait claire, en tout cas : au terme de cet interrogatoire, chacun se renvoyait la balle. La nuit du crime, personne n'avait rendu visite au marquis. La pleine lune semblait bien avoir agi comme le plus puissant des somnifères. Jean était pourtant bien placé pour savoir le contraire....

— Monsieur de La Fontaine... Vous dormez ? !

Enfin, Pierre venait de s'adresser à lui avec le voussoiement conventionnel qui les écartait juste ce qu'il fallait aux yeux du monde.

— Je suis là !

Jean ouvrit les yeux.

— Qu'avez-vous à ajouter ?

Comme à leur habitude, Pierre lui demandait maintenant

de jouer son rôle, de reprendre tous les éléments et de raconter l'histoire à sa façon pendant que lui observait les diverses réactions. Souvent, ainsi, ils s'étaient partagé les tâches, et Jean en était reconnaissant à Pierre, comme si, ici, il jouissait de l'autorité de l'investiture royale. C'était amical, courtois, délicat même...

Et cette fois, encore, Jean s'en tira à la perfection. La fin de son discours surtout, sa péroraison, dirait-il, avait quelque chose d'ancien, d'antique, de magnifique dont lui-même était assez content... Si, si... Pas de fausse modestie. D'ailleurs tout le monde dut le penser car, quand il eut achevé, l'assistance était encore sous le coup, muette, en suspens. Jean feignit de l'ignorer et se tourna alors vers Pierre en ajoutant, très calmement :

— Et moi, quand comptez-vous me questionner ?

Curieusement Pierre eut l'air surpris. Peut-être était-ce une fausse impression car il lui répliqua tout aussitôt :

— Vous ? Mais c'est inutile. Vous parlez bien assez ! Vous serez ravi, je crois, d'échapper à ce pensum...

Jean marqua un temps. Voilà bien la dernière réponse à laquelle il s'attendait. « On » ne l'interrogerait pas ! Il avait pourtant préparé certaines formules piquantes, choquantes, paradoxales parfois, qui n'auraient pas manqué de faire mouche. Alors qu'il y avait une seconde encore il se sentait admiré, Jean eut le sentiment de se fissurer de haut en bas, comme ces pierres de marbre aux mains du sculpteur maladroit. Qu'importe ! Pour l'heure, il fallait surtout masquer la déconvenue. Aussi ajouta-t-il dans un salut :

— Mille grâces, Monsieur. Mille grâces...

— Serviteur, répondit Pierre... Serviteur...

Très bien se dit Jean. Ainsi, « on » appelait au secours, « on » abaissait le drapeau, mais à la première occasion, « on » frappait dans le dos, « on » tirait le tapis sous les pieds, « on » cherchait à jouer les coqs en affirmant une supériorité supposée... Brutus ! Très bien, très bien... Il ne fallait pas chercher très loin pour comprendre la raison du revirement, du retournement, du bouleversement, de la révolution... La marquise !... Pauvre Pierre. Comme il était attendu ! Il fallait qu'il eût décidément l'âme vulgaire, domestique même, pour toujours rêver de se payer la patronne. Heureusement, se dit Jean, que nous n'étions pas dans quelque gourbi de garde-barrière. Pierre !... Pauvre niais. Il fallait le voir regarder la marquise... C'était dégoûtant ! Mais où était la comtesse ? Jean la cherchait des yeux.

— Eh bien, si nous n'avons plus rien à dire, je crois que nous pouvons passer à table...

Elle était là, ce cher ange. C'était elle qui venait de parler, elle qui se levait. Elle était assise tout à côté, juste derrière lui à vrai dire. D'un signe, la voilà qui répondait à Loïc qui entrait pour la quatrième ou la cinquième fois, sans oser interrompre. Elle ajoutait, maintenant, d'une voix un peu lasse, mais qu'elle voulut agréable :

— Cela a été un peu plus long que prévu. Heureusement, nous n'avions pas monté un soufflé...

— Mère, si vous le permettez, je n'ai pas très faim. Je préférerais me retirer.

La marquise s'était levée à son tour. Pierre allait lui donner la main et la raccompagner jusqu'à la porte, mais Jean, instinctivement, s'était déjà proposé et l'avait habilement devancé :

— Madame, les couloirs sont déserts. Me feriez-vous la faveur de me permettre de vous reconduire jusqu'à vos appartements ?

En une seconde bien des regards furent envoyés : la marquise à la comtesse, Louis à la marquise, Charles à Louis, la comtesse à Jean, et, bien sûr pour le meilleur, Jean à

Pierre et Pierre à Jean. Si l'on comprenait mieux l'intensité de certaines prunelles, on pourrait habilement concentrer l'intérêt d'une causerie de salon... Jean tendit son bras à la marquise. Pierre s'effaça pour les laisser passer. Jean le remercia d'un mot, ou plutôt de trois :

— Serviteur, Monsieur... Serviteur.

*

La marquise semblait un peu gênée de se retrouver seule avec Jean. En fait, ils ne se connaissaient pas. À peine s'étaient-ils croisés. À se retrouver si près d'elle, Jean la reçut avec moins d'hostilité. Tout bien pesé, elle semblait aussi perdue dans cette vie que l'était le marquis. L'extrême jeunesse et la vieillesse avaient peut-être plus de points communs qu'il n'y paraissait tout d'abord.

Jean se reprit. Il fallait qu'il se corrigeât de ce défaut qu'il avait de toujours se mettre à la place d'autrui, cela le paralysait, entravait tout son être et sa pensée avant tout. Oui, il lui fallait se forcer à garder la tête froide. C'était comme cela dès qu'il entrait en contact trop rapproché avec ses semblables. Il fallait que chez tous il vît des côtés qui lui ressemblaient, lui parlaient ou l'agressaient. Il se sentait « concerné » par les autres, mais il était trop lucide pour y voir une quelconque forme de générosité. Non, bien au contraire. Jean était profondément égocentrique et narcissique, comme tout un chacun. Le monde n'existait que par ses yeux. Seulement voilà, lui le savait, il le savait trop. Il devait donc toujours se forcer à relever la dérive de ses sentiments et ne pas se laisser entraîner sur des chemins de traverse qui n'existaient peut-être finalement que dans sa tête. Pour cela, il avait un moyen, un procédé, une façon, une astuce, une méthode, une formule, une recette, un secret en un mot. Ainsi de la marquise... Le petit coup de cœur, ou plutôt le moment d'attendrissement qu'il était en train de vivre, cette compassion subite qu'il ressentait pour elle, il le garderait par-devers lui et le ressortirait comme une miniature de famille, une fleur séchée ou un mouchoir anciennement parfumé quand il serait saisi par le sentiment inverse, celui qui la lui faisait haïr et confondre les deux Marie. Donc, à défaut d'être objectif, ce qu'il ne serait assurément jamais, et c'était tant mieux car il n'était pas un objet, Jean pourrait-il au moins demeurer honnête, ce qui était le premier devoir d'un gentilhomme digne de ce nom.

Alors qu'ils débouchaient dans la grande galerie, Jean se sentit prêt. Il rompit le silence et dit :

— Madame... Oserais-je une confidence, ou un conseil plutôt ?

— Je vous écoute, Monsieur...

La marquise rosit. Sans doute avait-elle cru que Jean se tairait jusqu'à sa porte, et cette sortie la prit au dépourvu.

— J'ai cru comprendre que si vous aviez ici certains ennemis vous y comptiez aussi des amis.

— Je l'espère tout du moins.

Jean sentit que la marquise serrait un peu davantage sa main. Il la regarda alors droit dans les yeux :

— Je vous donne un avis qui peut paraître curieux, mais croyez-moi, en ce moment, il est judicieux : évitez les uns et les autres... Évitez-les soigneusement à toute heure et en tout lieu...

— Me condamnez-vous à la solitude ?

Jean secoua la tête avec un fin sourire :

— Non, je me serai mal exprimé... Je voulais dire, ne voyez personne en particulier.

La marquise se tut un instant puis reprit :

— Me croyez-vous en danger ?

Subitement, Jean redevint grave :

— Nous le sommes tous, Madame...

— Que faites-vous ?

Jean venait d'avancer violemment sa main à quelques pouces du visage de la marquise :

— Je viens de tuer une araignée, Madame. Elle allait se prendre dans votre chevelure.

*

— Vous pensiez rencontrer quelqu'un d'autre... C'est que, voyez-vous, malgré les apparences, je ne passe pas toute ma vie plongé dans les livres. Je suis, aussi, un homme des bois... Oui, oui, un homme des bois !

Jean sortit de l'ombre dans laquelle il se tenait à cette heure tardive du jour. Il poursuivit :

— Vous êtes déçu sans doute ?

Louis de Sorel venait d'entrer dans la petite maison forestière, celle que nous avons déjà visitée et qui se trouvait tout à côté du vieux chêne.

— Mais point du tout... Qu'allez-vous penser ? Vous m'avez surpris, voilà la vérité...

— La vérité ?

Jean marqua un temps qui pouvait passer pour une pointe d'agressivité. Son haut-de-chausses le serrait terriblement à la taille depuis la fin du dîner. Il n'aurait pas dû reprendre deux... Non, trois fois de cette poularde truffée. Mais, depuis quelque temps, il était assailli par une sorte d'angoisse de fond... L'inaction sans doute, à moins que ce ne soit la trop grande excitation intellectuelle, ou peut-être encore une autre cause qu'il maîtrisait mal et qu'il affectait d'oublier. Jean avait le tempérament aquatique. L'influence de son nom, sans doute. Certains jours il se sentait la puissance d'un océan et d'autres la fragilité d'une goutte d'eau. Il passait par ces états successifs sans trop savoir pourquoi et s'en consolait ou s'en tempérait en se répétant que, d'expérience, il savait que, quelle que fût son humeur, elle allait passer, se transformer, devenir autrement, et que c'était l'état de son être que de fluctuer ainsi au gré du vent. Mais mon Dieu que c'était fatigant ! Son corps suivait le même régime, mais cela on l'a déjà dit. Aujourd'hui, Jean était fort gonflé et donc fort remonté. Il lui fallait avancer dans sa réflexion ou plutôt la concrétiser, la sortir de lui, la matérialiser. Il répéta en tapant des doigts sur le carreau :

— La vérité... La vérité vraiment ?

— Que voulez-vous dire ?

Louis dut sentir le danger, car il prit immédiatement la mouche. Sur le ton le plus « Sorel » qu'il pût trouver, il crut bon d'ajouter :

— Je vous interdis de signifier...

Jean le coupa en souriant. Il fit quelques pas. Il se maîtrisait parfaitement. L'affrontement ou plutôt sa perspective lui redonnait une sorte d'allant, de légèreté qu'ailleurs il aurait eu bien du mal à trouver :

— Vous m'interdisez déjà... Mais je ne signifie rien... Ou plutôt si...

Jean referma la porte d'un coup sec :

— Vous vous étonnez de n'avoir pas vu mon cheval paître dans la prairie. Mais c'est que j'attache une grande importance à prendre un peu d'exercice physique après les repas et que je suis venu à pied. Les cuisiniers de votre tante... Parce que c'est bien de cheval et de votre tante qu'il s'agit... Enfin de la marquise...

— Je ne comprends pas et je vous interdis...

Jean le coupa une fois encore :

— Décidément, vous interdisez beaucoup, jeune homme ! Soyez donc plus tolérant... Cela vous fera gagner du temps sur l'âge...

Il le prit par l'épaule avec un bon sourire :

— Mettons-nous à la lumière, nous serons mieux pour discuter. Sachez que j'ai pour vous de la sympathie, aussi vais-je vous expliquer ce que pour l'instant vous me dites ne pas saisir mais que vous saisissez très bien en fait...

Plus que jamais, Louis de Sorel se montrait sur la défensive. Il choisit pour l'instant de se taire. À le bien regarder, nul doute que c'était un beau garçon, un beau garçon qui avait tout pour séduire les gentes dames de ces parages...

— Comme je vous l'ai dit, j'ai trouvé que vous aviez agi en gentilhomme l'autre jour...

Louis alla nerveusement à la fenêtre, alors même que Jean venait de la quitter :

— Ne parlons plus de cela, voulez-vous.

— Mais si justement, parlons-en ! Et ne me comptez pas votre temps car je crois bien qu'il ne viendra plus personne d'autre que moi...

— Je ne vois pas où vous voulez en venir, et vos insinuations...

— Ah non !

Jean changea soudain de ton. Il avait beau être friand de planches ornithologiques, il n'appréciait pas qu'on le prît pour un serin. À ce moment, il oublia tout, la comtesse, ses maux de ventre, Pierre et Rossinante. Il n'y avait plus que Louis et lui :

— Pas de cela... Pas de cela avec moi, mon gaillard ! Si je vous ai épargné jusqu'à présent c'est à cause d'une certaine sympathie que m'a inspirée votre attitude... Votre attitude envers votre tante, car encore une fois, c'est bien d'elle et de cela qu'il s'agit.

Louis de Sorel voulut se défendre, mais Jean l'empêcha de prononcer un son :

— Par saint Crépin ! Taisez-vous, je vous l'ordonne ! Et sachez bien qu'autrement je pourrais m'étonner ouvertement d'avoir vu votre cheval si dispos le matin où vous étiez censé arriver... Oui, Monsieur, ne m'interrompez pas, censé arriver ! Le matin de la mort de votre oncle, si ma mémoire est bonne... Un cheval frais alors que le premier relais de Paris est à plus de dix lieues. Je sais tout, Monsieur, je sais tout ! C'est ici, ici que vous avez passé une partie de la nuit... Le lendemain matin, je suis venu et l'âtre était encore chaud. Et dehors, ma brave monture a tôt fait de repérer les crottins frais qu'avait laissés votre bourricot ! Alors niez-vous encore que c'est dans cette maison que vous donnez vos rendez-vous galants depuis des mois ? Que c'est ici que vous retrouvez une certaine personne que la décence m'interdit de nommer ?

— Oui, je le nie !

Louis de Sorel avait la gorge sèche et les yeux brûlants :

— Oui, je le nie..., répéta-t-il encore... Tout cela n'est qu'invention et calomnie !

Jean fondit sur lui :

— Si vous n'avez jamais rencontré ici la personne à laquelle je pense, si vous voulez pouvoir l'affirmer, alors rendez-lui ce ruban qu'elle a ici par erreur oublié sur ce banc !

Jean tenait dans sa main un petit morceau de soie que Louis de Sorel venait de lui arracher. Jean sourit :

— Votre oncle avait raison, il vous avait bien jugé. Vous êtes un jeune daim...

Louis de Sorel ne sembla pas comprendre.

Jean poursuivit :

— Ce ruban m'appartient... Si, si, je vous assure. Ouvrez votre main. C'est une des fantaisies de ce haut-de-chausse...

Louis regarda le tissu, constata que Jean ne mentait pas et le jeta par terre dans un moment de colère :

— Vous êtes un fourbe. Je vous hais... Je devrais...

Il porta la main à son épée.

Jean sourit, presque affectueusement. Comme les grandes marées, son explosion soudaine semblait s'être calmée, et voilà maintenant qu'il présentait la plus sereine des faces :

— Ne me haïssez pas si vite et ne soyez plus si prompt à vous emporter. Croyez-moi, un second cadavre n'arrangerait en rien votre affaire. Pourquoi pensez-vous que je me sois tu jusqu'à présent ? Vous ne me laissez pas même le temps de parler... Ah, non ! Vous ne me faites pas l'injure de croire que je veux vous faire chanter ?

— Non...

Louis de Sorel baissait la tête.

— J'aime mieux cela car vous savez, je vous ai vu le soir du crime... Je vous ai vu lancer des graviers... Je vous ai entendu dans le couloir... Car c'était bien vous... Répondez !

Pendant le court moment où Louis hésitait à parler, Jean ne put s'empêcher de ressentir une sorte de soulagement. Ce n'était pas la jouissance du sergent qui croyait le tenir l'autre matin, mais la secrète satisfaction de pouvoir rendre sa peur de l'autre soir, sa peur dans le couloir, sa peur qui l'avait tenaillé jusqu'au petit matin à celui, au misérable, au, au... qui la lui avait fait endurer. Ah, c'est vrai que si jeune et gaillard que vous puissiez être, vous n'étiez pas beau à voir, Monsieur de Sorel, à cette minute-là !

— Eh bien ! martela Jean...

— Oui, oui, c'était moi... Mais je n'ai pas tué mon

oncle ! Je n'ai pas tué mon oncle, cela je peux le jurer sur la croix. Je n'étais pas venu pour cela.

— Et pourquoi étiez-vous venu ?

Louis se taisait.

Jean haussa les épaules :

— Vous ne voulez rien dire ? Très bien cela n'a aucune importance car ce que vous cachez, je le sais déjà...

Louis prit sur lui pour demander :

— Vous allez me dénoncer, me faire arrêter ? Je ne résisterai pas, mais je ne dirai rien de plus...

Jean s'avança d'un pas puis s'arrêta comme s'il marquait une hésitation :

— Vous faire arrêter ? C'est une idée, mais non. Cela n'avancerait à rien... Car voyez-vous, il y a une autre chose que je pensais déjà et dont je suis certain à présent... Vous n'êtes pas coupable !

Louis semblait ne pas comprendre une fois de plus :

— Pas coupable ? Mais alors vous me croyez ! Vous me croyez ! Mais pourquoi ?

— Cela, jeune homme, c'est mon petit secret, si vous le permettez...

## Chapitre 12

— Tu vois cette araignée...

Jean et Pierre étaient dans la chambre du marquis. L'enterrement venait à peine de se terminer, et bientôt l'encens et la myrrhe brûleraient partout pour désinfecter, chasser les miasmes, mais, à vrai dire, chacun savait ici que les relents les plus forts se trouvaient dans les pensées. La chapelle avait résonné de ces phrases non dites, bien plus que des incantations du curé. Dans un petit cercueil, tel que Marie l'avait suggéré, on avait mis le chien pour l'ensevelir aux côtés du maître...

— Tu vois comme elle se déplace sur sa toile, s'arrête et semble être capable de s'immobiliser indéfiniment en attendant son heure... Toujours elle travaille à tendre ses fils, à tisser sa toile, à préparer le piège qui lui est tout aussi nécessaire que la vie. C'est le seul animal à agir ainsi. Le seul que l'on pourrait juger pour avoir voulu tuer en l'ayant soigneusement prémédité...

Jean montrait à Pierre l'araignée qui régnait toujours en maîtresse dans l'embrasure de la fenêtre :

— Elle peut être contente. Regarde cette prise... Un papillon de nuit... Du gros gibier... Cela vaut un tigre ou un zèbre pour un roi d'Égypte...

— Où veux-tu en venir ?

Depuis la sortie de la messe, Pierre montrait une certaine agitation. Il semblait ne plus tenir en place à vrai dire et avoir le plus grand mal à s'exercer à la plus infime concentration. Il avait passé une mauvaise nuit sans doute, toujours à remuer, à ressasser, à tenter de faire parler les événements. La vérité est que tout le ramenait toujours à la même conclusion, une conclusion qu'il aurait payé cher pour définitivement oublier.

— Je suis en train de te montrer comment le marquis a été assassiné.

— Quoi ? !

Jean fit mine d'ignorer le mélange d'énervement et d'incompréhension qu'il pouvait lire sur le visage de Pierre. Dans une seconde, il lui aurait prouvé qu'il ne lui faisait pas perdre son temps, bien au contraire :

— Écoute-moi...

— Fais vite ! Et ne va pas me dire que ton poison inconnu, c'est du venin d'araignée que le meurtrier aurait soigneusement récolté ! Je ne suis pas d'humeur...

— Je vois, je vois...

Jean ne put résister. Il ajouta :

— Une nouvelle t'aurait-elle contrarié ? Cela aurait-il à voir avec ce messager qui est arrivé tôt ce matin ?

Pierre eut un mouvement de tête :

— Tu es au courant. J'aurais dû m'en douter. Toujours à fouiner !

Jean sourit, comme pour s'excuser :

— C'est que moi aussi j'ai le sommeil léger...

Pierre le coupa sèchement :

— Alors ?

Jean haussa les sourcils, marqua un temps, il n'aimait pas

être ainsi pressé et ne permettait à personne de lui faire rater son entrée.

— Nous y venons, nous y venons...

Il s'éloigna de la fenêtre et se rapprocha du lit aux rideaux tirés. Comme si le corps était encore là, il souleva un des lourds pans de tissu :

— Te rappelles-tu cette expression, cette curieuse expression qui s'était figée sur le visage du marquis ?

— Oui...

— Une expression de surprise, de stupéfaction même...

— Oui, oui... Où veux-tu en venir ?

— Henri de Sorel était un homme courageux. Il s'est maintes fois illustré au combat, et même s'il ne voulait pas y penser, je peux témoigner qu'il n'avait pas peur de la mort. Il l'avait trop souvent côtoyée et ne pouvait s'étonner de la rencontrer.

— Admettons !

Pierre contenait son impatience. Il ne suivait pas Jean sur les curieux chemins où il voulait le conduire. Jean poursuivit pourtant, pris par les arcanes de sa démonstration :

— Eh bien, vois-tu, sans le savoir ou en le sachant peut-être, Henri de Sorel nous a laissé un message, un message que je cherchais depuis des jours sans le trouver. Il était là et je ne savais pas le lire.

Jean parlait plus lentement pour une fois :

— Ce qui l'a tellement étonné ce n'est pas de mourir, mais de voir le visage de son meurtrier. Car je l'affirme à présent, si le marquis a bien été empoisonné, son assassin est revenu dans cette chambre pour s'assurer de son œuvre et peut-être même s'en glorifier. Son bourreau était de ses familiers, un de ses familiers qui lui a tendu un piège comme l'araignée, qui lentement et sûrement a tissé sa toile pour mieux s'en assurer et qui... Tiens, regarde !

Jean était retourné vers la toile. L'arachnide venait de fondre sur une mouche qui s'était prise dans ses fils et en lançait d'autres pour l'engluer :

— Comme elle, comme elle... Il a agi comme elle... Subitement, soudainement, alors que tout était en place, préparé de longue date.

Il revint vers Pierre, presque essoufflé, encore abasourdi du combat qui venait de se dérouler sous ses yeux. L'araignée qui triomphait et la mouche qui se débattait avant de réaliser soudain que tout effort était inutile, qu'il était trop tard, que tout ce qu'elle ferait pour se libérer ne faisait que hâter sa fin.

— Voilà comment il nous faut raisonner si nous voulons comprendre... D'abord se mettre à la place du meurtrier... Revivre ses attentes, ses envies, ses frustrations, son hypocrisie puis son plaisir soudain quand il sent le moment venu d'enfin se libérer et de cracher son venin.

Jean semblait chercher quelque chose, tourner autour du pot sans mauvais jeu de mots :

— Quelque chose me laisse à penser...

— Quoi encore ?

— Les choses ne se sont pas tout à fait passées comme le meurtrier l'avait envisagé. Vois-tu, si je suis certain que tout était soigneusement calculé, il y a certains détails qui me gênent encore, comme un voile que je n'arrive pas à déchirer. Il est arrivé quelque chose, tu comprends... Autre chose que le meurtre bien sûr... Non, quelque chose qui a affecté ou surpris le meurtrier. A-t-il brutalement changé sa façon ou le moment d'agir ? Je ne sais pas... Mais vois-tu... Il y a du précipité dans tout cela... Le secrétaire grossièrement abîmé... Le mouchoir dans la cheminée... Non, non, là vraiment...

Jean chassa le nuage qui passa sur son visage et reprit d'une voix claire cette fois :

— Un fait est avéré, indiscutable cependant. Nous avons

affaire à quelqu'un de froid, mais aussi de dissimulé, à quelqu'un de rusé, capable de prendre sur lui pendant des semaines, peut-être des mois, à quelqu'un qui espérait encore quelque chose sans trop y croire et préparait son acte tout en pensant que peut-être il n'aurait pas à le commettre... Voilà, voilà la voie.

Il retourna vers le lit et ajouta encore :

— J'ajouterais que le poison lui-même, ce n'est pas un outil anodin. Ici, pas de dague, pas d'épée mais l'arme des faibles, des désespérés...

Pierre l'interrompit, moqueur malgré son humeur :

— Pour toi César Borgia était un faible, un désespéré ?

Jean se rembrunit soudainement :

— Mais qu'avez-vous donc tous avec César Borgia !

Il repensait à la comtesse sans la nommer et à la réflexion qu'elle lui avait faite l'autre journée. Pourtant ce n'était pas cette contradiction historique qui commençait à le tracasser. Tout le monde, entendons les gens un tant soi peu cultivés, savait que César tuait au couteau et que c'était son père, le pape, qui intoxiquait les cardinaux avec d'étranges substances auxquelles il finit lui-même par succomber. Il allait finir son raisonnement quand Pierre l'interrompit une fois encore :

— Ne crois-tu pas simplement que ton assassin espérait faire passer son crime pour quelque indigestion et que le poison peut laisser croire à une mort naturelle, alors que la lame évidemment pas ! Si ce chien n'était pas intervenu, personne n'en aurait rien su...

— Non, ça n'est pas cela. Tu n'y es pas ! Mon assassin ne cherchait pas à cacher son crime. S'il l'avait voulu, il aurait repris les pâtes de fruits qui l'accusaient et qui risquaient de causer encore d'autres victimes. Or, justement, il n'en a rien fait. Tu vois, c'est que malgré sa nature soumise, blessée, il voulait d'une certaine façon signer son acte. Le marquis ne devait pas simplement mourir, il fallait que l'on sût qu'il avait été tué. Comme l'araignée une fois encore...

Jean rayonnait. C'était lui à présent qui retombait sur ses pieds, ou plutôt retrouvait le fil de ses pensées :

— Regarde la toile. Regarde-la bien... Elle laisse les cadavres exposés. Ce sont ses trophées, et tout le monde doit en être informé !

Pierre applaudit bruyamment, théâtralement presque, et, en d'autres circonstances, Jean aurait pu s'en réjouir. Là, assurément, il n'y avait rien de flatteur, et ses mots vinrent bientôt le confirmer :

— Brillant, brillantissime, même... Mais où cela va-t-il nous mener ? Que veux-tu que je fasse de tes éternels raisonnements à l'inversé ? C'est le cadavre qui désigne le meurtrier. Fort bien !

— Cela nous a souvent conduits à trouver la solution appropriée. Tu ne peux pas le nier.

Pierre savait que Jean avait raison, mais avait du mal à l'admettre. À vrai dire, il avait toujours pris ses raisonnements pour des élucubrations et attribuait ou voulait attribuer à la fantaisie ou au hasard certains succès dont il gratifiait davantage l'acuité d'autres recoupements :

— Peut-être, peut-être... Mais, cette fois, est-ce toi qui vas aller l'expliquer à Monsieur de Beauregard qui vient encore de me sommer de lui trouver un suspect désigné.

— C'était lui, le billet que l'on t'a fait porter.

Pierre ne répondit pas. Il poursuivit :

— Je vois déjà le mot que je vais lui écrire : « Araignée coupable. Attends femme de chambre pour faire enlever la toile et vous l'apporter. » Il sera certainement enchanté ! Malheureusement, depuis des jours, je retourne toutes les solutions dans ma tête et c'est toujours la même qui me revient avec la même évidence.

Il marqua un temps :

— C'est la marquise la coupable. C'est à elle que profite le crime et, même si je l'ai nié, je suis d'accord avec toi pour dire que le poison est une arme de femme.

— Je n'ai jamais dit cela !

Pierre eut un sourire las :

— Je te remercie, mais c'était tout comme.

Jean se dit qu'assurément Pierre était plus pincé qu'à l'accoutumée. Pauvre Pierre, il devait être à la torture, et il le sera deux fois plus quand il apprendra pour la marquise et le neveu... Enfin... Il fallait venir à son secours, ou plutôt à celui de Marie de Sorel, ce qui pour l'instant revenait au même :

— Admettons... Le poison est une arme de femme. Mais je te rappelle que je crois à ma théorie du meurtre de l'araignée. Notre coupable est donc assez habile et assez retors pour l'utiliser afin de détourner les soupçons sur le sexe, puis sur la personne désirée. Car si bien sûr cela n'exclut rien, ne trouves-tu pas un peu curieux que l'on choisisse de tuer le marquis précisément au moment où la marquise est la coupable le mieux placée ?

Pierre releva la tête.

Jean continua :

— Pour l'instant nous avons un premier problème à résoudre et c'est par celui-là qu'il nous faut commencer. Qui a frappé à la porte de la chambre du marquis alors que j'étais avec lui ? Certes, ce visiteur n'est peut-être pas l'assassin car plus tard le marquis était encore vivant, mais assurément quelqu'un est venu et personne ne semble s'en souvenir. Quelqu'un ment. Il nous faudrait apprendre pourquoi ? J'ai d'ailleurs quelque chose à te dire...

*

Pierre traversait les couloirs à grandes enjambées.

— Où est le chevalier Des Essarts ? criait-il à tue-tête.

Il ne savait pas s'il devait remercier Jean ou se retenir de l'étrangler. Lui dire maintenant seulement qu'il avait surpris cette dispute entre le marquis et le chevalier, le jour même de son arrivée ! C'était indigne, infâme même, de la rétention d'information. À la réflexion, c'était du Jean tout pur.

Jean lui laissa quelques pas d'avance et entreprit de le suivre. Il revoyait la scène qu'il venait de vivre et s'en souviendrait sans doute longtemps. Il avait à peine fini de répéter ce qu'il avait vu et entendu, nous dirons de témoigner en rapportant l'essentiel de ses souvenirs, que Pierre eut l'air de s'étrangler :

— Pourquoi ne m'avoir rien dit..., n'avait-il pu s'empêcher de marmonner... De hurler serait plus juste. C'est étonnant comme ce garçon qui avait bien des qualités pourtant pouvait, par moments, manquer du sang-froid le plus évident.

— Pourquoi n'avoir rien dit ? avait répété Jean, l'air étonné, presque offusqué... Pourquoi n'avoir rien dit ?

Il répétait la phrase, incrédule, en regardant Pierre dans les yeux :

— Mais parce que je n'en ai pas eu l'occasion. Si ma mémoire est bonne, « on » n'a pas trouvé *utile*, *intéressant*, *nécessaire* de m'interroger...

Sous couvert d'une vengeance qui avait l'air bien mesquine, tout à fait étrangère au caractère de notre compère, Jean servait de bien plus nobles desseins, on l'aura évidemment compris. Toujours dans le désir de protéger Marie, il distillerait maintenant ses nouvelles comme une gazette à répétition. C'était sa politique du moment, et il savait bien qu'elle finirait par porter ses fruits. Car si Marie était coupable, elle se sentirait soulagée d'être ainsi appuyée et commettrait alors sans doute l'erreur fatale. Si, au contraire, elle était innocente, le vrai meurtrier tenterait peut-être une fois encore de la faire accuser. Quoi qu'il en fût, le jeu en valait la chandelle, et il était bien intéressant de lancer ses hameçons.

— Où est le chevalier Des Essarts ? entendit-on répéter pour la énième fois. Jean respira profondément et alla dans la direction de la voix.

*

— Oui, c'est vrai, c'est vrai... Mais comment l'avez-vous su ? Êtes-vous sorcier ?

Le chevalier Des Essarts semblait complètement perdu. Pierre avait littéralement fondu sur lui, comme un oiseau de proie. Il le tenait son coupable, un coupable des plus acceptables... Il lui avait répété l'essentiel de la conversation qu'il avait eue avec le marquis dans le bosquet de hêtres et que Jean avait pu lui rapporter avec une précision digne d'un grand observateur de la nature :

— Accordez-moi trois mois... avez-vous supplié. Mais Monsieur de Sorel a refusé. Il vous a demandé de tout rembourser maintenant, et c'est alors que vous l'avez accusé de vous acculer à la ruine, de vous assassiner... Ce sont vos propres mots... Il vous faudrait tout vendre, vous n'auriez plus nulle part où aller... N'est-ce pas cela ? Répondez !

— Êtes-vous sorcier ? répétait le chevalier à demi hébété... Qui vous aura renseigné ?

— Là n'est point la question !

Pierre entendait bien ne plus le lâcher et resserrer l'étreinte jusqu'à ce qu'il eût tout avoué.

— Combien le marquis vous avait-il prêté ?

Le chevalier se tut. À n'en pas douter, il hésitait ou plutôt calculait pour mieux choisir le parti à tenir. Pierre, qui connaissait son affaire, lui laissa juste le temps d'envisager ses arguments, un choc de pour et de contre dont il avait déjà testé la redoutable efficacité chez les novices de la criminalité. Après ce confus et rapide examen de conscience, le « client » se perdait si l'on savait le prendre au vol. C'était un peu comme la chasse à la bécasse, ou à l'oie sauvage : après l'appeau, il fallait agir au plus vite et se montrer implacable, déterminé :

— N'abusez pas de ma patience ! Je veux savoir, maintenant !

Un temps encore.

Pierre joua avec sa badine puis, soudain :

— Vous êtes perdu ! Parlez ! Faut-il autrement vous questionner ?

Il pointa sa cravache vers la fenêtre :

— J'ai là, dehors, quelques gaillards qui sont passés experts dans l'art d'empaler.

— Quinze cents..., lâcha Des Essarts dans un murmure de condamné, s'appuyant d'une main sur le dossier du fauteuil qui se trouvait à proximité.

— Quinze cents quoi ?

C'était gagné. Le pucelage avait sauté. Pierre continuait son œuvre de prédateur. Sans cesse harceler et défendre de réfléchir :

— Quinze cents quoi, vous ai-je demandé !

— ... Pistoles, quinze cents pistoles, expira le chevalier.

— Quinze mille livres ! Mazette, c'est une fortune !

Devant l'énormité de la somme, Pierre ne put s'empêcher

d'être impressionné. S'il l'avait soupçonné en préambule, il est possible que sa tactique eût manqué de l'audace qui lui avait permis de l'emporter. Malgré toutes ses qualités, il lui restait, on l'a déjà noté, une sorte de respect pour le patrimoine. L'homme qui se trouvait devant lui était anobli, non pas tant par son titre, mais par l'ampleur des fonds détournés. La délinquance avait aussi sa hiérarchie inversée, et un quidam valait souvent à hauteur de ses indélicatesses en société.

— Mais l'argent a été bien utilisé...

Maintenant qu'il avait commencé à parler, le chevalier paraissait anxieux de continuer :

— J'ai chez moi toutes les factures, tous les relevés.

C'est alors que Pierre sembla justement ne plus l'écouter. Maintenant que la bête était affolée, il fallait rapidement l'achever :

— Voilà pourquoi vous avez tué le marquis...

— Non, je...

Le chevalier n'avait plus l'opportunité de se défendre. On allait à sa place reconstituer son emploi du temps et lui démontrer que l'on avait en main de quoi suffisamment l'accabler. En quelques minutes, Pierre lui expliqua comment il s'était introduit dans la chambre du marquis, en espérant son forfait accompli. Il était, en effet, assez tard pour être certain que le poison ait agi. Là, après avoir tenté de forcer le secrétaire, il s'était ravisé et s'était dirigé vers le grand coffre. Il y avait effectivement retrouvé la reconnaissance de dettes qui l'accusait et l'avait jetée au feu avant de s'enfuir dans la nuit. La démonstration pouvait paraître fragile à n'en pas douter, mais là n'était pas l'important. Ce n'était pas le jeu mais l'annonce qui permettait souvent de l'emporter. En avançant à grandes enjambées, en taillant à l'emporte-pièce, Pierre allait une fois encore pouvoir le constater :

— Je n'ai pas touché au secrétaire !

Sans qu'on eût davantage à démontrer, le chevalier venait de reconnaître qu'il avait visité Henri de Sorel assassiné, alors qu'il prétendait être resté tranquillement couché. Pierre ne le lui fit pas remarquer. Maintenant le chevalier pouvait reparler, dire tout ce qu'il voudrait :

— Oui, il était mort, il était déjà mort. C'est vrai, je voulais le voir en privé... C'était trop bête, vous comprenez... Dix ans de ma vie...

— Je comprends, je comprends très bien... Il vous fallait cette reconnaissance...

Sans y toucher, Pierre continuait d'avancer. Après la terreur, voilà maintenant qu'il se faisait câlin, presque enjôleur. En allant dans le sens du gibier, en lui faisant croire que c'était bien ainsi qu'il fallait procéder, en lui montrant bientôt une voie de sortie, il lui ferait tout avouer. C'était tout du moins ce que l'on pouvait espérer.

— Quelle reconnaissance de dettes ?

Le chevalier releva soudain la tête :

— Il n'y a jamais eu de reconnaissance de dettes ! Le marquis ne m'a jamais rien fait signer. En homme d'honneur, ma parole lui suffisait...

Jean venait d'arriver, il y a quelques minutes à la vérité, même s'il se contentait d'observer sans rien dire qui puisse influencer ou contrarier. Première levée, se dit-il. Incontestablement, sans le vouloir vraiment, Des Essarts venait de marquer un point. La suite des événements avait bien prouvé à l'évidence qu'Henri de Sorel n'était pas un homme de papiers. Pierre n'était pas homme à se démonter. L'argument était de poids. Intuitif et dangereux comme un félin blessé, il refusa de s'y attarder et revint en force par où l'on ne l'attendait pas.

— Alors pourquoi ne pas avoir donné l'alarme ?

Le chevalier ne sembla même pas comprendre la question. La stratégie avait fonctionné. Pierre répéta :

— Quand vous avez retrouvé le marquis mort sur son lit, pourquoi n'avoir pas appelé ? Répondez... Pourquoi, pourquoi vous être tu si vous étiez étranger au drame qui venait d'arriver ?

Des Essarts regarda de droite et de gauche affolé. Il semblait chercher de l'aide, en sachant ne pouvoir en trouver.

Pierre reprenait la main :

— Eh bien, moi, je vais vous répondre puisque vous en semblez bien incapable. Vous n'avez pas appelé parce que vous mentez et que vous avez continué à le faire jusqu'à aujourd'hui ! Un innocent se serait conduit tout autrement.

— Non, non, je vous assure... Je ne sais pas, je ne sais plus !

Le chevalier se prit les mains dans la tête :

— Ce n'est pas moi, ce n'est pas moi !

— Chevalier, pouvez-vous nous dire comment les choses se sont exactement passées ?

Jean venait de prendre la parole. Des Essarts releva la tête, resta coi un instant encore, puis comme s'il retrouvait enfin le souffle nécessaire, tenta de faire revivre la nuit où tout semblait l'accuser. Il reconnut avoir menti, être bien venu dans la chambre du marquis, mais continua à nier tout le reste. Jean insista et lui fit répéter deux, trois fois la même scène en lui demandant de n'omettre aucun détail :

— Dans ce genre d'enquête, tout a un sens particulier... Un sens dont l'importance peut nous échapper, sur l'instant. Réfléchissez bien, n'avez-vous rien oublié dans ce que vous venez de confier ?

Le chevalier sembla faire un effort de mémoire, comme parfois il arrive qu'on en fasse quand l'image d'un rêve, toute seule vous saisit. Enfin, il ajouta :

— Si, si... Je me souviens... Oui, c'est cela. Comment ai-je pu l'effacer, il y avait cette étrange odeur qui flottait dans toute la pièce.

Jean jeta quelque chose dans la cheminée. Puis :

— Était cette odeur-là ?

— Oui, oui... C'était exactement cela !

Pierre fit la grimace et voulut ouvrir la fenêtre.

Jean lui fit signe de n'en rien faire. Il fallait maintenir le chevalier dans cette mémoire des sens si l'on voulait en savoir davantage.

Jean poursuivit :

— La vérité, chevalier, c'est que coupable ou non, vous avez pour le moins pensé... désirer tuer le marquis.

— Jamais je n'aurais voulu tuer mon bienfaiteur...

Jean le coupa net cette fois, et comme avec Louis, il se fit soudain plus tranchant :

— Monsieur Gribeauval vous a posé la bonne question ! Et, malgré vous, vous donnez toujours la réponse. À supposer que vous n'ayez pas tué le marquis, vous avez immédiatement craint d'en être accusé pour le moins. Vous portiez en vous la culpabilité de sa mort, et cela vous ne pouvez pas le nier !

C'est alors que soudain, inattendu, retrouvant sans doute la force qui nourrissait sa passion secrète, Des Essarts se releva, ou plutôt renoua avec cette noblesse qui jusqu'à présent semblait lui avoir tant manqué. Il se campa bien sur ses deux jambes frêles et dit :

— Entre l'acte et la pensée ou plutôt la pensée et l'acte, il est une chose, Monsieur, une chose que l'on nomme la civilisation... Permettez-moi de m'en réclamer.

Pour cette seconde, ce moment de superbe, cette inspiration qui soudain le dépassait, Jean le prit en respect. Alors que Pierre semblait vouloir se hâter de l'expédier, Jean lui demanda sur un tout autre ton :

— Puis-je savoir pour quelle folie vous vous êtes ainsi ruiné, chevalier ?

Alors, comme si on lui redonnait ses lettres d'humanité, Monsieur des Essarts retrouva un sourire, une lumière dont il était impossible de dire si elle était à demi éteinte ou à demi allumée.

— Pour le vin de Champagne... Pour le vin de Champagne, ne cessait-il de répéter. Pour ce vin oublié que je peux rendre digne des dieux !

Les dés étaient soudain jetés. En quelques mots, le chevalier se révéla. Jean ne s'était pas trompé l'autre jour dans le miroir : cet sujet-là était habité par un grand projet, un projet un peu fou, mais ils le sont souvent tous, jusqu'au jour où leur évidence les rend sans objet. Le petit homme maigre et voûté s'animait soudain d'une singulière ardeur pour se raconter. Il y avait quelques années déjà qu'il engloutissait son bien pour financer des travaux destinés à mettre au point un procédé de vinification nouveau qui eût permis à la vigne des coteaux de rivaliser avec les plus grands cépages de Bourgogne ou de Hongrie. Il allait abandonner, mais voilà qu'il travaillait maintenant de concert avec un tout jeune moine... Un visionnaire, un grand esprit, un génie, à l'écouter, qui avait sur le sujet une approche originale, inédite et moderne... Le chevalier parlait de lui comme d'un nouveau messie qui permettrait d'enrichir tout le pays. Très vite, on ne sut plus si c'était le savant fou, l'homme charitable, ou le Gros-Jean naïf qui discourait sans pouvoir s'arrêter. Pour un peu, on l'aurait cru devenu saoul. Il allait et venait, s'empourprait, perdait un mot pour retrouver une phrase tout entière. À l'écouter, son jeune mentor avait l'idée d'une fermentation insolite qui allait donner du travail à tous et supprimer la misère à des lieues à la ronde. Un courant d'échanges et de richesses ne manquerait pas de rapidement se créer, et cette Champagne pouilleuse dont tout le monde se moquait, eh bien cette Champagne-là serait bientôt une région où chacun aimerait à venir se gratter. Peu à peu, il devenait évident que, sans qu'il l'expliquât vraiment, le vin, ce vin de Champagne, ou plutôt ses perspectives inconnues, était devenu une obsession, la passion de sa vie...

— Pensez, du vin à bulles... Du vin plus léger que l'air... Du vin qui fait frémir le nez et vous élève avant même que vous l'ayez consommé ! Un jour, un jour, vous verrez !

Il se tut un très court instant, puis :

— Mais pour le moment, rien n'est encore définitivement arrêté, stabilisé et il faut encore investir, acheter de nouvelles terres pour planter et cultiver, continuer à étudier les sucres, les tanins et les levains...

On comprit alors, dans un soupir, la raison de son tourment : Henri de Sorel s'était d'abord intéressé à l'idée. Il l'avait suivie sans discuter, et puis, il avait brusquement changé...

— C'est que, voyez-vous, il y a tant d'équilibres subtils à respecter. Il ne faut être ni trop doux, ni trop sec, ni trop brut, ni trop sucré... Ni trop jaune, ni trop blanc, non plus... Plus d'une fois, nous avons cru parvenir à la perfection, mais la solution s'est rapidement éventée, dégradée, par trop acidifiée... nous sommes sur le chemin, et si parfois nous touchons au but, même si ce n'est qu'un moment fort court, nous avons alors un parfum de paradis.

Le chevalier s'effondra sur sa chaise. Parti comme il était parti, on eût cru voir un autre Cyrano de Bergerac conter son voyage à la lune puis sa visite aux États du soleil, mais voilà le chevalier soudain paraissant condamné à la morttriste, cette mort plus triste que la mort qui vous consumait d'abord d'amertume et de chagrin avant de vous emporter suffoqué... Sa voix se brisa en un instant :

— Tout ne peut être arrêté faute d'argent ! Ce serait stupide, trop injuste, impossible !

— Et c'est alors que vous avez décidé d'agir...

Pierre l'interrompait pour conclure juste à point. Maintenant, il pouvait passer maître à l'atout. Et de fait, cette fois, curieusement le chevalier ne chercha même pas à nier. On eût cru qu'il n'entendait plus. Il était ailleurs sur sa planète désolée.

— Donnez-moi le nom de votre moine, nous aurons sans doute à le faire témoigner.

Des Essarts releva la tête. Il regarda Pierre, il regarda Jean, semblant presque se demander ce qu'ils faisaient là :

— Mon moine ?... Vous ne me l'allez pas déranger, c'est un homme bien modeste...

— Son nom !

Pierre répétait la question.

Des Essarts hocha la tête :

— C'est un jeune bénédictin, un moine cellérier de l'abbaye d'Hautvillers. Pierre... Pierre Pérignon...

— Eh bien, va pour Dom Pérignon [1]...

Jean aida le chevalier à se relever.

— N'ayez crainte, s'il faut l'interroger, je veillerai personnellement à ce qu'il ne soit pas inquiété.

— Merci, merci, Monsieur...

À cet instant, il avait tant de candeur dans son regard

1. Dom, du latin *Dominus* (« seigneur »), titre donné à certains religieux (Bénédictins, Trappistes, Chartreux) quand ils ont atteint un certain rang. Jean de La Fontaine ironise ici, sans savoir (comme on le découvrira dans l'un des manuscrits suivants) qu'il parle bien ici du génial inventeur du champagne. (*N.d.É.*)

qu'il pouvait tout aussi bien être la blanche colombe injustement accusée que le pire des sectaires qui venait de supprimer l'obstacle qui s'opposait à ce que ses souhaits se voient réalisés.

Pierre le consigna dans sa chambre avec interdiction d'en sortir jusqu'à nouvel ordre. Il fit signe aux exempts qui s'étaient postés devant l'entrée, donna mission de l'accompagner jusqu'à l'étage et de garder sa porte.

— Il n'a encore rien avoué.

Jean avait attendu que le chevalier se soit éloigné avec sa sombre escorte.

— Cela ne saurait tarder.

Visiblement Pierre était soulagé. Il poursuivit comme pour se convaincre :

— Cet homme est capable de tout. C'est évident !

Jean opina du chef :

— Peut-être... Et je ne nierai pas qu'il puisse être mon araignée. Mais il n'a pas menti sur un point...

Il prit la pince à feu et attrapa quelque chose dans la cheminée :

— Quelqu'un avait bien jeté le mouchoir du marquis dans le feu avant son arrivée...

Il se tourna vers Pierre et lui montra un bout d'étoffe calcinée... un bout d'étoffe à son chiffre que personne ne pouvait dorénavant soupçonner d'avoir été déjà passablement usagé.

— Tu m'en devras un... En batiste, bien sûr.

— Cela ne prouve rien.

Pierre maugréait.

Jean ouvrit la fenêtre :

— Cela prouve juste que l'on était déjà passé.

Il prit une grande bouffée d'air frais :

— Ah, au fait... Je serais toi, j'oublierais de rapporter

cette histoire de dettes... Madame de Sorel est bien assez riche comme cela, et je suis certain que, de là-haut, le marquis aimerait le geste.

— Tu fais parler les morts maintenant ?

Pierre haussa les épaules.

Jean se préparait à quitter la pièce quand soudain il ajouta :

— Si le chevalier est coupable, il sera assez puni, et s'il est innocent, autant lui laisser une raison de vivre...

— Mais en se taisant, il était prêt à voler cet argent !

Pierre ne pouvait contenir un légitime sursaut d'indignation.

— Je sais, je sais...

— Tu es totalement amoral.

Jean sourit :

— Oui, on me l'a déjà dit. Un jour il faudra que j'y remédie.

Il salua d'un geste de la tête et sortit du petit salon.

C'était fou comme certains jours Pierre pouvait ressembler à Marie... Marie, Marie Héricart bien sûr.

Jean hésita un instant.

Allait-il herboriser ou se rendrait-il à la bibliothèque ? Aujourd'hui, il se sentait d'humeur livresque. Peut-être même jetterait-il quelques mots sur le papier car il lui venait des idées.

Qu'allait-il advenir du chevalier ?

S'il était coupable, il mentait encore comme Jean savait qu'il pourrait bientôt le prouver. Mais si au contraire sa dernière visite à son financier s'était bien déroulée comme il l'avait décrite, il ne pouvait pas l'avoir tué.

À n'en pas douter d'autres abattraient bientôt leurs cartes.

Qui ?

Pourquoi ?

Il était encore un peu tôt pour en juger.

Au moins, cette fois, la partie était-elle engagée.

Jean monta les escaliers et traversa la grande galerie. Une chose commençait cependant sérieusement à le turlupiner, une chose qui lui semblait maintenant revêtir une importance nouvelle... Le secrétaire cachait un mystère... Le secrétaire et son coupe-papier à tête de bélier essayaient de lui parler sans qu'il pût encore les entendre et comprendre ce qu'ils avaient à révéler. Il passa sous les grands rayonnages de livres et se remit à classer. C'était finalement le meilleur moyen de s'oublier, de mettre au clair ses idées. Jean en était à la lettre « C », C comme Colomb, Christophe de son prénom...

# QUATRIÈME CAHIER

# L'universelle aragne

# Chapitre 13

***Procès-verbal***
(Extraits)

De par le Roy, l'an de grâce 1662, le 20 avril.

Devant nous, Pierre Gribeauval adjoint au Lieutenant de Police du Duché de Château-Thierry, terre du très haut et puissant seigneur de Bouillon, assisté de Justin Vattier, sergent-greffier, a comparu *sur sa requête* la comtesse Éléonore de Saint-François, veuve du comte Hélier de Saint-François, belle-mère du feu marquis Henri de Sorel.

Voici sa déposition :

*« Je ne parle pas sous la contrainte et m'exprime en toute liberté. J'ai demandé à être entendue par vous quand j'ai su ce qui s'était passé. Je ne peux laisser accuser un innocent et dois venir au secours du chevalier. Moi aussi, la nuit du crime, j'ai rendu visite à mon gendre, le marquis veux-je dire... »*

Nous cherchons à l'interroger plus avant, mais la comtesse nous demande de la laisser poursuivre tout d'un trait.

*« Je me suis donc rendue dans cette chambre cette fameuse nuit.*

*« Je vais vous raconter les choses comme elles se sont passées... Le plus précisément possible... Quand j'ai ouvert la porte j'ai vu le marquis en chemise, comme le lendemain on l'allait trouver. Je me suis approchée. D'abord, j'ai cru à un malaise, mais très vite j'ai pu constater qu'il était déjà mort. Alors que je lui lâchais le pouls, j'ai entendu frapper puis parler :*

*« — Marquis puis-je entrer ?*

*« C'était le chevalier. »*

Nous lui indiquons alors que c'est bien ce que le chevalier nous a déclaré. Il a frappé à la chambre du marquis puis est entré, et que le marquis eût déjà trépassé ne l'innocentait nullement puisque c'était par les pâtes de fruits qu'il avait été emporté. Elle acquiesça puis ajouta encore :

*« Je ne nie pas le fait évidemment. Je sais simplement que quelqu'un d'autre était déjà passé, passé avant moi et avant le chevalier.*

*« Q : Comment pouvez-vous l'affirmer ?*

*« R : Le marquis était en possession de quelque chose ce soir-là... De quelque chose qu'il n'aurait pas dû quitter et qu'en tout état de cause ni moi à cette heure, ni personne aujourd'hui encore n'a retrouvé.*

*« Q : Quelle est cette chose ?*

*« R : Je ne peux répondre...*

*« Q : Je vous le redemande : quelle est cette chose ?*

*« R : Ma réponse sera toujours la même.*

*« Q : Pourquoi n'avoir pas donné l'alerte ?*

*« R : Pour la même raison qui me fait taire aujourd'hui.*

*« Q : Vous rendez-vous compte qu'en refusant de parler*

*devant la justice, vous devenez complice du crime qui s'est opéré ?*

*« R : C'est en justice que je parle. Je ne suis complice de rien. Je ne pouvais laisser accabler le chevalier. Pour le reste, j'ai ma conscience pour moi. »*

Nous répétons encore la même question sans rien obtenir de plus que ce que nous avons déjà entendu...

*

Jean était à genoux sur le prie-Dieu.

Il n'était pas particulièrement dévot, mais en cette fin de journée il lui sembla qu'il n'y eût qu'ici qu'il pourrait trouver un peu de tranquillité. Il n'y avait qu'ici, en effet, au-dessus de la crypte où le marquis était enterré, que la mort ne semblait plus pouvoir pénétrer.

C'était curieux mais c'était ainsi.

Il nous faut revenir un peu en arrière et retrouver notre compère quelques heures plus tôt quand Pierre lui apprit ce qu'il venait de récolter. Jean n'en avait pas cru ses oreilles. La déposition de la comtesse l'avait littéralement effondré. Pourquoi n'était-elle pas venue d'abord lui parler ? Ensemble, ils auraient élaboré un plan d'action qui innocentait le chevalier, sans la jeter pour autant dans ce guêpier. C'était bien d'une femme d'aller s'accuser la tête la première alors qu'il y avait certainement d'autres moyens de biaiser.

Qui voulait-elle protéger ?

Il n'y avait pas loin à chercher, mais cela, bien entendu, Pierre refuserait pour l'instant de l'envisager. Éléonore de Saint-François... Jean ne s'était pas trompé, il y avait du sublime chez cette femme-là.

Il fallait qu'il la vît, qu'il parlât avec elle.

Par deux fois déjà, Jean avait frappé à sa porte mais s'était heurté à la même réponse :

— Madame repose et ne veut voir personne...

Si seulement Jean pouvait l'apercevoir un instant, il était certain de parvenir à la convaincre de l'écouter. Il n'y avait rien de pire que ces confessions à moitié, et dans ce genre d'affaire, elles pouvaient même mettre en danger. S'il arrivait quelque chose, s'il *lui* arrivait quelque chose pour parler vrai, à elle cette femme magnifique, Jean ne se le pardonnerait pas.

En fait, tout avait été vite, trop vite. Jean s'en voulait. Toujours lui et son fichu orgueil qui lui faisait affecter la sérénité de celui qui savait alors qu'il tâtonnait, avançait lentement dans la pénombre, entrevoyait tout au plus un début de solution. C'était la faute de Pierre qui voulait tout précipiter et régler l'affaire sans plus s'embarrasser. Jean le connaissait assez pour savoir qu'il était de ceux qui pouvaient vouloir conclure avant d'avoir commencé. Déjà tout jeune, chez les bons maîtres, il n'avait pas son pareil pour « négocier » ses versions latines... Là c'était un datif, mais tout bien pesé ce pourrait être aussi bien un ablatif, voire un accusatif déformé ! Et voilà qu'aujourd'hui, sous l'impulsion de ce cher lieutenant de police, Monsieur de Beauregard, il remettait cela ! Cette précipitation, cela brouillait le jeu, faussait les cartes. Dans pareil cas, il faudrait pouvoir annuler la donne. Une chose était certaine, une chose dont Jean était persuadé : le marquis avait vu son meurtrier, et donc, si la comtesse disait vrai, Des Essarts devait être disqualifié. Si le marquis était déjà mort à son arrivée, il ne pouvait l'avoir tué. Le coupable courait toujours, et il allait maintenant se sentir menacé. C'était exactement ce que

Jean voulait, mais il n'avait pas pensé à la comtesse pour l'appâter.

Quel idiot, quel idiot avait-il été ! C'était ce mal de ventre aussi, ce mal de ventre qui s'aggravait et ne cessait de le tenailler. Ballonné, voilà la vérité... Jean était ballonné à éclater, et cela n'aidait pas à la tempérance usuellement exigée. Comme on ne le voyait pas, il se tordait sur son prie-Dieu en cherchant le meilleur moyen pour fixer la ceinture de son haut-de-chausse. Serait-ce tout en haut ou au contraire tout en bas ? Dans le premier cas, il ressemblait à un vieil adolescent trop tard poussé en graine qui se serait affublé de vêtements trop courts... Dans le second, il se devait de garder la main curieusement dans la poche pour éviter de se retrouver dans une situation qui nuisait à la dignité la plus élémentaire. Quoi qu'il fît, il n'y avait pas de solution et les événements récents n'allaient certainement pas contribuer à lui rendre la fluidité salvatrice. Il faudrait pour le moins qu'il se procurât un peu d'argile blanche ou de poudre de romarin qui agissait tout aussi bien, à défaut un peu de menthe ou de graine de lin, mais inutile de trop espérer, ici et en cette saison, il pouvait chercher et herboriser, il ne trouverait rien.

Restait à demander à Pierre... À faire une liste de l'indispensable et d'envoyer un de ses faquins trouver au moins le nécessaire. Mieux valait ne pas y penser et se résoudre à... Oh Sainte Vierge, Sainte Vierge, je vous en supplie... Au même instant, Jean porta son regard sur la statue polychrome de la Mère de Notre Sauveur. C'était une bien belle statue du XIIe ou du XIIIe siècle tout au plus, accrochée à mi-hauteur sur un pilier... Une statue soigneusement peinte par un artisan du cru dont on devinait encore la patte à sa façon d'avoir joué avec les bleus et les blancs de la robe sacrée...

Mais qu'y avait-il à ses pieds ?

Jean ne voulut tout d'abord pas y penser... C'était un petit bouquet... Un bouquet plutôt confortable à vrai dire... De la mélisse précoce, des muscaris, de la fleur de fumeterre et de la jonquille, à moins que ce ne soient des narcisses... Ce devait être une des servantes du château qui l'y avait placé, car ni la comtesse, ni la marquise ne semblaient devoir passer leur temps à prier... Quel beau geste !... De la mélisse précoce, des muscaris, de la fleur de fumeterre et de la jonquille, à moins que ce ne soient des narcisses avait-on dit... Cette dernière fleur ne servait à rien, les muscaris non plus d'ailleurs, mais le reste de la composition promettait d'être du meilleur effet... En infusion ou même simplement mastiqué...

Il ne fallut pas plus de quelques minutes pour que la décision fût prise. C'était mal bien sûr, mais le Très-Haut ne s'attachait pas à ces broutilles... Et puis à quoi bon sauver les âmes s'il fallait laisser mourir les corps. Cette dernière argumentation n'étant pas des plus convaincantes, Jean voulut se rappeler que la Vierge était femme et avait donc le souci de la santé de ses enfants dont il était, spirituellement, spirituellement pour le moins.

La réalisation s'avéra moins facile. C'était qu'il était haut ce bouquet et qu'il fallait approcher une chaise sur laquelle l'on devait se hisser sur la pointe des pieds. Jean se dit tout aussitôt deux choses contraires, l'une prosaïque, l'autre sacrée. Commençons par la sacrée qui lui fit se rappeler que la voie du salut était ardue. Continuons par la vulgaire qui l'entendit jurer que sa rosière était tout au moins une géante et que c'était bien peu chrétien de placer les statues si haut qu'il était impossible de les approcher pour leur baiser les pieds.

Enfin, au bout d'un temps incertain, le larcin était

accompli. Jean allait pleinement profiter de son butin. Avec l'habileté et la rapidité d'un voleur de poules, il tira une bourse de son pourpoint, y rangea la fumeterre et la mélisse, et se retrouva avec les muscaris et les jonquilles qui, comme on l'a dit, ne servaient à rien. Il allait sortir quand, soudain, il se vit avec les fleurs inutiles à la main. Si lui avait ce qu'il désirait ne devait-il pas rendre à la Reine des Cieux ce qui ne lui servirait ni aujourd'hui, ni demain ? Un parpaillot, un protestant, un malandrin se serait arrêté là, mais Jean n'était pas de ceux-là. Alors doucement, il revint sur ses pas, regarda encore autour de lui, reprit la chaise qui avait déjà aidé et remit en place les jonquilles et les muscaris. Ce vol à demi lui rendit courage. Yvonne serait fière de lui.

*

— Madame ne veut toujours voir personne.

Pour la troisième fois, Jean se retrouvait devant une des chambrières de la comtesse.

— Lui avez-vous dit que c'était Monsieur de La Fontaine qui demandait à être reçu ?

Jean s'attardait sur son nom. Il pensait que, peut-être, pour lui, Madame de Saint-François ferait une exception. Il pensait un peu plus que peut-être, à vrai dire, et toute modestie mise au rancart, osait s'avouer assez sûr de son fait. La chambrière devait mal avoir pris ses ordres car elle répéta sur un ton monocorde :

— Madame la comtesse a bien dit personne...

Jean sourit aimablement, presque condescendant pour la pauvre enfant qui allait bientôt se mordre les doigts de son impair. La vie était cruelle et il fallait aider ceux qui faisaient leurs premières armes à passer, le moins douloureusement possible, les inévitables humiliations de l'apprentissage.

— Allez tout de même et annoncez-moi comme se doit...

— La Fontaine, dites-vous ?

— La Fontaine ! Jean de La Fontaine, parfaitement Mademoiselle ! N'ayez crainte, Madame connaît mon nom !

Jean se contint. Seuls ceux qui le connaissaient bien eurent pu remarquer frémir sa lèvre supérieure, trahison nerveuse d'un agacement certain.

Pour qui se prenait-elle celle-là !

Il ne l'avait jamais encore vue.

Était-elle nouvelle, cette péronnelle ?

Qu'importe, comme on l'a dit, Jean prit sur lui et insistait, déjà heureux d'échapper à la consigne. Cette servante dévouée, stupide à vrai dire, appliquait les ordres de façon immodérée. Elle ne pouvait savoir que ce « personne » pouvait souffrir quelque exception... Une, à vrai dire... La jeune domestique fit une rapide révérence et disparut dans l'antichambre. Au moins si elle était sotte était-elle bien élevée.

Le couloir était vide.

Jean se réajusta, enfin se réajusta tant qu'il put. Finalement, il aurait dû prendre son temps. La servante n'était toujours pas revenue.

La perruque peut-être ?...

Non, tout allait bien...

Enfin la voilà qui réapparaissait, la petite courge. Elle allait s'excuser, se confondre et le laisser entrer enfin :

— Je suis désolée, Monsieur. Madame vous fait dire que demain, peut-être...

Jean resta sans voix. Imagine-t-on la tête du héros de conte prononcer le célèbre « sésame ouvre-toi » et voir la porte de la caverne rester toujours aussi désespérément close ? Jean présentait exactement ce visage-là. Mais comme d'habitude, en honnête homme et cette fois en homme du monde, il sut immédiatement masquer sa déception :

— Très bien, très bien, lâcha-t-il dans un sourire crispé... Je reviendrai demain, dès lors.

Il salua machinalement et s'éloigna doucement, encore tout étonné. En traversant la galerie, il était déjà en train de se rasséréner. Oui, et il s'en voulut encore persuader, convaincre même : il avait eu raison de se croire privilégié... Oui, oui, la chère Éléonore lui avait fait dire à demain... C'était partie remise, mais bien aussi un rendez-vous ou il ne s'y connaissait point. À tout prendre, cela était mieux, bien mieux que rien...

Jean était si agité qu'on devait l'entendre penser. En se dirigeant vers sa chambre, il croisa un des laquais du service privé qui le regarda, osant même le fixer sans qu'aucune parole ne lui eût été adressée. Décidément, depuis la mort du marquis, voici le personnel devenu bien insolent !

Qu'avait-il ainsi à le dévisager ?

Jean décida aussitôt de se faire respecter. Il lâcha sur un ton plus autoritaire qu'il n'aurait pensé :

— Je ne descendrai pas dîner. Que l'on me monte un bouillon gras et une grande cruche d'eau chaude !

Le domestique s'inclina. Il était temps de reprendre les choses en main. Précisons ici que notre compère ne se croyait pas d'une caste supérieure, mais il pensait que l'on devait savoir rester à sa place pour le confort de chacun. Jamais il ne se serait permis de donner un ordre en cuisine, et il ne supportait donc pas que la cuisine crût pouvoir en donner au salon. Certes, chez lui avec Yvonne et Toine, il en allait différemment, mais c'était la famille et non pas le train d'une grande maison. Pour s'accorder à sa pensée, nous dirons simplement que Jean croyait à l'égalité de dignité, mais certainement pas à celle des fonctions. Ajoutons pour être tout à fait exact qu'il avait une idée assez haute de son esprit qu'il pensait supérieur à celui du commun et que cette chatouille d'amour-propre le reprenait habituellement quand il se sentait affaibli dans l'une de ses parties.

Jean se retourna donc, regarda le domestique disparaître, puis, instinctivement, quand il se retrouva seul dans le couloir, observa son haut-de-chausse. Rien, rien de visible en tout cas. Il arriva alors devant sa porte, haussa les épaules et se retira chez lui.

*

Mon Dieu, quelle horreur !

Marie avait bien failli le dévorer.

Il ne l'avait pas reconnue tout de suite, mais soudain, elle s'était retournée.

La tête n'avait pas changé. Les yeux, peut-être un petit peu plus petits, un peu plus cruels, mais pas davantage, pas davantage... Elle avançait à pas comptés sur sa toile gigantesque avec ce corps monstrueux, son abdomen caparaçonné, ses filières ventrales gonflées, ses chélicères dressés et ses pattes velues qui lui permettaient de se déplacer partout à la fois, de l'avant, en arrière, de côté... Ses abominables pattes !

Combien y en avait-il ?

Quatre ?

Huit ?

Jean ne savait plus. Il se réveilla en sueur. On pouvait le croire sur parole : il n'y avait rien de pire que de voir son épouse s'apprêter à vous dépecer alors que l'on se retrouvait ficelé et englué sans aucun espoir de se sauver.

Marie, Marie en araignée !

Par saint Crépin ! Avait-on idée !

Pour une fois, Jean voulut rapidement effacer ce qui venait de se passer et ne nota pas les images maîtresses pour plus tard y repenser.

Oh, non ! surtout pas !

Voilà bien un cauchemar à oublier !

Jean respira profondément puis attrapa comme il put la cruche d'eau, posée sur son chevet. Encore saisi par l'émotion, il tremblait de la main et faillit renverser sur ses draps tout le contenu du gobelet d'étain. Il se connaissait assez pour savoir l'origine de ces fantaisies et savait déjà que, ce matin, de grands cernes noirs lui dépareraient le visage. C'était le foie... Non, c'était la foi ! Jean avait sous doute exagéré hier au soir et abusé de sa macération de plantes. Pourtant il avait bien respecté tous les dosages et les préceptes de son usuelle pharmacopée, mais à n'en pas douter, quelque force supérieure s'en était mêlée...

C'était sa punition pour le vol du bouquet ! Cher payé à vrai dire pour quelques fleurs séchées... Il lui faudrait retourner à la chapelle, ou pour le moins prier... Sans rien demander, juste pour se faire pardonner.

Il finit de boire et se leva promptement. Il lui était nécessaire de retrouver de son aplomb et de sa couleur car, ce matin, il savait devoir rencontrer quelqu'un qui le réconcilierait bien vite avec le genre féminin.

Il était encore tôt.

Jean passerait d'abord voir Rossinante, car, comme il l'affirmait souvent, un peu d'exercice lui ferait le plus grand bien. Et puis, n'ayons pas peur de le dire, laisser sa bête plus de deux jours sans nouvelle, ce n'était pas humain.

*

— Madame, à moi, dites toute la vérité...

Quand Jean était avec la comtesse, c'était plus fort que lui, il ne pouvait profiter du moment et se sentait déjà envahi par la nostalgie de la seconde qui venait juste de passer. C'était douloureux d'avoir la faculté d'ainsi mesurer, de voir défiler le temps qui s'écoulait inéluctablement sans jamais pouvoir le retenir, ni moins encore l'arrêter.

La comtesse caressait le bras de son fauteuil. Jean la regarda encore et se dédoubla. Il parlait sans plus véritablement s'entendre, multipliant les arguments qu'il avait eu l'occasion de cent fois répéter le temps de sa chevauchée.

La comtesse était là et déjà le moment s'effaçait.

Jean connaissait cet état, ce douloureux supplice qui avait pour seul avantage de tout rendre plus précieux alors même qu'on l'allait perdre. Car d'autres fois, il avait eu cet étrange sentiment, à Vaux, dans certaines régions du Sud, en bord de mer, et plus récemment encore avec la jeune et charmante Madame de la Sablière. Contrairement à beaucoup qui prenaient conscience de ce qu'ils avaient quitté pour toujours, Jean se lamentait sur ce qu'il avait encore et se le voyait retirer. Il était le nomade qui pleurait la terre qu'il avait sous les pieds, ou plutôt celui qui, tranquillement entouré de sa famille, s'imaginait faire ses adieux aux siens sans savoir quand il lui serait donné la grâce de les revoir. Alors que chacun fuyait ce moment pénible, Jean, lui, les revivait chaque fois que le bonheur n'était pas loin.

Quels tristes souvenirs charriait-il dans son sang ?

Était-ce-là l'héritage de ses aïeux et de ses parents ?

N'y fallait-il pas plutôt voir un des secrets de son âme, un chagrin oublié ou plutôt profondément enfoui qui rejaillissait soudain comme le plus violent et le plus terrible des dangers ?

On le voit, Jean s'était déjà interrogé sur le sens de ce mouvement qui donnait une valeur particulière aux êtres et aux choses puisqu'ils étaient tout à la fois adorés et menacés. Était-ce une forme de peur de la mort, de sa propre mort s'entendait ? Sans doute pas car, chaque fois, Jean s'était dit qu'entre sa mort et la disparition de l'objet aimé, il préférerait mille fois s'effacer. Non, plus profondément, c'était la peur de la mort de l'autre, la vraie solitude à la vérité. À y bien réfléchir, c'était sans doute là qu'il fallait trouver l'origine de sa passion pour le jeu, cette façon perpétuelle de revivre le moment où l'on a encore tout en main et de dominer un instant le monde des possibles. L'hominien était vraiment un curieux animal car Jean était bien persuadé qu'une telle nature eût pu l'éloigner tout aussi certainement des cartes avec horreur qu'irrésistiblement l'attirer.

— Madame, encore une fois, même si ce n'est qu'à moi...

Au contact de la peau douce de la comtesse dont il venait de prendre la main, Jean sortit de sa rêverie.

Qu'avait-il fait ?

Comment avait-il osé ?

Il ne savait encore comment se l'expliquer. Une chose était certaine, Madame de Saint-François la lui avait laissé prendre et ne l'avait pas retirée. Elle sourit un peu tristement, retardant l'occasion où il faudrait parler et répondre, puis :

— À vous, je formulerai autrement ce que j'ai déclaré à votre ami de la police. Il m'est impossible d'en dire davantage. Je ne peux donner ce qui ne m'appartient pas. Je sais que vous comprenez, vous êtes un homme d'honneur.

— Me laisserez-vous au moins vous interroger, vous

poser quelques questions auxquelles vous choisirez ou non de satisfaire ?

— Je ferai comme vous voudrez...

Madame de Saint-François avait signé son abandon dans un sourire qui pour n'avoir rien de commun avec son petit rire de gorge n'en était pas moins séduisant.

Jean se leva brutalement, un peu trop brutalement peut-être, un peu trop brutalement à son goût en tout cas, mais il se devait de quitter le monde des émotions pour retrouver les steppes froides et rigoureuses de son esprit. Il en allait de la sécurité de celle qui se trouvait encore tout près de lui :

— Ce soir-là, combien de temps êtes-vous restée dans la chambre du marquis ?

— Quelques minutes... Un temps très court en tout cas... Je l'ai trouvé... J'en ai été saisie, croyez-moi... Et très vite j'ai entendu le chevalier. Tout s'est passé ensuite comme j'ai raconté...

Jean réfléchissait.

La comtesse ajouta alors :

— Mais en quoi cela peut-il bien vous aider ?

Jean se taisait toujours et marchait maintenant de long en large, comme un lion en cage. Il alla à la fenêtre puis revint soudain. Cette fois ce n'était pas pour désarçonner l'adversaire mais bien simplement pour matérialiser le fil de sa pensée :

— Quand vous êtes entrée, n'avez-vous point remarqué une odeur curieuse ?

— Une odeur ?

— Oui, quelque chose d'acre, de désagréable... Vous n'auriez pu la manquer.

— Non, non... Je ne crois pas...

La comtesse marqua une pause puis :

— Peut-être, mais j'étais trop perturbée pour m'en apercevoir et plus encore pour m'en rappeler. N'en prenez pas ombrage et croyez bien que je fais tout mon possible pour vous contenter.

La comtesse se leva dans un voile parfumé. Jean réalisa aussitôt qu'ici, un peu partout brûlaient des cassolettes d'essences variées. Cela donnait à la pièce quelque chose d'ailleurs, une sorte de magie. La comtesse dut lire dans ses pensées car, sans le regarder, elle lui dit :

— Du musc, de la tubéreuse et de l'ambre gris que je fais venir de Paris.

Elle sourit et s'approcha :

— Dans des contrées plus reculées, on me dirait un peu sorcière... Mais rassurez-vous, mon savoir est limité. Je n'ai pas comme vous le don de passer mon temps à étudier...

Elle était si près que Jean avait l'impression de la tenir tout contre lui, de pouvoir jouir de la chaleur de son corps qui perçait à travers l'étoffe, tout comme il sentait maintenant les pommades de Rome, les savonnettes de Naples et tout le soleil de l'Italie. C'était la première fois qu'il pénétrait dans ses appartements, faisant un pas plus avant dans l'intimité de celle qu'il ne cessait d'admirer ; la première fois aussi qu'ils se retrouvaient seul à seul, à deux pas d'un lit... Une sorte de frayeur le saisit... Était-ce ce corps qui s'offrait alors qu'il était toujours, lui, dans son esprit ?

— Me croyez-vous coupable ?

Comme maintenant, c'était lui qui ne répondait pas, cette Diane, cette Vénus, cette Ève d'avant le péché répéta encore une fois :

— Me croyez-vous coupable ?

Alors, en un instant, Jean comprit la raison de sa frayeur. Ce n'était pas la perspective de la découverte des peaux, ni même celle de la confusion des chairs qui l'avaient tenu cruellement en éveil. Non, c'était bien autre chose... Une chose qu'il n'aurait jamais voulu voir, deviner même, comme l'autre soir chez le marquis dans le miroir, une impression, une intuition, une révulsion : cette femme admirable, cette femme en pleine santé était au seuil de la mort.

*

— Vite, vite, la marquise s'est trouvée mal !

Jean releva brusquement la tête. La voix d'une femme de chambre résonnait dans la galerie et courait jusque dans la grande bibliothèque. Son entrevue de ce matin avec la comtesse l'avait laissé dans un état d'angoisse qu'il ne pouvait partager avec personne, pas avec Pierre qui ne croyait jamais aux intuitions extra-sensorielles, ni bien sûr avec la comtesse elle-même, la dernière personne à qui il pouvait maintenant se confier. Sans crier gare, il s'était excusé, maladroitement, et il ne fallait pas être grand clerc pour comprendre qu'il s'était évadé, échappé, dégagé comme un noyé de la pierre qu'il avait attachée au pied. Madame de Saint-François n'avait pas dû comprendre, ou plutôt elle avait dû mal comprendre et attribuer cette fuite à une dérobade d'une autre nature. Au mieux, Jean avait dû paraître grossier, au pire, mieux valait alors ne pas l'envisager... Qu'importe, ce n'était pas lui qui avait décidé mais toujours cette petite voix qui souvent lui envoyait des messages. Alors qu'il se demandait quoi et comment faire, il s'était résolu à travailler. Il savait d'expérience que c'était pour lui la seule façon de s'échapper d'un tourment et peut-être même, sans y penser, de commencer à trouver une solution.

— Vite, vite un médecin...

Une autre voix, une voix d'homme prenait maintenant le relais. Cela semblait être celle de Louis de Sorel.

Jean se leva d'un bond, referma son livre et accourut dans l'escalier.

Sur le palier, entre le rez-de-chaussée et le premier, un petit groupe s'était formé. Il y avait là Louis de Sorel effectivement, deux laquais, une femme de chambre, la comtesse et au milieu, par terre à vrai dire, bien que l'on distinguât mal : la marquise qui semblait sans vie.

Jean s'approcha et retrouva naturellement l'autorité qu'il avait sentie tantôt lui manquer :

— Écartez-vous, écartez-vous, vous l'empêchez de respirer !

Il repoussait les uns et les autres, sans ménagement, et agit avec tant de sang-froid qu'on l'écouta instinctivement :

— Une femme, une femme pour lui dénouer son corset !

La comtesse s'avança, Jean lui sourit. À la seconde, il était un autre et la gêne s'effaça :

— Le pouls bat régulièrement... Un peu rapide peut-être... Il faudrait la faire transporter dans ses appartements.

Il se tourna alors vers le premier des domestiques :

— Loïc, prenez votre maîtresse et portez-la avec ménagement. Je vais de ce pas trouver Monsieur Gribeauval pour obtenir qu'il fasse venir d'urgence un médecin.

Louis de Sorel descendit trois marches dans l'escalier pour rattraper Jean :

— Est-ce grave ? Répondez-moi, Monsieur... Mon père m'a dit vos connaissances et vous me devez...

Aussitôt, il se reprit :

— Enfin s'il vous plaît, dites-moi la vérité.

Jean le regarda avec une tendresse cachée. Ses sentiments pour la comtesse le rendaient plus indulgent pour l'amour des autres. Sa nature se combattit. Aussi répondit-il en deux temps :

— Je ne sais rien. Il est encore trop tôt pour se prononcer.

Puis :

— Rassurez-vous, je crois qu'elle vivra. Mais remontez à ses côtés et ne quittez pas son chevet qu'on ne vous l'ait ordonné !

— Merci, merci, Monsieur !

Louis de Sorel remercia avec une chaleur peu commune dans sa famille et courut aussitôt pour rejoindre le cortège des domestiques portant leur maîtresse.

Pierre arrivait justement dans l'escalier, attiré par le bruit, sans doute :

— Que se passe-t-il ?

Jean ne put s'empêcher de le moquer :

— Eh bien, Monsieur le policier, toujours le dernier arrivé ?

— On me dit que Madame de Sorel...

— ... a eu un malaise, parfaitement !

— Est-elle en danger ?

Pierre manifestait une inquiétude qui dépassait les exigences de sa profession. Jean ne jugea pas utile d'accumuler les amoureux transis au pied du lit :

— Je l'ignore encore. Mais une chose est certaine, son état n'est pas étranger à notre affaire. Il faudrait un médecin pour s'en assurer.

— Bien sûr, bien sûr...

Pierre était prêt à accepter tout ce que l'on voudrait, c'était le moment ou jamais. Jean le prit par l'épaule :

— Je pense que la discrétion et la célérité voudraient que tu ailles toi-même le chercher.

— Moi ?

— Oui, réfléchis. Personne ne fera attendre un officier du roi, un officier de ton grade, et puis je pense que cette affaire doit continuer de s'entourer d'un certain secret, et tes hommes sont certainement trop bavards, comme tous les soldats. La discrétion, la discrétion et la célérité, n'est-ce pas le sens des ordres de Monsieur de Beauregard ?

Pierre acquiesça :

— Tu as raison, tu as raison... Mais je voudrais la voir...

Jean le coupa dans son élan :

— Et perdre du temps alors que c'est peut-être à toi qu'elle devra la vie ?

Pierre hésita imperceptiblement, puis :

— J'y vais de ce pas.

C'est à la dernière marche que Jean le rattrapa de la voix :

— Ah ! J'oubliais... Je vais te faire une petite liste de poudres et de potions que tu demanderas à ton médecin d'apporter avec lui. Ce sont des médications qui pourront être utiles dans le cas qui nous occupe, présentement. Il faudrait de l'argile blanche, de la graine de lin ou, s'il en a... encore mieux, de la poudre de romarin...

— Très bien, très bien... Tu auras tout ce que tu veux !

Pierre sortit en courant.

Jean soupira. Il promit de dire deux Ave et deux Pater supplémentaires, plus un de chaque pour demander que Pierre eût bonne mémoire.

*

La comtesse était avec Jean, Louis et Charles de Sorel dans la petite antichambre qui jouxtait les appartements de la marquise.

Cela faisait plus de trois heures que l'on attendait, maintenant.

Marie de Sorel avait rouvert les yeux et semblait aller bien mieux. Maintenant, elle reposait dans son lit aux courtines tirées. Elle avait voulu se lever, mais tout le monde avait couru l'en empêcher. De l'assemblée, Charles de Sorel paraissait le plus flegmatique. Cyniquement, Jean ne put s'empêcher de se dire qu'il pensait avoir tout à gagner. À deux reprises pourtant, peut-être trois, il sortit sa blague à tabac et prisa sans doute un peu plus fortement qu'à l'accoutumée. Louis, lui, comme tous les jeunes gens, tenait difficilement en place, et plus d'une fois il croisa le regard de son père qui le fit rasseoir comme on le fait encore avec un tout jeune enfant. Si Henri n'avait pas transmis de fortune à son frère, Charles ne cherchait pas à donner la moindre assurance à son fils. La comtesse, elle, ne disait mot et semblait ailleurs. Il lui était impossible de s'en aller, et nul doute qu'elle eût préféré une autre compagnie. Aussi, miraculeusement, était-ce vers Jean qu'elle se tournait le plus volontiers, oubliant du même coup ce qui pouvait sembler être l'affront de la matinée :

— Croyez-vous que ma fille soit en danger ?

Cette demande de la part de Madame de Saint-François avait de quoi émouvoir, non pas parce qu'elle émanait de la mère qu'elle n'était pas, mais parce que c'est pour elle que Jean s'inquiétait vraiment. Depuis tout à l'heure, il l'avait regardée en silence en tentant de se convaincre qu'il avait tort et que c'était bien plus à son humeur qu'aux volontés du Très-Haut qu'il devait ses funestes pressentiments.

— Nous le saurons bientôt...

Il tourna la tête. Pierre venait de rentrer, suivi par un homme encore assez jeune qui se présenta comme le médecin de Verneuil. Il parut impressionné par l'assemblée et soulagé d'entrer au chevet de celle qu'il devait observer. Personne ne le suivit, mais on laissa cette fois la porte ouverte pour n'avoir plus à endurer le plus insupportable : l'attente du diagnostic.

*

— *Pregnanta*... Madame la marquise est enceinte, c'est la moins grave des maladies que je connaisse, ce me semble !

La phrase, la phrase la plus simple du monde fit l'effet d'un coup de tonnerre que le bon docteur ne mesura pas à sa juste mesure.

En quelques secondes, la plus grande confusion régna dans la pièce, puis dans toute la maison où la vie et la mort semblaient vouloir se côtoyer avec tant d'assiduité.

La marquise regardait autour d'elle sans pouvoir fixer son regard. Soudain, elle éclata en sanglots, comme s'il lui fallait déjà perdre les eaux.

La comtesse resta tout d'abord de marbre. Elle paraissait ne pas comprendre et se tenait toute droite dans l'antichambre. Puis, comme si elle revenait sur la terre, elle se mit à respirer à nouveau, soulagée, heureuse de voir s'éloigner les nuages qu'elle semblait tant redouter. Elle tremblait presque. Voilà maintenant qu'on eût cru que c'était à elle qu'on annonçait la nouvelle.

Charles blêmit, semblant sur l'instant se vider de tout son sang. Pour lui le message était clair. Si l'enfant à naître était un garçon, il devrait renoncer à tout, jusqu'à son nouveau titre de marquis, le seul héritage dont il n'avait pas une seconde imaginé se voir spolié. Il encaissa le coup, mais à n'en point douter son intérieur était tout simplement dévasté.

Sans que l'on sût vraiment comment, on colportait la nouvelle, assurément... Tout comme pour la mort d'Henri, mais différemment...

Les femmes de chambre du service venaient tour à tour pour s'incliner et proposer leur aide, alors que, mon Dieu, rien n'avait encore changé, pour le moment.

Puis, ce fut bientôt la domesticité de tout l'étage qui se trouva agglutinée devant la porte avec une sorte de joie superstitieuse. Sorel allait retrouver un nouveau maître issu de l'ancien. La légitimité de la marquise dont certains commençaient à douter était réaffirmée. Les choses allaient reprendre leur cours naturel, les ruisseaux se jeter dans les rivières et les rivières dans les fleuves avant d'atteindre la mer. C'était comme de voir remis en ordre le cycle des saisons. Cela rassurait chacun, car contrairement à la légende, hormis quelques crises passagères, qui aboutissent toujours à un retour en arrière, il n'est pas de plus routinier que le commun.

Jean profita du mouvement général pour s'approprier le praticien et lui soutirer les fioles dont il avait besoin. Oui, ce dernier s'était bien muni de ce qu'il avait trouvé, mais maintenant qu'il avait constaté la raison de sa venue, il trouvait la prescription bien superflue :

— Vous savez dans le cas de Madame la marquise, ce n'est pas la digestion ou le transit qu'il faudra surveiller. C'est bien plus la nausée, puis, plus tard, les mouvements de vessie. Il y a le caractère aussi...

Il sembla marquer une pause puis reprit :

— Le caractère aussi, *mens, mensa,* mais cela dépend alors de la répartition des humeurs chaudes et froides. Car voyez-vous, j'ai découvert récemment...

— Ne vous préoccupez pas de cela, mon ami, ne vous préoccupez pas de cela...

Jean lui répondit à voix basse, trouva une formule latine pour sous-entendre qu'il était dans le secret des dieux, et se fit donner le nécessaire grâce à une parade qu'il trouva sur l'instant :

— Ce n'est pas pour Madame, c'est pour Monsieur, mais il est bien trop fier pour en convenir...

Du menton, il avait montré Pierre. Lui aussi semblait marqué par la nouvelle de la grossesse de la marquise, car s'il ne savait pas encore tout, il était proche du moment où, comme l'on dit souvent, les Athéniens s'atteignirent... Son léger brouillement de teint faisait merveille à l'occasion, et Jean ajouta, l'air encore plus entendu :

— Surtout pas un mot, il a le tempérament bilieux... *Anxiosus*. Ceci expliquant cela, d'ailleurs. Ceci expliquant cela...

Le bon docteur eut l'air de comprendre très bien puisqu'il ajouta :

— Je vois, je vois... J'ai un client comme cela qui me vient toujours consulter pour sa femme. C'est ce qu'il prétend, à tout le moins, mais j'ai rapidement su démasquer l'intrigue. En fait, je le crois bien peu au courant des choses de la médecine, car à l'écouter, Madame serait embarrassée par un certain gonflement de prostate...

— Je comprends, je comprends...

Jean acquiesça doublement à son tour avec un sourire entendu qui poussa son interlocuteur à lui demander derechef :

— Vous semblez bien au courant de la pratique. Êtes-vous de la partie ?

— Non, je ne suis qu'un humble herboriste...

— Aaah...

Le médecin marqua un temps puis :

— J'aime votre décence, car voyez-vous, comme tout homme de science, je suis ennemi des rebouteux.

En d'autres circonstances, Jean lui aurait sauté à la gorge

à ce boucher de campagne, le traiter de rebouteux, lui ? ! Par saint Crépin ! Mais là, en l'occurrence, cela pressait et il fallait être aimable. Il sourit à nouveau, affichant l'air modeste et admiratif du béotien devant le savant. Cela fonctionna admirablement, car quelques secondes plus tard, le médecin sortit discrètement trois sachets de toile et les glissa dans la main de Jean :

— Tenez, voilà pour votre ami... Qu'il en prenne tout son saoul, c'est absolument inopérant.

Inopérant, inopérant, pensa Jean ! Un traitement qui faisait ses preuves depuis plus de deux mille ans... Déjà, en Égypte ancienne...

Par bonheur, protection du ciel ou émotion du moment, ce Diafoirus s'éloigna soudain et revint vers le lit de la marquise. C'est alors que dans tout ce vacarme et ce fracas il demanda, comme souvent, l'air béat :

— Qui est le père ?

La réponse vint d'ailleurs sans que personne ne cherchât vraiment à l'entendre. Un exempt se frayait un passage difficile à travers la foule des curieux. Quelques jurons, quelques pardons, et le voilà qui parvint enfin jusqu'à Pierre :

— Capitaine, c'est le jeune seigneur...

— Eh bien ? !

— Il a profité d'une relève et s'est enfui à cheval par la grille !

La marquise poussa un cri. Pierre la foudroya du regard. Il avait parfois de la lourdeur d'esprit, ou plutôt un tempérament buté qui le retardait dans ses avancées, mais toujours un instinct très sûr de la chose amoureuse.

— Qu'on le ramène ! cria-t-il avant d'ajouter, avec une lenteur presque cynique :

— Vivant de préférence.

Puis :

— Qu'on libère Monsieur Des Essarts !

Alors seulement il sortit de la pièce dans un bruit de bottes qui pour la première fois résonnèrent sur le plancher.

— Le petit imbécile !

Jean frappa du pied.

À cet instant précis, il eut soudain l'impression d'y voir plus clair. Peut-être que Charles était moins ignorant qu'il semblait après tout. Une phrase prenait maintenant un autre relief, une phrase prophétique alors, mais qui indiquait qu'il en savait bien plus qu'il n'y paraissait :

— Il n'y a pas d'Ésaü dans ma famille...

Jean ne l'avait pas comprise tout de suite, tout au plus avait-il subodoré quelque chose qui l'avait mené sur la bonne piste, mais pas à la conclusion ultime. Ésaü, c'était bien ce prince hébreu qui renonça à son droit d'aînesse pour un plat de lentilles.

Eh bien voilà, la table était mise !

L'humeur de Charles contre son fils prenait un sens nouveau. Il lui reprochait de coucher avec Marie, bien sûr, mais plus encore de prendre ainsi le risque, pour quelques minutes de plaisir, de se voir privé de sa légitimité en lui donnant un héritier qui allait tout leur voler... Ainsi donc, depuis la tombe, Henri continuait à prendre sa revanche et obtenait par neveu interposé de se prolonger mieux qu'il ne l'aurait espéré.

— Le petit imbécile..., répéta Jean des plus énervé, sans que, cette fois, Charles vînt à le contrarier

# Chapitre 14

— Eh bien oui, je savais ! Mais à quoi bon te l'annoncer ! C'eût été inutilement te froisser...

— Moque-toi par-dessus le marché !

Jean tentait de calmer Pierre.

Ils marchaient à grands pas dans les allées du potager. C'était un lieu à la fois ouvert et clos qui permettait de laisser s'écouler sa fureur en toute tranquillité, avec comme seuls témoins, les cloches, les murs, les serres et autres plantes crucifères.

Ils venaient de dépasser les carrés de racines quand Pierre se retourna soudain :

— Tu ne sais pas jusqu'où je suis allé. Je suis ridicule, voilà la vérité.

— Tu me fais peur...

Jean commençait à subodorer le pire. Ce faisant, il ne pouvait s'empêcher d'admirer l'art parfait avec lequel les jardiniers entretenaient leurs plants disposés par vingt et surélevés dans de grands bacs d'osier tressé. Il faudrait qu'il en parle à Toine. L'idée n'était pas nouvelle et remontait à la tradition des anciens moines, on pouvait l'admirer à Cluny ou à Mortefontaine, mais assurément, elle était efficace au-delà de sa beauté. Ainsi isolées, protégées, les plantes semblaient croître à l'abri des parasites qui, en ce genre de culture, ne manquaient d'abonder.

Comme on a remarqué que notre compère était spécialiste pour s'occuper de deux choses à la fois, il continua sur le même ton concerné :

— Que veux-tu dire ? Est-ce que...

Il ne put finir sa phrase, et d'ailleurs cela valait mieux, car à la seconde, comme parfois dans ce genre de jongleries, il venait de perdre le fil exact de sa pensée. Pierre lui coupa la parole, presque agressivement :

— Pour être de la roture, me crois-tu incapable de grands sentiments ?

Comme l'on croisait ce qui devait être le quartier qui serait réservé aux cucurbitacées, Jean répondit presque naturellement, un ton plus bas cependant :

— À ce que je sais, je te crois en possession de bien grandes choses mais que je nommerais autrement...

Pierre se tut, refit un pas à droite, tourna brusquement puis bougonna, fort ennuyé :

— Je me suis déclaré...

— Toi ?

— Eh bien quoi ?

— À une veuve ?

Jean le rattrapa au céleri-rave. Pierre marchait vite et le laissait bientôt dans les choux :

— Je t'en prie ! Chacun sait qu'elle n'avait rien à faire de son mari.

— Te l'a-t-elle dit ?

— Non, mais un homme sent ces choses-là... Tu vois ce que je veux dire.

— Je vois très bien, mais...

Ils dépassaient maintenant les navets quand Pierre, sans

doute inconsciemment inspiré par cet environnement bucolique, répliqua soudain :

— Crois-tu agréable d'avoir à prendre un bouillon ? Et tout cela à cause d'un jouvenceau qui ressemble encore à une donzelle. Je n'ai rien perdu, je te le dis. Je croyais Marie plus femelle et préférant sans doute l'homme fait au demi-éphèbe ! Ah, crois-moi, je vais le lui ramener son soupirant, et elle va pouvoir le pleurer, couvrir par ses larmes les cris que je vais lui arracher !

*

— Je suis innocent ! Laissez-moi, c'est indigne !

Une petite troupe de police venait de pénétrer dans la cour d'honneur. On ramenait Louis, mais ce n'était plus le cul qu'il avait sur son cheval. Il était tout saucissonné et jeté en travers de sa selle, comme un vulgaire paquet de linge sale. C'étaient les ordres, sans doute.

— Le voilà, notre lapereau !

Pierre avisait sa prise.

— Son cheval a perdu un fer et on l'a retrouvé en bas de l'allée cavalière... Il courait encore mais en lui coupant la route...

Le sergent ne termina pas sa phrase faisant un geste évocateur. Pierre tourna autour de la monture. Il n'était pas mécontent de lui. À la fenêtre, il venait d'apercevoir la marquise qui se cachait derrière un carreau. De là-haut, elle pouvait mesurer l'exact rapport des forces et la position nouvelle de son Roméo. Jean ne disait rien. Il connaissait assez bien Pierre pour savoir qu'il était encore trop tôt. Pourtant, voilà maintenant que c'était lui que l'on apostrophait. Descendu, ou plutôt roulé à terre, le jeune Sorel l'apercevait et l'invectivait sans relâche :

— Soyez content, Monsieur, et savourez votre victoire. Vous faites semblant de me croire, mais vous ne me croyez pas !

— Mais je vous assure, jeune homme...

— Menteur, Ganelon !

Le visage de Jean s'empourprait.

C'était bien de son habitude !

Alors qu'il tentait de faire pour le mieux, on l'insultait, et bientôt, il le sentait, c'était sur sa tête que tout le plat retomberait.

Louis poursuivit, se roulant sur le gravier comme un ver de terre cherchant à rejoindre l'une de ses cavités. C'était fou ce que l'on pouvait avancer vite en se tortillant ainsi. Jean se retint de faire un pas en arrière. Il avait la conscience tranquille et donc rien à redouter. C'était la tête haute qu'il pouvait recevoir l'ingratitude dont Socrate et Platon avant lui avaient dû essuyer l'amertume :

— Dites-le donc que vous saviez que j'étais là la nuit du crime ! Dites-le donc !

Louis était maintenant à un jet de salive, mais c'est vers Pierre qu'il retourna soudain sa hargne. Peut-être lui aussi avait-il aperçu la marquise, trouvant dans son regard furtif le courage qui lui avait tout à l'heure manqué, ce qu'il lui demandait maintenant secrètement de pardonner :

— Quant à vous ! Sachez-bien que vous ne l'aurez jamais, jamais ! Même si vous me tuez...

— Qu'on l'emmène !

Le ton était militaire et sans réplique.

— Où, mon capitaine ?

— Dans l'écurie, dans la remise ! Où vous voudrez, j'irai plus tard l'interroger.

Curieusement, Louis se tut.

Était-ce l'épuisement d'avoir trop crié ?

Était-ce une soumission subite à l'autorité ?

On eut bientôt la réponse : Charles venait de sortir de l'entrée et se tenait maintenant sur le perron. On eût dit un revenant. Il était vrai que depuis ce matin, on l'avait presque oublié, relégué dans les seconds rôles qu'il semblait désormais condamné à devoir jouer. Il s'exprima d'une voix claire et forte qui n'était pas dépourvue d'une certaine dignité :

— Quelles que soient les fautes qu'il ait commises, j'aimerais que mon fils soit bien traité. Qu'on le conduise dans sa chambre et je vous donne ma parole de gentilhomme qu'il ne cherchera plus à s'échapper. Je vais lui parler.

Pierre le regarda un instant, posa les yeux sur Louis puis lâcha :

— Comme vous voudrez !

*

Curieuse ambiance que celle qui régna à Sorel dans les heures qui suivirent. On avait là une jeune mère éplorée, plus effondrée qu'à l'enterrement de son mari, portant cette fois véritablement le deuil à venir de celui dont elle attendait un bébé. S'y ajoutait un frère trahi par son propre fils, car même si le cercle des intimes n'en parlait qu'à mots couverts, chacun se murmurait maintenant ce qu'Henri de Sorel n'avait jamais voulu s'avouer. Henri était stérile, et de sa longue vie amoureuse on n'avait jamais trouvé une seule conquête qui fût jamais alourdie par quelque cadeau non désiré. C'était une vérité que, bien sûr, il fallait taire devant la domesticité qui risquait sinon d'y perdre son latin, mais de ne plus savoir désormais à quel saint se vouer. Venait enfin un jeune père que sa paternité accusait désormais, lui donnant ouvertement toutes les raisons d'avoir voulu se débarrasser d'un vieil oncle encombrant qui tenait tout à la fois serrées sa bourse et son aimée... Pour être tout à fait juste, il fallait mettre encore d'autres personnages dans le tableau : un policier jaloux et grognon ; un poète survolté et tout comme au bord d'exploser ; une sorte de chercheur fou et euphorique que, pour d'autres raisons, on n'eût peut-être pas dû relâcher si vite, et encore une belle-mère qui tentait de calmer le jeu, sans grand succès pour l'instant, assurons-le. Immédiatement, pourtant, elle était venue voir Jean pour le supplier d'entreprendre quelque chose :

— Louis ne peut être coupable. Il est incapable d'une telle résolution ! C'est encore un enfant...

— Un enfant, Madame, avec je crois certains attributs de l'adulte si j'en juge par le résultat de ses œuvres. Voyez-vous, contrairement à l'idée reçue, c'est justement à cet âge que l'on se montre capable de la plus grande violence et de la plus infâme des cruautés...

— Monsieur...

Jean eût bien volontiers prolongé le moment.

Madame de Saint-François s'était isolée avec lui à la nuit tombée et elle était là presque à ses genoux à le supplier. Qui n'eût aimé avoir une aussi belle femme à ses pieds ? Dans la lumière des chandeliers, il ne voyait plus que ses cheveux mordorés et ses deux rondeurs magnifiques, ses coupoles d'église, que dis-je, de basilique, qui semblaient supplier pour sortir de leurs coques trop petites. Juste encore un effort, semblaient-elles dire, encore une seconde et nous serons à l'air libre... Jean travaillait à se souvenir de ce moment trop fort qui lui reviendrait par images successives, pendant des années. Ce serait l'un des phares de sa collection, un de ceux dont il se souviendrait et qu'il ressortirait de temps à autre dans certains moments privilégiés. Parfois, quand il le faisait, car il le faisait déjà avec d'autres, même si pour l'instant seule la comtesse comptait ; parfois donc, il se demandait s'il en avait tout à fait le droit. En effet, faire revivre un être dans sa tête, lui redonner pour un instant sa chair, sa sensualité, sa corporalité même, pourrait-on dire, relevait pour lui d'une telle réalité qu'il avait parfois l'impression d'abuser. À la seconde même où il sortait une mémoire de son musée, qu'il la caressait et l'utilisait tout à son gré, il s'était surpris à se demander si, par un étrange effet de communication muette, l'autre, une partie secrète de l'autre, ne le sentait pas. Ainsi quand il apercevait une certaine bouquetière de La Ferté-Milon ou une autre bourgeoise de la rue des Cordeliers, avait-il l'impression, pour les avoir déjà usées dans ses rêves, alors qu'il ne les avait que juste croisées, qu'elles le connaissaient, qu'elles savaient le connaître d'une certaine façon mystérieuse et dérobée, dans un espace parallèle où il avait choisi de les rencontrer.

Passons, Maucroix, son ami chanoine qui était un peu de la partie, lui avait donné une sorte d'absolution *urbi et orbi* en lui disant simplement que le Christ lui-même, et c'était sa grandeur, avait dû avoir des pensées sacrilèges.

Revenons donc à la comtesse, ou plutôt à une partie de son anatomie qui nous fit un instant aborder la théologie. Jean s'y consacra encore un moment, sachant que la surface veloutée allait bientôt devoir rétrécir comme une peau de chagrin. Car, pour notre affaire, à l'évidence, il lui fallait se résoudre à sortir de l'Éden, comme il fallait parfois savoir le faire pour être certain de le mieux retrouver plus tard :

— Relevez-vous, Madame, et soyez convaincue que j'incline en votre sens et ferai tout mon possible pour tirer le jeune Louis du mauvais pas où il s'est mis.

— J'ai pu l'apercevoir en lui faisant porter à souper. Il est dans un état terrifiant, tout comme Marie d'ailleurs qui refuse désormais de s'alimenter.

— Vous pourrez aller la rassurer, je sors de chez Pierre. L'interrogatoire n'a rien donné. Je n'en suis d'ailleurs pas étonné pour y avoir moi-même, déjà, procédé. Louis n'est pas coupable. J'en donne ma main à couper.

— Vous m'en voyez soulagée...

La comtesse s'était accoudée à la cheminée. Jean s'étonna qu'elle ne lui demandât pas les raisons de sa certitude. Peut-être finalement lui faisait-elle entièrement confiance, trouvant inutile de lui demander de s'expliquer. Cela serait bien dans sa façon. Il trouva pourtant utile de continuer pour l'informer sur sa manière de procéder. Peut-être en retirait-elle une prudence, un réflexe qui la protégerait du sort terrible dont il la pensait toujours menacée :

— Voyez-vous, j'ai pour habitude de rapprocher l'homme de la bête, la bête de l'homme, sans que pour autant notre race en sorte nécessairement avantagée. Une chose m'a toujours paru certaine, et maintes fois je l'ai pu constater, corroborer même, c'est que pour appartenir au même règne, nous nous ressemblons bien plus que nous ne le pensons.

La comtesse sourit pour la première fois ce soir :

— Dans certaines circonstances, je vous l'accorde, je ne me sens plus tout à fait femme, ou peut-être qu'alors je le suis un peu trop.

Jean la prit au mot :

— Vous ne croyez pas si bien dire ! Secrètement, chacun de nous renferme un tempérament, un tempérament bestial s'entend. Oh bien sûr, il est domestiqué, civilisé et surtout soigneusement oublié, mais, tout de même qu'il existe des amantes chattes, lionnes, sauvages, redoutables, félines, mais aussi d'autres plus discrètes, plus modestes, des travailleuses, des rongeuses même comme la musaraigne, la taupe ou le campagnol, on trouvera des amants loups, taureaux, écureuils, et pour les pires cafards ou cabillauds...

Vous riez, je devine que vous en avez connu un... Eh bien, j'affirme qu'il en est du meurtre comme de l'amour et que chaque tueur a son totem, ainsi vous aurez aussi le tueur-chat, le tueur-lion, le tueur-loup tout comme le tueur-serpent, le tueur-faucon et bien d'autres encore. Chaque crime a ses particularités, et, à le bien regarder, on devine l'appartenance animale du meurtrier. Elle peut être secrète, dissimulée comme je vous l'ai dit, mais elle est là et ne manquera tout au long de l'enquête de continuer à se révéler.

— Vous me donnez le frisson !

La comtesse croisa les bras, comme si elle cherchait instinctivement à se réchauffer :

— Et dans notre affaire qui devons-nous redouter ?

— Une araignée, une araignée...

— Mon dieu quelle horreur !

— Et voyez-vous, Louis, pas plus que le chevalier, n'est cette bête-là ! Son immaturité, son impétuosité, sa fuite, tout l'en éloigne assurément. Pour l'instant, Monsieur Gribeauval ne veut pas m'écouter, mais nous avons eu une longue discussion et je sais que mes arguments feront leur chemin.

Jean insista d'un air satisfait :

— Si vous vous voulez être entendu, inutile de vous ébrouer, il suffit de trouver la faille... Oui, Pierre, je veux dire Monsieur Gribeauval, est un orgueilleux, et vous aurez compris tout comme moi...

— Je sais... Alors ?

Jean sourit encore, c'était le contentement de se savoir compris à demi-mot :

— Louis n'est pas assez intelligent pour avoir mené une telle affaire...

— Je comprends...

La comtesse se retourna.

Le chandelier l'illuminait de dos et elle semblait se détacher dans le clair-obscur :

— Puis-je vous poser une question ?

— Mais je vous en prie.

— Quelle sorte de bête êtes-vous ?

— Moi ? ! C'est que je me sens bien hybride, Madame... Disons que j'oscille... Que j'oscille entre l'âne et le tigre...

— Entre l'âne et le tigre ?

La comtesse retrouva soudain son petit rire de gorge :

— Eh bien, Monsieur, nous dirons que, s'ils se succèdent à propos, l'un comme l'autre peuvent présenter certains avantages...

Jean n'eut pas le temps de rougir d'un rapprochement auquel, à la vérité, il n'avait pensé, car aussitôt, Madame de Saint-François enchaîna :

— Et moi... comment me voyez-vous ?

— Vous, Madame... Vous...

*

— Vous avez menti, Madame ! Vous avez trompé votre monde...

Pierre était entré sans à peine frapper, comme si c'était lui le mari trompé. Marie de Sorel l'attendait, mais le regarda pourtant tout étonnée...

Le château se taisait. Chacune de ses ailes immobiles semblait se retenir de respirer. Et de fait, ce matin, ce matin-là, chacun resta cloîtré chez soi.

Charles, en bon chrétien, avait pardonné la double faute de son fils, mais refusait maintenant de le voir. À genoux sur un simple coussin, il priait aux pieds de son lit, son livre d'heures ouvert à côté de lui.

Louis était consigné dans ses appartements et suppliait

en vain qu'on le laissât se rendre chez sa maîtresse. Ses pleurs, pour être ceux d'un tout jeune homme, accréditaient la hargne de Pierre et la conviction de Jean.

Le chevalier Des Essarts n'en demandait pas tant. Il se terrait, incrédule d'entendre personne lui rappeler le montant de sa dette et espérant, pour le vrai, qu'on l'oubliât tout à fait.

La comtesse et la marquise, seules, communiquaient, Madame de Saint-François voulant rassurer sa fille sur les conséquences de sa situation nouvelle, attendant avec elle la venue de Monsieur Gribeauval qui s'était fait annoncer pour venir l'interroger et qui arrivait à l'instant.

— Laissez-nous, comtesse ! Je n'ai pour habitude de questionner deux personnes à la fois...

Pierre ne la regardait même pas. Madame de Saint-François lui répondit toutefois :

— Voilà de bien curieuses manières et un revirement soudain que...

Elle allait poursuivre et hausser le ton, mais Marie, connaissant son caractère, l'arrêta derechef :

— Faites comme il dit, je vous en prie !

— Comme vous voudrez...

La comtesse pouvait se taire, en effet, son air parlait pour elle. Elle se retira dans un froissement de soie. La marquise semblait compter chacun de ses pas, comme les roulements du tambour qui annoncent le trépas. À peine eut-elle fermé la porte qu'elle s'attendait à un déferlement, mais rien... Juste un silence glacial. Pierre ruminait depuis la veille au soir, et c'était comme si son trop-plein de pensées se bousculait pour l'empêcher maintenant de parler. Curieusement, après un court ou un long moment, elle ne savait exactement, c'est elle qu'elle surprit à dire :

— Eh bien, Monsieur ?

Pierre s'avança d'abord vers la marquise puis se dirigea soudain vers la fenêtre. Là, il répéta sa phrase, à un détail près, un détail plus parlant que bien des procès :

— Vous *m*'avez menti !

— Moi ? Monsieur..., répondit Marie.

— Oui, Madame, vous !

Pierre se retournait maintenant et la regardait droit dans les yeux :

— Vous étiez enceinte et vous n'aimiez pas votre mari !

La marquise s'empourpra légèrement :

— Vous confondez deux choses bien différentes...

— Vraiment !

Pierre nourrissait sa colère des souvenirs de la nuit, une nuit de fureurs et d'insomnie.

La marquise poursuivit :

— J'ignorais encore tout de ma grossesse, croyez-moi. Sur le sujet, les hommes nous attribuent toujours un savoir que nous n'avons pas.

Pierre haussa les épaules. Cette femme avait passé son heure, et l'argument ne portait pas. Il en retira une certaine forme de contentement, de dignité, de fierté retrouvée. C'est alors qu'elle ajouta :

— Quant à ne pas aimer mon mari, je pensais... Je pensais que vous l'aviez compris... Peut-être me suis-je trompée, mais...

— Mais..., reprit Pierre, le souffle, malgré lui, altéré.

— Il est certains gestes, certains signes qui ne trompent pas et qu'un gentilhomme n'aurait pas...

Pierre sentit son cœur s'arrêter. Malgré tout ce qu'il savait, il était prêt à tout oublier, à tout réexaminer pour le moins, tant il est vrai qu'en amour, comme en affaires ou en criminalité, le changement de point de vue permet de tout réinterpréter.

Ah, et Jean, où était Jean, pendant que se nouait le drame ?

Oh, pas très loin...

Jean prenait un bain.

On avait dressé une grande baignoire de cuivre sous la fenêtre de sa chambre. Après l'avoir tapissée d'un drap de lin blanc, les laquais s'étaient relayés pour la remplir à grande eau, et voilà maintenant qu'il reposait dans la moiteur initiale, l'esprit libre, le corps presque léger dans un état d'apesanteur favorable à la méditation. En face de lui, une bonne flambée crépitait dans la cheminée. Il ferma les yeux, laissant son esprit vagabonder au gré de la torpeur qui doucement l'envahissait. Devant lui, il laissait s'articuler les mots, venir les idées, puis se dérouler les images, passant d'un raisonnement à une intuition avec la dextérité d'un enfant sautant d'un galet à l'autre pour traverser à gué.

D'abord ce furent les pensées ordonnées... Sans le vouloir vraiment, Jean reconstituait ce qu'il savait de la nuit du meurtre... Le marquis se rendant chez sa femme ; la comtesse le suppliant ; la comtesse se rendant ensuite chez le marquis, le marquis déjà mort, et bientôt le chevalier qui frappait à la porte, tandis que lui mangeait en cuisine, s'endormait comme maintenant et surprenait le jeune Louis qui venait secrètement rendre visite à sa maîtresse. Mon Dieu, le moins que l'on puisse dire, c'est qu'il se passait beaucoup de choses sous le calme apparent ! Puis, alors qu'il s'y attendait le moins, pour la première fois, abrupt comme un morceau de viande crue, surgit une sorte de remords, de culpabilité presque. C'était Jean qui avait conseillé au marquis de faire son testament, et c'était à ce moment même que son meurtrier avait choisi d'agir. Jean devait-il se sentir responsable ? Avait-il sans le vouloir précipité la fin de son hôte ? Soudain son crâne se fit trop petit pour cette avalanche de sentiments pressés. Non, ce n'était pas possible ! Non, ce n'était pas cela ! Jean voulait s'en persuader, non plus profondément, il en avait la conviction, le meurtrier avait agi au moment du testament pour brouiller les pistes, mais son plan était déjà arrêté depuis longtemps. Oui, c'était cette voie qu'il fallait suivre, il en était sûr dans ce demi-sommeil. Le chemin était encore obscur, mais c'était le bon. On n'avait pas tué le marquis pour l'argent, en tout cas, pas directement, on l'avait tué pour autre chose, mais alors pourquoi et dans quelle mise en scène ? Jean l'ignorait encore. Pour l'instant, il ne fallait toujours pas forcer, se malmener... Petit à petit, chaque chose reprendrait sa place. La tempête se calmait, le mal de tête s'estompait, les idées refluaient...

Maintenant, c'était le temps des impressions, celui où Jean eût voulu arriver sans détour... Car c'est là le moment divin, celui où la raison s'évadant laisse la place aux sensations... Plus de sombres peurs de l'esprit... Il y eut d'abord Marie, sa Marie, puis Marie de Sorel... Toine, Yvonne... La tour carrée et la chaleur de son petit bureau... Le chevalier Des Essarts à cheval sur une grosse bulle et s'apprêtant à sauter sur une autre... La comtesse, oui, c'était elle... La comtesse plongeant dans un bain, dans un bain comme le sien. Il avait entendu du bruit à côté, peut-être montait-on une autre baignoire et qu'à ce moment précis Madame de Saint-François se laissait glisser entièrement nue dans l'onde parfumée. Sans être ensemble, ils ressentaient alors exactement la même chose, enfin presque la même chose, l'eau qui caressait, qui pénétrait et s'infiltrait partout avec plus d'audace que la langue du plus expert des amants, de la plus dévouée des maîtresses... À certains moments, les seuls véritablement intéressants, on en venait à oublier la nature de son sexe pour se confondre...

— C'est une femme merveilleuse !

Comme il l'avait fait chez la marquise, Pierre venait d'entrer sans frapper, arrêtant là l'envolée. Il marqua un temps d'arrêt :

— Je te dérange peut-être ?

Jean rouvrit les yeux, un peu hébété sans doute, de fort mauvaise humeur assurément. Être interrompu en pleine montée pouvait certes gêner, mais plus encore accuser l'irritabilité :

— C'est trop tard maintenant...

— Je sors de chez la marquise...

En quelques mots, Pierre rapporta ce que nous avons résumé un peu plus haut. Il y ajouta quelques fioritures et certains silences éloquents. Pour l'essentiel, il en était arrivé à conclure qu'une dame si noble et si pure ne pouvait s'être livrée à quelque sombre intrigue et qu'il fallait donc la considérer comme innocente. Voilà ce que Pierre s'évertua à démontrer tout en tournant autour de la baignoire, comme un chien qui se mordait la queue, ce que Jean, vu sa position, ne trouva pas des plus rassurant. En d'autres temps, il se serait satisfait de la situation puisque les choses allaient dans le sens qu'il voulait, mais là, c'était plus fort que lui, il fallait qu'il piquât :

— Ainsi, si je comprends bien, elle te fait tourner autour de son petit doigt !

— Comment cela ?

Jean fit un signe à Pierre qui lui passa un drap sec :

— Il y a une heure encore, tu brûlais de la faire arrêter, et maintenant te voilà à plaider pour elle, à récapituler si haut les arguments qui l'absolvent que tu sembles un avocat et non plus un policier !

Voilà, Monsieur, de quoi réfléchir et vous apprendre à

ne pas pénétrer chez les gens sans crier gare alors qu'ils sont ailleurs occupés, se dit Jean dans son for intérieur.

Pierre repartit aussitôt à l'attaque, ou plutôt continua de préparer la défense :

— C'est que nous nous sommes parlé !

— Et que vous êtes-vous dit ?

— Des choses personnelles que je n'ai pas à répéter.

— Fort bien, fort bien...

Jean sortit de son bain :

— Tu disculpes donc aussi Louis de Sorel ?

— Comment cela ?

Pierre fronça les sourcils.

Jean enfonçait le clou :

— Si, comme je sais que tu en conviens maintenant, tu reconnais qu'il n'a pu agir seul, tu le blanchis puisque tu acquittes sa commanditaire.

Cette fois, incontestablement, le coup porta :

— Je n'ai jamais dit cela...

— Vraiment ? !... poursuivit Jean... Eh bien, dans ce cas, Monsieur, il va vous falloir revoir votre stratégie ! Je ne vois pas comment l'on peut excuser la fleur et accuser le fruit.

Pierre se dirigeait vers la porte, en sens inverse cette fois. Il contenait mal son énervement :

— Décidément, décidément, vous n'avez... vous n'avez... vous n'avez rien compris !

— Sans doute, Monsieur... Sans doute, et je compte sur vous pour m'expliquer...

Pierre regarda Jean de haut en bas. Debout dans sa baignoire, enroulé dans son drap, il avait pris une pause antique :

— Pour avoir l'air d'un empereur romain, Monsieur, il vaut mieux éviter d'avoir le sexe à l'air, à moins d'être assuré que l'on ne vous appelât pas Romulus le petit !

D'un geste imperceptible, Jean laissa retomber le voile :

— Serviteur, Monsieur, serviteur !

— Mille grâces, mille grâces, Monseigneur...

Pierre le détailla encore une fois. Jean ne broncha pas, il savait que c'était une diversion tactique puis, voilà maintenant qu'il faisait tourner la poignée et disparaissait dans le couloir. Aussitôt, Jean se regarda : cette fois, le drap protégeait bien sa pudeur. Il sortit de l'eau et, sans bruit, s'en alla s'allonger sur son lit.

Cinq minutes passèrent.

Jean avait fermé les yeux.

Enfin, on frappa à sa porte.

Il prit d'abord le parti de ne pas répondre.

On frappa encore.

Jean rouvrit les yeux.

Alors que cette fois il avait décidé d'autoriser à entrer, quelque chose à l'intérieur de lui lui interdit de parler. La bouche s'ouvrait, mais aucun mot n'en sortait.

On frappa une nouvelle fois...

Presque impuissant à se combattre, Jean décida alors une prudente retraite et referma les yeux. À le voir ainsi si parfaitement concentré, à la fois noble et reposé, on l'eût pu prendre pour un mort ou plutôt pour un de ces gisants de marbre qui font si bel effet dans nos cathédrales.

Doucement la poignée se mit à tourner...

Un bruit de pas :

— Je peux te parler ?

— Tu vois bien que je dors !

Jean tourna la tête et souleva une paupière. Pierre se trouvait devant lui :

— Excuse-moi de te déranger...

Le ton ayant incontestablement changé, l'on pouvait à la seconde envisager de discuter. L'usage entre les deux garçons voulait alors que l'on fît comme si l'on venait de se rencontrer pour la première fois dans la journée :

— Bien le bonjour..., lança Jean.

— Que la journée te soit favorable..., répondit Pierre.

— Que veux-tu ?

Pierre ne poursuivit pas plus avant les salutations et alla droit au but :

— Tu as raison. Tout accuse cette femme, jusqu'à son manège avec moi... De qui se moque-t-on ? Parce que je suis bon garçon, on croit pouvoir me faire brouter en rond. C'est indigne et je me suis montré stupide ! À y bien réfléchir, elle ne m'a donné aucune preuve, que de la fragilité et du boniment. Clairement tout l'accusait déjà, et maintenant, malgré elle, la nature vient nous donner un témoin supplémentaire pour signer son forfait. Dans un instant, je vais faire donner la garde dans ses appartements... Voilà ce que je me disais en marchant dans le couloir. Mais tout de même que je tournais et retournais en moi-même, je réentendais d'autres arguments... Ceux que tu avançais l'autre jour et qui me semblent aller tout à l'inverse. Vois-tu, si je voulais tuer mon mari... ou ma femme... Je ne crois pas que j'attendrais le moment où tout va justement me condamner, me désigner. Le stratagème a donc été utilisé pour brouiller les pistes et assurer l'impunité du meurtrier.

Alors que Jean écoutait sans parler, il sentait malgré lui sa poitrine s'alléger d'un poids, celui-là même que nous avons tout à l'heure évoqué. Comme lui, Pierre en venait à considérer que le testament n'avait été qu'un leurre et que de toute façon l'assassin aurait frappé. Pourtant, il dut presque aussitôt déchanter, car ce que son acolyte allait envisager ne le dédouanait qu'à moitié. En toute bonne foi, il prit le parti de le suivre :

— Vois-tu... et tu me diras si je me trompe. Tu as étudié

le droit et je n'en connais que les rudiments. Il me semble qu'en droit français, comme en droit coutumier, si la marquise est reconnue coupable du meurtre de son mari, elle ne peut plus en hériter. Est-ce exact ?

— Tout à fait...

— Donc contrairement aux apparences, notre meurtrier pourrait avoir agi en deux temps : supprimer le marquis et faire exécuter la marquise pour un crime qu'elle n'aurait pas commis. Or, si la marquise venait à être condamnée, qui devrait hériter, non pas d'une partie mais de la totalité ? Charles !

— Tu oublies l'enfant qu'elle porte, car même s'il n'est pas du marquis, c'est lui qui en assume légalement la paternité...

— Je ne l'oublie pas... Je ne l'oublie pas, loin de là. Je l'ignore au moment du meurtre, je l'ignore tout comme le meurtrier !

*

— Qu'est-ce à dire, Messieurs ? Cette accusation est ignoble... Et je préfère immédiatement l'oublier !

Charles s'était laissé conduire sans comprendre jusqu'à la chambre de son frère. C'est là qu'il avait entendu Pierre le soupçonner, ici qu'il devrait se justifier, prouver son emploi du temps et convaincre de sa bonne foi.

— C'est une hypothèse, Monsieur, et peut-être même un peu plus, une piste sérieuse qui ne peut plus être écartée sans être sérieusement examinée !

Jean accompagnait Pierre. Il lui avait révélé avoir peut-être un élément qui irait dans le sens de son enquête mais ne le vouloir dévoiler qu'au moment opportun. Alors que Pierre allait lui en faire le reproche, Jean trouva immédiatement la riposte : il y a quelques jours encore, ce qu'il savait ou croyait savoir n'aurait servi à rien. Il y allait d'une instruction comme d'une moisson, et il fallait laisser mûrir son grain si l'on voulait un jour avoir une récolte. C'était, promettait-il, la dernière chose qu'il avait encore tenue secrète...

Étonnamment, après son indignation première, Charles se réclama aussitôt de l'enfant à naître pour s'innocenter. L'argument était facile à contrer, mais Pierre le lui vit avancer avec une satisfaction certaine : cela prouvait pour le moins qu'il y avait pensé.

Aussi lui lança-t-il :

— Les coupables se reconnaissent souvent pour avoir préparé de trop bons arguments !

Puis sur cette lancée, il poursuivit :

— Vous étiez marin, ce me semble, et faites toujours venir de Hollande ce tabac sucré qui parfume délicieusement toutes les pièces. Amsterdam est un port à épices et à bien d'autres choses encore, et cela n'est pas sans intérêt dans ce qui nous occupe, car voyez-vous, certaines analyses conduisent à penser que votre frère a sans doute été assassiné par un poison inconnu dans nos contrées.

Charles se crispa et prit l'air le plus Sorel qu'il put :

— Que voulez-vous dire ?

Pierre ne se démonta pas :

— Qu'il n'est pas impossible que vous ayez pu rapporter de vos voyages des substances moins innocentes ou même vous les faire livrer. Une enquête sera bientôt diligentée en ce sens. Nous saurons la vérité, alors si c'est le cas, parlez maintenant, il vous en sera tenu compte !

— C'est indigne ! Soyez certain d'une chose, Monsieur, je vais de ce pas faire informer Monsieur de Beauregard, mon ami, de la façon dont se conduit son subalterne... Et croyez-moi, je le connais assez pour savoir que vous aurez bientôt de ses nouvelles !

Charles allait sortir quand Jean le rattrapa d'un mot :

— Monsieur, s'il vous plaît, puis-je vous demander de me lire ceci ?

Il lui tendait un petit livre relié, en in-quarto.

Charles se troubla :

— Encore un de ces torchons dont raffolait mon frère, je suppose...

— Du Boccace, Monsieur. Cela vient effectivement de la bibliothèque du feu marquis, mais je ne le qualifierai assurément pas de torchon. Veuillez m'en lire la dédicace, s'il vous plaît...

Jean souriait.

Charles se releva de toute sa hauteur, une fois encore :

— Je ne vois pas... Je ne vois pas l'intérêt.

— Justement, justement... Moi, si.

Jean tendait le livre à la page de garde.

Charles le regarda une seconde puis ajouta :

— Je ne peux pas lire sans lorgnons et je les ai cassés...

Jean jeta un œil à Pierre :

— C'est ce que je pensais...

Charles blanchit :

— Je ne comprends pas.

— Vous allez comprendre très vite...

Jean sortit sa petite bourse de son pourpoint et en retira un paquet de tissu soigneusement enveloppé. Il l'ouvrit, laissant apparaître des morceaux cristallins, de tailles variées :

— C'est que justement, je crois avoir là la pièce qui vous manquait... Ce sont vos verres, n'est-ce pas ?

Charles se troubla :

— Où les avez-vous trouvés ?

Comme à son habitude, Jean durcit alors soudain le ton :

— Par saint Crépin ! Sous le lit de votre frère, le matin du meurtre. Et voyez-vous, plus curieux encore, vous, le lecteur assidu, depuis ce jour, vous ne lisez plus ! Vous pourriez aisément répondre les y avoir perdus un autre jour. Seulement voilà, vous lisiez encore la veille et plus le lendemain, cela permet aisément de se repérer dans le temps, ce me semble !

Charles regarda Jean et Pierre :

— Très bien, vous avez gagné ! Enfin pas tout à fait.

Là, il se tourna plus particulièrement vers Jean :

— Vous venez simplement de réussir à salir un peu davantage une famille qui ne vous avait rien fait... Juste du bien, je crois.

Charles retrouva instantanément cette forme de dignité qui semblait devoir lui revenir chaque fois qu'il était en difficulté. Lui qui était si pressé de s'enfuir, il y a une minute encore, sembla soudain avoir tout son temps. Il marcha vers le centre de la pièce, s'y arrêta un instant, alla à la fenêtre puis retourna vers la cheminée et dit :

— J'ai bien rendu visite à mon frère la nuit de sa mort, une visite que j'avais cachée jusqu'à présent car elle concernait une affaire que tout le monde ignorait encore et dont il n'y a pas lieu d'être fier.

Charles parla soudain plus lentement, comme s'il se souvenait encore de l'embarras de la situation. Par moments, on eût presque dit qu'il revivait physiquement la scène :

— Mon frère avait en sa possession une lettre, ou plutôt une série de lettres de mon fils à sa femme... Il me les a montrées et... Je vous en passe le contenu... Il m'est assez difficile d'en parler... Des lettres sans équivoque quant à la nature de leurs relations... Il voulait le chasser, nous chasser... Le ton est monté... Je ne sais pas pourquoi, je voulais ces lettres... Je voulais les faire disparaître... Je voulais qu'elles n'aient jamais existé ! Nous nous sommes battus... C'est là que j'ai cassé mes lunettes... Nous nous sommes battus, mais j'étais plus jeune et cette fois cela m'a permis d'avoir le dessus. Je les ai eues et je les ai jetées au feu... Il a voulu m'en empêcher... Il a voulu m'en empêcher, mais je ne l'ai pas tué !

Il marqua un temps :

— Je me suis tu parce que moi aussi j'ai soupçonné mon fils, mais j'ai réfléchi maintenant. D'après ce que j'ai compris, mon frère n'a pas trouvé ces lettres par hasard. C'est quelqu'un qui les lui a remises. Ce même soir... Si j'étais vous...

Alors il revint à Pierre et Jean :

— Je le chercherais ce quelqu'un, je le chercherais, car plus j'y pense, plus je suis persuadé que c'est lui l'assassin !

# Chapitre 15

— Même pas un peu de cette mousse au marasquin ?... Vous n'avez rien pris...

La comtesse plongeait une grande cuillère dans une jatte d'argent.

Depuis tout à l'heure Jean voyait défiler les plats avec une sorte de haut-le-cœur qu'il ne savait que trop bien s'expliquer. Après la soupe à la moelle, les différents soufflés, les cardons aux croûtons et aux lardons dorés, les pâtés de gibier, la galantine, la poitrine de veau farcie aux œufs durs et aux rognons, le risotto à la Luxembourg, entendez à la Médicis[1], quelques légumes de saison simplement accommodés, deux ou trois entremets, on en arrivait au dessert, à la farandole des desserts plus exactement, et Jean mourait de faim. C'était le supplice de Tantale réinventé, à croire que lui seul eût été traversé par certaines idées. Les autres mangeaient, ils mangeaient sans se regarder, mais ils mangeaient. Chacun s'observait pourtant sans se parler, et à part les dernières nouvelles du temps, il semblait difficile de trouver un sujet qui ne fût pas aussitôt retombé.

Avant la mort du marquis, on se taisait ; après sa mort,

1. Marie de Médicis, mère de Louis XIII, a fait construire le palais du Luxembourg, à Paris. (*N.d.É.*)

on se taisait encore. Le moins que l'on puisse dire, c'était que Sorel ne semblait être décidément pas un lieu pour la conversation.

À cela, il était bien sûr facile de trouver une explication. Autrefois, entendons du vivant du marquis, un trop-plein de tensions sous-jacentes nuisait aux relations.

Aujourd'hui, c'était l'exact contraire.

Entre tous ces gens, il y avait le corps du marquis bien sûr, mais aussi d'autres cadavres que l'enquête avait révélés et qu'il était maintenant impossible d'ignorer. C'était un peu comme s'il fallait maintenant partager le dîner de ceux qui, il y avait une heure encore, étaient prêts à vous condamner et à vous voir exécuter dans la plus grande tranquillité.

En fait, en l'absence de coupable désigné, le temps s'était arrêté et l'on se retrouvait maintenant prisonnier d'une situation qui ne voulait pas évoluer. Il faudrait continuer à se supporter jusqu'à ce que toute la vérité soit enfin dévoilée. Aussi ne pouvait-on plus s'étonner que cette fois, et pour l'instant, on restât sur une réserve prudente et justifiée, chacun réagissant suivant la pente dominante de son caractère que les repas ne faisaient que souligner.

Le chevalier avalait tout, très lentement et sans s'arrêter. On aurait pu croire qu'après la mésaventure qu'il venait de vivre il profitait de l'instant présent et refusait d'envisager à nouveau un avenir qui l'avait tant terrorisé.

Pierre semblait soucieux et dînait fort peu. Jean avait sans doute raison, la marquise avait l'air de totalement l'ignorer. Mais chez lui, l'amour déçu se corrigeait vite, et il y avait sans doute une autre explication. Il remplissait son assiette, mais y touchait à peine, en repoussant l'essentiel sur les côtés, formant ainsi toujours de curieux petits cercles qui matérialisaient sa pensée. Pierre tournait en rond, et Monsieur de Beauregard n'allait point tarder à lui demander des comptes qui viendraient se dresser comme autant de murs entre lui et sa carrière. C'était sans doute la montagne de petits pois qui en rendait raison. Si Charles semblait bien un fautif presque idéal, il n'avait pas avoué, et aucune preuve irrécusable ne permettait de l'incriminer.

Charles, Charles justement, s'était complètement renfermé depuis qu'il avait parlé, alternant comme toujours entre les deux extrêmes. Il semblait désormais hanté et revivre constamment les moments suprêmes qu'il avait passés avec Henri de Sorel. Il n'est assurément pas facile de savoir que les derniers mots échangés ont été des mots de haine.

À l'évidence, Louis se sentait tout d'abord libéré, au propre comme au figuré. Sans le savoir, dans un autre domaine, il était bien le fils de son père. En effet, il tirait un sentiment mélangé de sa nouvelle paternité, ne sachant plus très bien s'il devait en être honteux ou pouvoir s'en glorifier... Il balançait donc communément entre les deux, faisant sur le tas l'apprentissage des plaisirs coupables qui peuvent tout aussi bien former un caractère ou anéantir une âme. Ainsi le voyait-on alternativement sourire, baisser la tête, oser un regard, profitant des repas pour voir Marie, ce qui le reste du temps lui était pour l'instant interdit. L'honnêteté voulait que l'on admît que ce jeu adolescent était sans conteste plus réjouissant que les simagrées du reste de l'assemblée.

La marquise lui eût volontiers rendu ses sourires furtifs, mais grossesse obligeait, la voilà qui se levait et disparaissait fort souvent, appelant ses femmes de chambre pour la délacer, puis la relacer au gré d'un certain mouvement que le docteur de Verneuil avait précédemment évoqué.

— Monsieur de La Fontaine, je vous parle...

La comtesse sourit à Jean.

Elle était la seule à faire l'effort d'être normale autour de cette table.

Il lui répondit :

— Non, non merci, vraiment...

Et aussitôt, il retomba dans ce qui semblait être une sorte de prostration qui déguisait en fait un état proche de l'ébullition. Si l'on savait maintenant ce que c'était que ces papiers dans la cheminée, s'il comprenait aussi pourquoi la marquise était si tourmentée le jour de son arrivée, il ignorait toujours l'essentiel et en perdait l'appétit et le sommeil.

Par où fallait-il commencer ?

Par le mystérieux inconnu qui avait frappé à la porte du cabinet ?

Par les lettres qui avaient été volées ?

Par les pâtes de fruits ?

Par le corps du marquis ? Par celui du chien... Par celui du chien... À y bien réfléchir, si l'on comparait le corps du marquis et celui du chien, si... Non... Quoi qu'il fît, par quelque bout qu'il s'y prît, toutes ces théories, toutes ces explications commençaient à parfaitement s'organiser pour finir par défier la logique, c'était comme de vouloir faire rentrer un carré dans un rond.

Cela n'allait pas.

Jean perdait ses moyens. Il n'était pas bien, non vraiment, il y avait quelque chose, *il avait quelque chose*. Pierre qui le connaissait bien ne lui sentait rien, aucune maladie, aucune maladie grave... Enfin, il ne lui disait rien. Jean lui avait demandé plusieurs fois déjà, trois fois ce matin, pas plus de cinq fois à midi... Eh bien, alors qu'au début Pierre avait l'air très affirmatif, maintenant il ne lui répondait plus... C'est que... Ah oui...

— C'est vrai, vous ne mangez pas. Est-ce à cause d'un ordre de la Faculté ?

La marquise s'adressait à Jean en revenant à table. Elle s'asseyait tandis qu'un laquais lui tirait sa chaise.

— Non, Madame, c'est que ce soir, je n'ai pas faim.

Jean laissa retomber sa fourchette dans son assiette, sans essayer de masquer plus longtemps.

Charles leva le nez pour la première fois de la soirée. Il avait un air sarcastique que jusque-là on ne lui connaissait pas :

— Je crois plutôt que notre ami a soudainement peur de mourir... empoisonné. C'est vrai Henri est mort assassiné et...

— Taisez-vous !

La comtesse voulut l'interrompre, mais il était trop tard. Chacun venait enfin d'accepter de s'avouer ce que Jean pensait depuis le début du dîner. Il y avait assis là... Sans que l'on sache où... Ici ou à la cuisine, un empoisonneur qui pouvait fort bien recommencer à frapper. Tout le monde l'avait oublié ou fait semblant de le faire tant que l'enquête avait l'air d'avancer, mais maintenant...

*

Jean descendait l'escalier pour aller aux écuries quand il fut surpris par le chevalier Des Essarts qui semblait sortir d'une niche creusée dans la pierre, comme un diable de sa boîte :

— Monsieur, Monsieur...

— Oui, chevalier ?

Jean avait sursauté. La chaleur avait soudain monté et il n'était pas sûr que son cœur puisse supporter tout à la fois ces subites variations et ce genre de violentes intrusions.

— Je crois avoir compris que c'est à vous que je dois ce silence sur ma dette.

— Peut-être.

Sa tête commençait à lui tourner. Il saisit la rampe dont le cuivre froid le rassura un instant.

— Je voudrais vous en remercier...

— Considérez la chose faite !

Jean tentait de reprendre sa marche, il allait déjà beaucoup mieux quand il marchait, mais le chevalier semblait bien décidé à ne pas le lâcher :

— C'est que j'ai une autre faveur à vous demander...

— Je vous écoute...

C'était bien le moment de se laisser embarrasser, alors que Rossinante, par cette formidable communication de pensée, devait déjà savoir qu'il l'allait voir pour la monter. Elle saurait le comprendre et lui redonner un peu de sa force pour continuer.

— Si j'ai bien compris, l'affaire qui vous occupe...

— Eh bien ? !

Jean s'en voulut d'interrompre le chevalier alors que justement il voulait s'en débarrasser, mais en fait, avec ce genre de personnage, charmant mais embrouillé, il valait souvent mieux hacher la pensée.

— J'ai cru comprendre que le... le meurtrier... enfin, le coupable... l'assassin, pourrait-on dire, avait usé d'un poison nouveau.

— C'est exact !

Le chevalier sembla respirer d'aise. Jean, lui, était au bord de suffoquer :

— Ah, voilà qui est intéressant !

— Je ne vous le fais pas dire !

— Quand vous l'aurez trouvé, j'aimerais avoir la faveur de lui parler.

Comme Jean devait être très pâle à ce moment, ce qui lui donnait souvent l'air dubitatif, le chevalier ajouta :

— Oui, assurément, ce doit être une sorte de chimiste ou de savant ! Un esprit original, en tout cas, et porteur de connaissances nouvelles, et voyez-vous, dans mes recherches, cela est précieux, sans prix même... Si je pouvais l'interroger avant qu'il ne soit trop abîmé, je veux dire... torturé, écartelé, décapité... Peut-être pire... Enfin, vous me comprenez !

*

— J'espérais que vous me rejoindriez. J'avais fait dire à Loïc où vous pourriez me trouver.

La comtesse posa son pinceau. Elle était assise sur un petit tabouret au milieu du potager. À côté d'elle, comme l'autre jour, elle avait fait dresser un autre chevalet. Jean avançait dans les allées, la tête basse et l'air inquiet :

— Oh, Madame, c'est que sans vous, je serais sans doute alité. Je n'ai même pas eu le courage d'aller monter. Il me prend un mal de tête et une langueur dont je ne sais que penser.

Il laissa traîner son regard sur la terre qui allait bientôt le recouvrir, ce que la comtesse interpréta sans doute différemment puisqu'elle lui dit :

— Vous n'allez pas manger les poireaux pas même lavés !

— Pardon, Madame...

Jean prit sur lui. Devant la comtesse, il retrouverait de sa dignité et s'en irait la tête haute et...

— Vous mourez de faim voilà la vérité ! Et croyez-moi, c'est la plus sûre façon de trépasser. Entre ne rien boire, ni manger et s'empoisonner, le résultat sera le même...

Elle hocha la tête et sortit dessous ses robes une petite corbeille de bois tressé :

— J'ai été pour vous en cuisine et je vous ai rapporté deux grosses cuisses de poulet et des friandises que j'ai moi-même goûtées, il y a plus d'une heure sans qu'il ne me soit rien arrivé !

Jean se sentit fondre comme givre au soleil. Madame de Saint-François n'était pas seulement la plus belle des femmes, c'était aussi sa bonne fée, se dit-il en apercevant sous le torchon les deux pilons bien gras, et les tartelettes amandines :

— Oh, Madame, je ne sais comment vous remercier !

— Mangez et faites-moi le plaisir de vous montrer un peu plus raisonnable au souper. Il fallait voir la fin du dîner : deux femmes stoïques et quatre hommes affolés !

Elle lui fit le geste de s'asseoir à côté d'elle :

— Allez, installez-vous et écoutez-moi, car si je vous ai rendu service, c'est que j'ai moi aussi quelque chose à me faire pardonner.

Jean eut bien du mal à ne pas répondre la bouche pleine :

— C'est oublié d'avance...

— Vous me le promettez ? !

— Juré !

La comtesse reprit son pinceau et sembla d'abord ne plus penser à ce qu'elle venait de dire :

— J'ai horreur de ces femmes qui se cantonnent au paysage bucolique. Il faut savoir alterner les plaisirs et laisser courir son imagination...

— L'imagination est une chose fort importante, j'en conviens.

Jean se léchait les doigts et attaquait sa seconde cuisse.

— Je peins parfois de tête, des choses fantaisistes, des

souvenirs ou tout au contraire, comme aujourd'hui, ce que j'ai devant les yeux...

— Très bien, très bien..., ponctua Jean qui n'écoutait rien.

La comtesse le regarda alors avec tendresse :

— Vous faites plaisir à voir...

Elle finit ensuite un mélange sur sa palette et :

— C'est moi qui ai forcé le secrétaire...

— Très bien, très bien...

La comtesse se tut.

Jean allait remordre à belles dents quand, soudain :

— Pardon, Madame ? !

— Je n'étais pas loin de penser que vous n'écoutiez rien... Un peu comme ces vieux prêtres que la femme avertie choisit quand elle va à confesse...

La comtesse lui tendit une serviette :

— M'écouterez-vous à présent ?

Jean ne répondit point, c'était inutile.

Elle poursuivit :

— Je ne vous ai pas menti...

Il ajouta :

— Disons seulement que vous ne m'avez pas tout raconté...

— Si vous voulez... Ce soir-là, le marquis était venu voir sa femme avec, en main, les lettres que vous connaissez. Il a été terrible... Je l'ai supplié, mais il ne voulait rien entendre...

— C'est là que je vous ai vue !

Jean fermait les yeux. Il reconstruisait la scène de mémoire.

La comtesse prit un temps :

— Sans doute... Marie était effondrée. Elle a eu peur.

Elle s'est enfermée. Je suis remontée ensuite dans mes appartements pour réfléchir sur la conduite à tenir...

Encore une fois, la comtesse marqua un temps :

— Henri... Je veux dire... le marquis avait prononcé des mots...

Elle répéta :

— Terribles, oui ... Je me suis décidée à l'aller voir... Et vous connaissez la suite...

— Pas tout à fait, ce me semble...

Jean la regardait, maintenant.

— Ah oui, pardon... Quand je l'ai trouvé... Je dois avouer que j'ai tout de suite pensé à récupérer les lettres qui auraient pu faire un dégât terrible en tombant entre de mauvaises mains... On les lui avait remises... Quelqu'un voulait nous nuire évidemment... Comme tout le monde, je savais que le marquis cachait ses papiers les plus précieux dans le secrétaire... Ce que je ne savais pas, c'est que Charles était déjà passé et les avait brûlées dans la cheminée...

— Vous avez pris le coupe-papier à tête de bélier...

Jean s'était relevé.

La comtesse hocha la tête :

— Oui, mais je ne suis pas experte et presque aussitôt j'ai entendu le chevalier frapper...

En quelques minutes, Jean avait retrouvé un air de santé :

— Je comprends mieux maintenant !

— Quoi donc ?

C'était elle qui le suivait, à présent. Jean semblait heureux, presque comme un enfant :

— Certaines contradictions, certains dysfonctionnements que je n'arrivais pas à m'expliquer ! Voyez-vous ce meurtre, pour avoir été rapidement exécuté, a été soigneusement préparé, je crois l'avoir démontré. Pourtant, il avait quelque chose, quelque chose qui ne correspondait pas et dont vous venez de me donner la clé. Comment, comment un être doté d'une intelligence supérieure comme notre araignée, comment un être à qui rien ne semble échapper aurait pu soudain se laisser aller à une telle maladresse ? Tuer avec autant d'habileté pour se heurter à un secrétaire fermé et... Pardonnez-moi... Le grossièrement fracturer, sans même parvenir à l'ouvrir.... Depuis des jours maintenant, je tourne cette évidence dans ma tête et j'en étais presque arrivé à penser qu'il y avait deux coupables avant que de chasser rapidement cette ridicule pensée. Mais s'il n'y avait pas deux meurtriers, il y avait bien deux actions distinctes, deux actions menées par deux personnes qui ne suivaient pas la même logique !

La comtesse le regarda, un peu étonnée :

— Connaissez-vous alors le meurtrier ?

Jean sourit :

— Non, mais lui me connaît, et contrairement à ce qu'il croit, ce n'est pas un avantage.

— Que voulez-vous dire ?

— Vous le comprendrez bientôt...

*

— Où est Monsieur de La Fontaine, je dois le voir à l'instant !

Pierre était dans l'entrée, une lettre à la main.

Il s'adressait au portier.

Précisons que trois semaines avaient passé, trois semaines durant lesquelles l'ambiance avait furieusement changé. Ainsi était faite l'humaine nature, un trop-plein de vie succédant avec une incomparable facilité à ce trop-plein de mort que l'on n'avait cessé de redouter. Disons pour résumer que, chacun ayant exprimé ses peurs, ou Jean les ayant exprimées pour tous, il devenait brutalement possible de les oublier, ou de les oublier presque. Si l'on faisait exception de Charles qui passait son temps à prier, chacun semblait se laisser aller à une sorte de joie presque surexcitée, comme s'il fallait prendre une revanche sur le danger. Les premières bouchées des repas restaient le moment difficile où, sans vouloir se l'avouer, on surveillait l'assiette et l'appétit de l'autre, mais pour le reste, on se serait presque cru à un moment de fête champêtre qui semblait toujours devoir continuer. Louis et Marie avaient enfin décidé de s'aimer au grand jour, même si Pierre tentait toujours de pointer le bout de son nez. La comtesse peignait, elle peignait ce qui lui passait par la tête, accumulant dans ses cartons ce qu'elle nommait ses « intimités ». Jean allait et venait l'air pénétré, mais la rejoignait souvent sous les ombrages du parc ou partout ailleurs où il lui semblait bon de se poser. Et pour n'oublier personne, signalons que le chevalier semblait avoir découvert dans la cave certains vins blancs dont il vantait l'intérêt... Il faut ajouter, pour être conforme à la vérité, que Jean, rappelons-le, joueur patenté, eut vite fait de transformer certaines veillées en partie de trictrac et autres jeux d'argent qui, pour l'observateur malveillant, auraient pu faire ressembler le château de Sorel à un tripot hâtivement organisé...

Mais revenons à Pierre et à sa lettre, ou plutôt à la réponse du portier :

— Je l'ai vu tout à l'heure partir herboriser. Justin...

Il avisait le concierge qui l'avait précédé :

— Monsieur de La Fontaine est bien parti tôt ce matin ?

— Oh oui... Avec Cateau ce me semble...

À ce même moment, on entendit un cri, ou plutôt une plainte :

— Mais ne me touchez pas, malheureuse, cela pourrait s'infecter ! Depuis cinq jours, je suis dans la bibliothèque, je sors pour m'aérer... Une guêpe, une guêpe à la fin avril... Le ciel aura voulu ma mort !

Jean venait d'arriver dans la cour d'honneur, suivi d'une jeune servante qui lui portait son panier. Alors qu'il allait mieux, qu'il allait presque correctement, un autre mal semblait devoir le guetter.

Pierre sortit aussitôt :

— Jean, je dois te parler !

Jean le regarda, suffoqué :

— Ne vois-tu pas qu'il y a urgence !

Il se retourna vers la jeune servante :

— Et vous me conduisez aux cuisines au lieu de me regarder comme une cruche ! Il me faut un peu de vinaigre d'alcool, sinon je vais passer.

Puis il revint à Pierre :

— Et toi, suis-moi, si c'est si pressé !

Pierre le précédait dans l'entrée :

— As-tu une piste ?

— Est-ce vraiment le moment de me causer un trop grand afflux de sang ? Je cherche, je suis sur la voie, j'avance, je progresse, j'y suis presque...

Et soudain, changeant de ton :

— Pourquoi cette question ?

Pierre baissa le ton :

— Beauregard me laisse encore une semaine. Dans une semaine, il me remplace.

Jean sourit :

— Fais-moi confiance, dans une semaine, nous aurons une solution, même s'il faut la jouer aux dés !

Il regarda la servante qui tenait la porte ouverte dans la boiserie, juste à côté de la grande tapisserie :

— J'arrive, Mademoiselle, j'arrive !

Puis, il se crut obligé d'ajouter :

— Tiens c'est par là que l'on va aux cuisines ? ! Je n'aurais jamais deviné.

*

— Qu'est ce que vous dites ?

— Que not'maître avait une piqûre tout comme celle-là à la racine du cou... J'en sa queque chose... J'y a fait la toilette mortuaire.

Une vieille femme de charge venait de mettre un linge imbibé de vinaigre sur la piqûre de Jean.

Elle secouait la tête :

— Ça ti mauvaise allure...

Elle appuya fortement et commenta dans son français patoisan :

— Moi, j'y mets de l'urine... C'est ben pus efficace !

Jean la regarda. Soudainement, il n'avait plus mal :

— Attendez, attendez, et dites-moi si j'ai bien compris ! Vous dites que le marquis le jour de sa mort avait une piqûre à la racine du cou ?

— Ben oui... Une piqûre ou une griffure.... Ça dépend comment c'est qu'on voit... Ou comment c'est qu'on dit...

Jean se leva d'un bond :

— Mais pourquoi n'avez-vous rien dit, malheureuse !

— Je pensa pas ça important. Il était mort... Alors une piqûre de plus ou de moins... C'est pu ça qu'allait le faire passer... Dame !

— Par saint Crépin ! Par saint Crépin ! Par saint Crépin ! Ce n'est pas Dieu possible !

Jean tapa du poing sur la table et lui arracha le linge des mains.

— Savez-vous seulement de quoi vous êtes responsable ?

La femme de charge resta un instant stupéfaite puis aussitôt se signa. Ce petit homme n'avait l'air de rien, mais c'était le diable personnifié ! Il la regardait avec des yeux rouges, et pour un peu, elle aurait juré que du feu lui sortait par le nez !

*

Quelques secondes plus tard, avec un souffle qu'il ne se connaissait pas, Jean avait quitté les cuisines, remonté les escaliers, traversé l'entrée, descendu les marches du perron, trotté jusqu'au centre de la cour, appelé, appelé encore, tapé du pied, puis était revenu en arrière sur le gravier pour remonter les marches qui le ramenaient au château, et le voilà maintenant qui interrogeait le portier, déjà fort impatienté, comme on l'imagine :

— Où est Monsieur Gribeauval ? !

— Je ne l'ai plus vu depuis tout à l'heure, mais je crois bien qu'il s'est dirigé par là...

Le concierge n'eut pas le temps de finir sa phrase, ni même de baisser son bras, Jean retraversait déjà la cour et se dirigeait vers les écuries dont la porte était restée entrouverte. Il y entra avec la virulence du dard qui l'avait blessé :

— Pierre ! Où es-tu ? J'ai à te parler !

L'odeur chaude et écœurante de la paille crottée lui sauta au visage, une odeur de petit-lait et de beurre tourné, avec un je-ne-sais-quoi de... Enfin passons. Jean était trop pressé pour l'analyser ou même s'en protéger. Il marchait, n'écoutant que son devoir, sans pouvoir s'empêcher de maugréer. C'était un monde tout de même. « On » lui demandait son aide et « on » était impossible à trouver, alors que, justement, il avait récolté des informations nouvelles qui allaient tout bouleverser !

Pierre sera déjà reparti ou le domestique se sera trompé... C'était bien sa chance ! Jean sentait la colère lui monter. Il ne supportait rien tant qu'une impulsion contrariée, mais je crois que nous l'avions déjà noté.

— Pierre ! ? Pierre..., répétait-t-il en avançant devant les stalles.

Aucune réponse.

Juste le frissonnement et le hennissement de certains chevaux qui frappaient du sabot.

Puis, un bruit précipité...

Là-bas, dans le fond, quelqu'un venait de s'échapper...

Oui, de s'échapper, c'était bien le mot !

Jean avait perçu une sorte de cavalcade confuse, entrevu une ombre et entendu une porte rapidement s'ouvrir et se fermer.

Non ! ?

Mais si... Mais si !

Cela venait de la stalle de Rossinante... Jean en était persuadé. Son cœur se serra encore une fois. Il n'eut que le temps de s'y précipiter, et là, là :

— Mon Dieu ! s'exclama-t-il encore une fois...

Pierre était là, devant lui, dépoitraillé... Cul nu, les chausses à demi baissées... Ou à demi relevées car à l'évidence il avait dû s'y coincer quelque chose en les voulant trop vite remonter.

Jean crut qu'il allait s'étouffer.

Pourtant, il ne put s'empêcher de se lamenter :

— Mais c'est une manie !

Car à la vérité, la première fois que la chose s'était passée, la première fois que Jean avait surpris Pierre en train de copuler, c'était déjà sous les yeux du pauvre destrier.

Là, jusqu'où était-il allé ? Simple mignardise ou menu entier, Jean préférait ne pas y songer.

— C'est que la marquise m'a poussé trop loin et que cette lettre du Lieutenant de police m'a fort échauffé... Tu me connais dans ces cas-là, j'ai toujours besoin de... Enfin de... Tu vois... de...

— Il suffit ! Je vois très bien en effet !

Pierre s'était retourné et bredouillait trois mots embarrassés que Jean ne crut pas utile d'écouter. Quel spectacle, je vous assure ! Était-ce le moment, à la vérité ! Jean tourna les yeux et se précipita pour rassurer le pauvre animal, Rossinante bien sûr :

— Tout doux, tout doux... Je suis là...

Puis, alors seulement, il revint vers Pierre, les yeux lançant des éclairs :

— J'ai des choses importantes à vous révéler, mais il faut aussi m'occuper de cette bête que je crois...

Jean qui ne pouvait ignorer l'état relatif d'un certain appendice s'interrompit une seconde puis continua :

— Que je crois indiscutablement surexcitée, elle aussi !

Il regarda derrière lui :

— Où est le valet d'écurie, je veux qu'il l'emmène promener...

Comme Pierre ne répondait pas, Jean répéta :

— Eh bien, où est-il ce drôle ? Ah, suis-je nigaud, vous l'avez fait fuir avec vos...

Jean marqua un temps :

— Vous l'avez fait fuir, n'est-ce pas ?

Pierre poussa un long soupir :

— Je crois que c'est plutôt vous en entrant...

Jean recula d'un pas :

— Ah, non... Non.... Non... Pas cela... Pas ici... Qu'ai-je ouï ? Non seulement vous recommencez à jouer avec les nerfs d'un animal d'une grande sensibilité, mais en plus vous aggravez ! Je suis fort contrarié ! Vous savez que...

Jean caressa Rossinante puis continua sans la nommer :

— Vous savez que, qui vous savez, a parfois des doutes quant à sa... Enfin, vous me comprenez ! Et alors qu'il lui faut des mois pour se remettre d'une émotion, voilà que vous me la bouleversez !

— Que vous me *le* bouleversez !

En fermant sa braguette, Pierre retrouvait une assurance bien utile pour converser.

Jean prit une profonde inspiration :

— Ne jouez pas sur les mots, Monsieur ! Dans votre cas, vous vous condamnez ! Et soyez certain d'une chose... Jusqu'à ce jour, je n'étais pas très sûr, mais la prochaine fois qu'il n'y aura qu'une chambre au relais de poste, ne comptez plus sur moi pour la partager. Vous irez au grenier ou aux écuries, car visiblement vous savez fort bien vous y occuper, en hiver comme en été, et que le monde entier semble apte à vous satisfaire puisque vous y entrez par les deux côtés...

Pierre haussa les épaules :

— Enfin Jean, on se connaît depuis si longtemps !

— Justement ! Justement... N'aggravez pas votre cas et ne me faites pas frémir rétrospectivement devant ou derrière ce que je n'ose imaginer ! Mon Dieu, mon Dieu, mon Dieu !

Pierre avait l'habitude de ces emportements, mais ne savait jamais comment il fallait les interpréter.

— Jean !

Jean fit demi-tour :

— Je m'en vais aller trouver un palefrenier bossu et contrefait pour remplir son office... Un cul-de-jatte, édenté... *Ô Tempora, Ô Mores !*

Pierre le rattrapa par la manche. Il était maintenant complètement rhabillé :

— Jean, qu'as-tu à me dire ?

Jean continua à marcher droit devant lui :

— Ah ! Plus tard, Monsieur, plus tard ! Il y a encore certaines choses que je dois vérifier...

Il marqua une pause :

— Mais si cela vous intéresse, vous n'avez qu'à me suivre...

Jean reprit sa marche. Maintenant, les deux hommes étaient dans la cour. Il poursuivit :

— Pour vous désénerver, rentrons donc et promenez-vous à l'étage où pour le moins vous aurez la chance de rencontrer quelques chambrières du sexe opposé...

*

Jean passa l'après-midi enfermé dans la bibliothèque. Il furetait dans les livres savants comme une mercière au milieu de ses rubans. Il ouvrait un livre, en fermait un autre, se passionnait pour un troisième puis brusquement remontait dans les rayonnages, pestait, souriait et s'interrompait pour repartir de plus belle.

Au bout d'une heure, peut-être de deux, il y en eut plein les tables, et à voir tous ces ouvrages ouverts et toutes ces planches de couleurs soigneusement étalées, bien malin eût été celui qui aurait pu dire à quoi il s'intéressait exactement.

À La Muscade ?

À la Hollande ?

Aux Indes occidentales ?

Aux singes ?

Aux agaves ?

C'était tout du moins ce que se disait Pierre depuis la porte qu'il avait ordre de ne pas franchir. Oui, depuis l'écurie, Pierre et Jean ne s'étaient pas quittés, mais Pierre, s'il voulait en savoir plus, devait accepter de rester consigné. Nous étudierons plus tard, nous verrons dans d'autres histoires, les motivations exactes qui amenaient Jean à frissonner du sexe de Pierre, car elles sont évidemment plus complexes qu'elles n'y paraissaient, aussi restons pour l'instant au niveau le plus évident : aujourd'hui, Jean dominait Pierre et Pierre était au piquet. Il voyait donc Jean s'affairer et devait se contenter d'attendre sans savoir ce qu'il y avait à chercher. Officiellement, il devait « empêcher toute personne » d'approcher, suivant les propres termes de Jean qui lui avait confié la mission d'un air pénétré. Une femme de chambre puis un laquais étaient venus demander si les deux hommes n'avaient besoin de rien. Pierre avait écourté sa réponse, quant à Jean il s'était contenté de faire un bruit curieux qui ressemblait à une sorte de sifflement. Qu'on ne le dérangeât pas... Qu'on ne les dérangeât plus et que l'on cessât ces insupportables interruptions, semblait-il dire entre ses dents ! Le reste du temps, Jean et Pierre continuaient leurs monologues solitaires. Pierre tenta bien de jeter un pont, mais en vain. Jean faisait mine d'ignorer Pierre, de l'ignorer complètement, sans jamais lui adresser la parole, allant même parfois jusqu'à le fixer sans le voir, comme s'il se servait de lui comme d'un grand tableau blanc qui l'aiderait à projeter ses pensées. Nous connaissons maintenant assez bien notre compère pour pouvoir affirmer que, même s'il était sérieusement plongé dans certaines recherches, il voyait là le moyen de s'amuser un peu en perdant Pierre sur le chemin.

Le soleil avait déjà sérieusement commencé à baisser et Loïc venait de donner ordre que l'on allumât les chandelles quand Jean leva brusquement la tête et s'écria :

— Strychnos !

Sans qu'il en comprît le sens, Pierre sut alors qu'il était enfin autorisé à se manifester :

— Que dis-tu ?

— Strychnos ! répéta Jean l'air triomphant.

— Qu'est-ce que cela ?

— Ce que nous cherchons depuis le début !

Jean fit alors entrer Pierre et referma soigneusement la porte derrière lui :

— Cette nuit, toi et moi devons faire quelque chose. Écoute-moi...

*

Jean tenait la torche. Pierre venait de soulever la lourde dalle.

— Alors ! ?

— Tu es drôle, c'est affreusement lourd !

Jean s'impatientait devant la longueur des opérations. Il était plus de minuit et tout le château dormait. Les deux hommes étaient convenus de ce rendez-vous dans la crypte et s'étaient retrouvés à l'intérieur de la petite chapelle. Jean qui tenait la lumière avait dû descendre le premier dans le caveau et trouvait qu'il en avait déjà assez fait. Pour lui, il suffisait de lancer l'idée et la chose était réglée...

— C'est qu'on gèle ! cria-t-il dans un accès de mauvaise humeur.

— Prends ma place, tu verras si tu as encore froid ! lui répondit Pierre sur le même ton.

Jean grommela, pris en flagrant délit de mauvaise foi. La vérité, c'était qu'il ne se sentait pas très rassuré au milieu de cette bonne dizaine de cadavres, endormis sous des gisants. On pourra dire ce que l'on veut, pensa-t-il, mais les morts ne sont pas une compagnie pour les vivants. Deux fois déjà, il s'était retenu de pousser un cri. Pierre n'avait aucune émotivité, alors évidemment, pour lui c'était facile ! Jean, lui, faisait acte de courage, vraiment...

— Ça y est !

Pierre venait d'ouvrir la sépulture.

— Eh bien ! Qu'est-ce que tu attends ?... lui dit Jean en montrant le cercueil qu'il restait à défaire... On ne va pas y passer toute la nuit !

Pierre le regarda un instant. À la seconde, il eût adoré l'envoyer promener, mieux, le laisser tout seul se débrouiller, mais c'était impossible, car à tout prendre, c'était bien lui qui avait une enquête à mener. Il plongea donc dans la fosse pour faire sauter le couvercle clouté.

— Alors ? !

La voix de Jean résonnait sous les voûtes. Pierre résolut de ne point s'irriter.

— Voilà, voilà...

Jean abaissa sa torche. À côté du cercueil du marquis, on retrouvait celui de son chien.

Pierre le prit dans ses mains :

— Faut-il l'ouvrir aussi ?

— Ce ne sera pas nécessaire...

Jean éternua. Il commençait à trouver le temps long mais tenta encore de le masquer dans son langage :

— Attaque-toi donc aux choses sérieuses...

Pierre soupira, reposa le cercueil de la bête et fit glisser le bois de celui du maître.

— Une preuve de plus : le corps est parfaitement conservé !

Jean était soulagé. Le spectacle était tout à fait supportable. Aucune putréfaction encore. On eût simplement dit qu'Henri de Sorel était plongé dans un long sommeil.

— Est-ce que tu vas m'expliquer maintenant ?

Pierre s'épongeait le front.

Jean lui répondait sur un ton contenu où pointait maintenant l'exaspération de celui qui savait face à l'inculture de l'ignorant :

— Une seconde, une seconde ! Fais d'abord ce que je te dis...

Instinctivement, il détourna le regard :

— Soulève la tête et dis-moi s'il y a une piqûre dans le cou ! À la racine du cou !

Pierre ne semblait pas enthousiasmé à l'idée de cette macabre manipulation :

— Tu es drôle...

Jean lança :

— Monsieur fait la fine bouche maintenant ? Qu'est-ce que tu croyais !

Pierre resta fidèle à sa détermination et ne répondit pas. Il s'exécuta puis s'exclama soudain :

— Mais oui ! Comment l'avais-tu deviné ?

— Je vais t'expliquer...

Jean commença alors par apprendre à Pierre ce qu'il tenait de la femme de charge, ce que bien malgré elle elle lui avait révélé dans la cuisine, puis il continua, à peu près dans ces termes :

— Le marquis a été assassiné par cette piqûre... Cette piqûre à la base du cou, une piqûre empoisonnée... Le poison vient d'une noix des Antilles, la noix du vomiquier, un arbrisseau tropical... Les Indiens s'en servent pour imbiber leurs flèches.

Il poursuivit ensuite en donnant d'autres détails que les livres lui avaient donnés. D'abord certaines des caractéristiques de ce poison redoutable qui paralysait la victime, provoquant de sérieuses et mortelles contractions, puis sur la manière exacte dont l'assassin avait dû procéder :

— Lorsqu'il eut frappé le marquis, celui-ci fut aussitôt saisi, incapable de parler mais encore tout à fait lucide. Voilà pourquoi Henri de Sorel a eu tout le temps de voir son meurtrier agir sans pouvoir appeler.

— Ce ne sont donc pas les pâtes de fruits qui l'ont tué ?

— Non... Quand Henri de Sorel était déjà condamné, alors, alors seulement, son assassin contamina des pâtes de fruits et força sa victime à en avaler une, peut-être deux... Au moins, celle que l'on a retrouvée coincée dans sa gorge. On ne saurait jamais être assez prudent...

— Comment sais-tu cela ?

Pierre cherchait à comprendre.

Jean répliqua aussitôt :

— Le poison du vomiquier est à effet immédiat et j'ai vu le marquis se bâfrer toute la soirée. Cela prouve que les pâtes de fruits étaient alors sans danger.

Jean se tut un instant, semblant aussi se livrer au même exercice, puis il reprit :

— J'allais oublier... Et c'est là ce qui prouve que tout a été soigneusement préparé. Après la mort du marquis, le meurtrier a versé dans le reste des sucreries un poison de commune nature, un poison qui n'a rien à voir avec le poison qui a véritablement causé la mort d'Henri de Sorel. Chez certains sujets, vois-tu, chez certains sujets, surtout s'ils sont en train de digérer, la noix du vomiquier... comme son nom l'indique... peut entraîner une violente réaction digestive... Une sorte de mousse blanche va être régurgitée... Rien de tel chez le chien que l'on a retrouvé.... Par contre, le marquis, lui, a dû en être affecté... Et c'est cela, cela qu'il fallait absolument cacher. Comment-ai-je pu ne pas y penser !

— Le mouchoir, le mouchoir dans la cheminée qui a servi à tout effacer !

— Exactement !

Pierre revoyait chacun des événements et soupesait en un instant tous les arguments :

— On a empoisonné les pâtes de fruits, après coup, pour faire accuser la marquise, mais elles n'ont finalement servi qu'à tuer un chien.

— Tu y es !

Jean hochait la tête.

Derrière lui, dans la lumière de sa torche, il se découpait comme une ombre gigantesque.

Pierre sortit de la fosse :

— Charles alors ?

— Peut-être...

Pierre exultait.

Il prit Jean dans ses bras :

— Je crois que tu es une sorte de génie ! Pour un peu je t'embrasserais !

— Ah non... Non ! Je t'en prie... Tu sais ce que je t'ai dit !

*

— La noix du vomiquier, dites-vous ?

— Oui, j'en suis aujourd'hui persuadé...

Tout le monde était venu au salon pour l'après-dîner.

Il ne faisait pas très beau et le temps menaçait, aussi avait-on décidé de se réunir pour s'exercer à certains jeux de société. On finissait de boire les liqueurs quand Jean, suivant la tactique que Pierre lui avait demandé de respecter, informa l'assemblée de leurs récentes découvertes. Le témoignage de la femme de charge, les précisions trouvées dans la bibliothèque, plus certaines autres conclusions devaient amplement suffire pour alimenter la réflexion. Il n'était évidemment pas question d'évoquer l'équipée de la nuit dernière qui avait laissé Jean épuisé, mais juste de faire profiter tout le monde des nouvelles avancées. Pierre et Jean étaient en effet convenus qu'après plusieurs jours d'immobilité de telles révélations allaient sans doute bousculer les esprits les plus fermés...

— Vomiquier, dites-vous ? Quel nom curieux... Pas très ragoûtant...

Charles sortit sa blague à tabac. Jean le regarda priser longuement :

— Une substance venant des arbres caraïbes... C'est quand j'ai su pour la piqûre que j'y ai tout de suite pensé...

— Et pourquoi donc ? demanda le chevalier d'un air pénétré.

— Dans la bibliothèque, je range les livres sur Colomb... Oui, j'en suis au « C »... Et justement, il y est question de ce poison utilisé par les premiers Indiens qu'il a rencontrés.

— Fort intéressant, fort intéressant...

Charles trouva sans doute de bon ton de plaisanter puisqu'il ajouta :

— Mon frère doit sans doute sa mort à un sauvage égaré...

Pourtant personne ne trouva à rire, tout au plus aperçut-on quelques sourires figés. Un tour rapide montra à l'évidence que le rappel des raisons, de la raison à vrai dire, qui les tenaient ainsi tous en vase clos, inquiétait dès qu'on l'évoquait, mais curieusement, ce fut la marquise qui semblait la plus concernée, elle dont on pouvait légitimement penser qu'elle était bien plus victime d'une cabale destinée à la faire arrêter qu'une coupable supposée. Pourquoi l'évocation des îles lointaines semblait soudain tant l'inquiéter ?

En plein milieu de la conversation, elle reposa sa tasse de café et eut le plus grand mal à continuer de cacher sa nervosité.

— Vous n'êtes pas bien, Madame ?

Pierre, lui aussi, avait remarqué ce trouble soudain. Il s'approcha de Marie de Sorel, ce que d'aucuns ne manquèrent pas de trouver importun :

— Marie, voudriez-vous un peu d'air ?

Louis s'était avancé, faisant barrage devant celle vers qui tout le monde était attiré.

— Ce n'est rien, ce n'est rien... C'est de remuer le passé.

— Oui..., poursuivit la comtesse, cela est assez terrible sans prendre plaisir à s'y attarder... Mais bien sûr, vous ignorez, messieurs, ce qu'une femme dans son état peut avoir à traverser.

Marie de Sorel fit un petit sourire, puis :

— Si vous le permettez, je vais aller dans mes appartements pour m'allonger.

— Voulez-vous que je vous y accompagne ? demanda Louis après s'être incliné.

— Je peux le faire aussi, enchaîna Pierre, dans un mouvement symétrique, parfaitement orchestré.

— Merci, merci, répondit Marie, mais je m'en voudrais qu'un petit malaise ne vînt interrompre une prochaine partie. J'irai seule...

*

— Monsieur de La Fontaine, j'ai à vous parler.

On avait distribué les cartes sans que personne ne soit vraiment concentré sur un jeu qui languissait. Incontestablement, c'était ailleurs qu'étaient les intérêts. Mais on avait fait semblant avec un art consommé, et l'après-midi s'était passé.

Jean traversait maintenant la grande galerie et allait remonter dans sa chambre pour se changer quand il fut alpagué par une camériste qu'il connaissait déjà, c'était Jeanne, la femme de chambre particulière de Marie de Sorel, celle que l'on avait vue tant pleurer devant le corps du défunt marquis :

— Madame voudrait vous voir...

Jeanne susurrait plus qu'elle ne parlait, comme si elle avait reçu l'ordre évident de n'agir que dans la plus grande discrétion.

— Me voir ? Maintenant ?

— Oui, tout de suite ! Voilà près d'une heure que je vous guette...

Ainsi, on l'espérait, on le guettait même... Jean était attendu et avait droit à un traitement particulier, ce qui, on s'en souvient, avait l'heur de lui plaire, tout cela pour dire qu'il était loin de détester... Il souriait tout seul et se laissa donc conduire par l'accorte soubrette qui le fit pénétrer dans la chambre de la marquise.

Contrairement à ce qu'on aurait pu croire, Marie de Sorel n'était pas couchée...

Bien au contraire...

Elle marchait de long en large, allant de son lit à la fenêtre, de la fenêtre à son lit, en tordant dans ses mains un autre petit mouchoir armorié :

— Monsieur, vous enfin !

— Madame, vous me voyez ravi et surpris d'un tel accueil...

Jean sentait qu'il touchait au but, mais il ne voulait pas se départir de cette apparente bonhomie qui, en ne le faisant pas craindre, lui ouvrait la porte de bien des secrets.

Il poursuivit :

— Que puis-je faire pour vous être agréable ?

La marquise alla alors droit vers lui :

— Je connais le meurtrier, Monsieur, je connais le meurtrier de mon mari !

*

— Eh bien, Madame, je vous écoute !

Jean regardait la marquise, droit dans les yeux.

Elle fondit en larmes.

Jean attendit un instant. Devant une femme en pleurs, il était totalement désarmé.

Que pouvait-il faire d'ailleurs ?

Il attendit encore un moment puis, soudain, prit le parti de trancher dans le vif :

— Madame, je suis désolé, mais je suis obligé d'insister.

Contre toute attente, ce ton fort calme, d'une mâle sagesse, eut l'inverse du résultat escompté : la marquise plongea dans des pleurs redoublés... C'est bien ma chance, se dit Jean... De l'extérieur, il devait ressembler à quelque séducteur monstrueux... Lui, un homme si posé, ennemi de l'excès en tout genre et en tout lieu !

— Madame, Madame... Y a-t-il quelque chose que je puisse faire pour enrayer ce torrent de larmes que je suis bien contrit d'avoir contribué à provoquer...

À ce dernier adjectif, la marquise sembla s'apaiser. Le procédé avait fonctionné car Jean avait souvent remarqué que devant une réaction à laquelle on se sentait tout à fait étranger, il était de bon ton de s'accuser pour voir aussitôt l'autre vous enlever toute culpabilité. C'était une sorte de réflexe de politesse, une façon aussi d'affirmer la profondeur de son mal-être :

— Vous n'êtes point la cause de mon tourment, Monsieur... Si seulement !

Jean ne chercha pas à mesurer l'exacte ampleur du compliment, il attaqua derechef :

— Dans ce cas, Madame, revenons à ce que vous me disiez précédemment...

Jean arrêta immédiatement les sanglots qui menaçaient de se répéter, en enchaînant :

— Vous connaissez donc le meurtrier ? Eh bien, dites-moi son nom...

— C'est que, Monsieur, je ne peux vous le révéler, car tout cela...

La marquise marqua un temps, puis :

— Tout cela n'a été fait que pour me protéger...

Ainsi, elle ne se confessait qu'à moitié. Jean en attendait plus, à la vérité :

— Madame, je respecte votre... votre état, comme vous savez. Mais vous comprendrez et devrez mesurer qu'en vous taisant vous devenez complice... Et qu'il nous faudra bientôt insister.

Marie de Sorel se releva brutalement :

— Alors j'aurais mieux fait de ne rien dire.

— Non, Madame, et d'ailleurs vous le savez, sinon vous auriez continué à vous taire tout à fait ! Vous avez besoin de vous libérer de quelque chose qui vous a tout à l'heure saisie avec violence et qui maintenant vous terrifie.

— Vous n'y êtes pas, Monsieur... Vous n'y êtes pas du tout !

La marquise répondait maintenant avec virulence.

Puis, ce fut le silence. Ce fut Jean qui le premier reparla :

— Sachez une chose, Madame. Je vous crois bien naïve, et si l'autre jour je vous ai dit de vous méfier, je pense qu'aujourd'hui vous avez le pire à redouter.

— Taisez-vous !

Marie de Sorel sursauta.

Jean continua :

— Comme vous voudrez, mais dans cette sorte d'affaire, il ne sert à rien de se cacher la vérité.

Elle salua et Jean se retira.

En sortant, juste devant la porte, il tomba nez à nez avec Louis de Sorel qui faisait les cent pas :

— Eh bien, jeune homme. On s'inquiète ?

*

— Réveille-toi... Jean ! Réveille-toi !

Comme la veille, il devait être minuit passé.

Pierre était entré dans la chambre de Jean et le secouait sans hésiter.

— Qu'y a-t-il ?

Jean ouvrit un œil lourd et sentit sa langue de plomb qui le rivait au plancher. Maintenant que l'état de son ventre semblait s'améliorer, il était pris de certaines insomnies de la nature de celles que nous avons déjà observées. Pour éviter de revivre un enfer non mérité, il avait été récolter de l'aubépine en quantité et l'avait soigneusement fait macérer et filtrée, suivant un procédé qu'il avait lui-même inventé. La science ne le reconnaissait pas encore, mais Jean connaissait bien cette plante et ses qualités pour avoir fréquenté les anciens Grecs qui l'avaient toujours révérée. En l'absence de jus de pavot, c'était un traitement fort bien adapté, finalement. Le résultat était même imparable. Simplement, il fallait alors plusieurs carillons d'église pour parvenir à le voler aux bras de Morphée.

— Qu'y a-t-il ? répéta-t-il.

Pierre le tirait maintenant hors du lit :

— Mets une robe, cale ton bonnet et suis-moi !

*

Des fleurs, des fleurs...

Il avait des fleurs partout.

Toute la crypte en était tapissée.

C'était à la fois somptueux et barbare, comme si l'on avait vidé les serres pour tout transporter ici dans un macabre et éclatant hommage.

La tombe du marquis croulait sous les lis, car, dernier détail, peut-être le plus marquant, dans cette lumière jaune des torches, dans ce décor de pierre froide et au milieu de ces corps omniprésents, toutes les fleurs étaient blanches, d'une blancheur virginale, nuptiale et mortuaire, tout à la fois... Une robe de mariée et un suaire... Voilà la première idée qui surgit dans l'esprit d'un Jean encore embrouillé et à demi dans les nuées.

— C'est Magloire qui s'en est rendu compte...

Pierre montrait l'exempt qui leur tenait la lumière et qui s'expliqua à sa manière :

— J'ai trouvé la porte de la chapelle ouverte. J'ai d'abord voulu la refermer et puis, j'ai préféré aller vérifier... J'ai tout laissé, comme j'ai trouvé... Je n'ai rien touché !

Pierre lui tapa sur l'épaule :

— C'est bien, Magloire, c'est bien... Je saurai m'en souvenir, le temps venu !

Jean ne répondit pas, profitant de son demi-sommeil pour s'extraire des compliments d'usage et se concentrer simplement sur l'essentiel. Là, par exemple, il pensa que le jour précédent, le bon Magloire eût été autrement récompensé de son zèle. En poussant la porte, en s'introduisant dans la chapelle, il aurait trouvé son chef en bras de chemise en train de violer une tombe et Jean, lui-même, une torche à la main à diriger les opérations. Nul doute alors que les félicitations auraient tardé et que les lauriers eussent été d'une autre nature... Mais finalement, tout est une question de rencontre avec l'instant. C'est ainsi que se font les grandes carrières. Pour être intervenu au bon moment, Magloire était bien parti pour de l'avancement.

— Qu'en penses-tu ?

Pierre regardait Jean.

Jean ne répondit pas tout de suite.

Il pensait beaucoup de choses à vrai dire, même si cette pensée était encore comme stratifiée et demandait à continuer de se développer. Il savait que ce qu'il ressentait à présent, cette chose encore indescriptible et pourtant si réelle, allait bientôt porter ses graines. Sans pouvoir affirmer encore exactement pourquoi, il était convaincu que l'enquête venait définitivement de prendre un nouveau tour.

Il dit simplement :

— Nous commençons à toucher là où le bât blesse. Je crois que, ces jours prochains, quelqu'un d'autre risque de mourir à Sorel !

## Chapitre 16

— Vous mettez trop de jaune...

La comtesse regardait l'aquarelle de Jean.

Cette fois, les deux amateurs s'étaient installés sous un bouquet d'arbres, planté au milieu de la grande pelouse qui faisait face au corps central.

Volontairement, Pierre avait encore répandu la nouvelle : cette nuit, sans que personne ne le vît, quelqu'un s'était introduit dans la chapelle pour fleurir la tombe du marquis de Sorel. L'acte pieux, car après tout c'en était un, glaça tout le monde, car, à n'en pas douter, il cachait une sombre menace, s'affichant comme un avertissement ou le geste obscur d'un revenant.

Aussi, on se montra d'abord très loquace puis peu bavard. Tout comme l'autre jour, ce fut la marquise qui sembla la plus contrariée, mais sans doute pour une raison absolument opposée. Jean était persuadé que son château de cartes s'était effondré. C'était comme si tout ce qu'elle s'était imaginé se troublait et qu'elle eût tout à recommencer.

Pourtant cette fois, ce ne fut pas vers Jean qu'elle se tourna. L'expérience dernière lui avait certainement trop coûté et on l'entendit clamer haut et fort qu'elle portait une destinée nouvelle et n'avait donc nullement l'intention de se laisser impressionner plus longtemps.

— Je vais respirer pour deux dorénavant...

Louis sourit, voulant croire qu'il était l'heureux bénéficiaire de ce nouveau couple, Charles se rembrunit et la comtesse applaudit. Seul le chevalier sembla rester parfaitement indifférent.

— Cette tulipe tire bien davantage sur l'orangé...

La comtesse s'était penchée tout contre lui.

Jean sourit :

— Je suis désolé. J'ai la tête ailleurs...

— Eh bien, restez donc près de moi. S'il faut que ce fou tue une seconde fois, inutile de commencer à craindre avant qu'il n'ait frappé, ce serait avoir peur un temps trop tôt.

— Vous avez raison, ma douce, et la sagesse sort de votre bouche...

Ma douce ?

Était-ce la proximité du danger ?

Alors que chacun s'enfermait dans un égoïsme sinistre, prisonnier de ses peurs ou de ses intérêts, la comtesse seule semblait conserver cet appétit généreux pour la vie qui donnait faim de la fréquenter, de la fréquenter beaucoup et bien davantage.

Certes, tout était une question de goût, et Marie de Sorel, elle aussi, avait ses adeptes, mais Jean pouvait et devait dorénavant se l'avouer : entre la baie encore un peu acide et le fruit épanoui, entre la fleur en bouton et la rose de fin d'été, il avait fait son choix et préférait assurément les voluptés de la plénitude pour avoir trop souffert des aigreurs de l'immaturité. Sa Marie à lui avait certainement aussi bien des qualités, mais personne ne pouvait raisonnablement espérer l'amour dans un mariage arrangé. Marie de La Fontaine avait la folie de le vouloir espérer et l'écartait chaque jour davantage en le prétendant contraindre et par trop rechercher. Jean était de ceux qui avaient besoin de comparer pour comprendre, et ce qu'il venait de découvrir ne pourrait plus connaître de dispute. Il avait de l'affection pour sa femme, une affection coutumière, mais rien de plus. Ses parents la lui avaient donnée, mais lui ne l'avait pas choisie. Venait-il à s'éloigner qu'elle ne lui manquait pas. C'est elle qui l'avait entretenu dans une passion factice, bien conforme à sa nature, alternant les scènes tonitruantes et les repentirs flamboyants sans que jamais il eût encore vraiment l'occasion de réfléchir. Peut-être un jour comprendrait-elle, elle aussi, qu'il était inutile de chercher à se faire souffrir ?

Éléonore... Éléonore, puisqu'à travers Marie c'est d'elle qu'il s'agissait... Éléonore... Il est curieux comme certains prénoms qui vous étaient hier étrangers peuvent sembler soudain vous contenir tout entier.

Jean le savait.

Ici, où qu'il portât son regard, tout la lui rappelait ou la lui rappellerait un jour : cette fleur dont elle venait justement de lui parler, le bouquet d'arbres sous lequel ils étaient installés, les allées dans lesquelles ils s'étaient promenés, le potager même où ils avaient aussi conversé.

À dire vrai, c'était bien plus pour elle que pour l'enquête qu'il avait demeuré. Aujourd'hui, c'était plus évident encore qu'au premier jour : cette femme était faite pour l'amour.

Oui... Pour la première fois depuis des années, Jean avait pris la décision de courir le risque, de tenter sa chance ; en un mot comme en cent, d'avouer à la comtesse les tendres sentiments qu'elle lui inspirait. C'était sans espoir car il sentait qu'Éléonore n'était pas de celles qui se donnaient à moitié. Voilà sans doute, voilà certainement ce qui jusqu'à maintenant l'avait retenu. Jean savait que jamais il ne pourrait lui offrir ce qu'elle était en droit d'attendre. Lui appartenait au monde des amours calmes, elle brûlait des feux de la passion. Cela n'était pas évident immédiatement, et c'était à la mieux connaître qu'il en était maintenant persuadé. Mais ce n'est pas parce que les choses étaient impossibles qu'il ne fallait pas les oser.

— Mettez un peu plus de rouge...

La comtesse lui parlait avec une tendresse qui le désarmait. Plusieurs fois dans sa chambre, Jean s'était pourtant répété les mots, les phrases mêmes, qu'il allait lui dire, mais là plus rien n'avait de sens. Il s'était préparé à « attaquer », suivant l'habituel langage guerrier, et tout semblait soudain... Quel était le mot ?... Inapproprié, inadapté, inadéquat... Impropre même... Oui, c'était cela l'expression juste. Éléonore avait ce don : elle mettait toujours Jean exactement à la place qu'il sentait sienne, et là rien ne lui semblait plus ridicule qu'un petit discours déjà tout ficelé. Il fallait trouver autre chose :

— Éléonore... Je peux vous appeler Éléonore ?

Jean oubliait ses palettes de peinture.

La couleur était ailleurs.

Elle lui souriait :

— Mais certainement...

Et ce sourire l'encourageait maintenant :

— J'ai quelque chose... quelque chose à vous avouer...

Alors soudain, tout doucement, elle mit sa main sur sa bouche et lui dit :

— Ne parlez pas imprudemment... Il est des choses sérieuses qu'il faut manier avec précaution...

Il voulut parler, mais elle l'interrompait encore :

— Pour l'instant, nous sommes parfaitement bien...

Parfaitement bien... Est-il bien nécessaire de nous venir troubler ?

Son visage se teinta alors brusquement d'une tristesse infinie :

— Je crois avoir deviné... Mais voyez-vous, ce serait folie que d'oublier la situation où nous nous trouvons... Ce n'est pas moi qui vais vous l'apprendre... Nous dansons sur un mort et tous nos sentiments, les plus beaux comme les plus vils, ne nous appartiennent donc plus tout à fait.

Elle répéta alors comme une litanie :

— Ne dites rien que demain vous pourriez regretter. Ne faites aucune promesse que vous ne pourriez tenir, je ne le supporterais pas...

Jean posa un baiser sur ses doigts :

— Mais, je vous jure...

Elle détourna son regard :

— Surtout, surtout ne jurez pas...

Au loin, dans l'allée principale, on vit passer la marquise dans un élégant petit coupé, encadrée par Louis et Pierre qui la suivaient, sans désemparer.

La comtesse lui fit un signe. Jean était certain qu'elle s'en servait comme prétexte pour lui échapper. D'ailleurs elle dit tout aussitôt, l'air enjoué :

— Regardez Marie qui s'en va promener. Je suis heureuse de la voir écouter mes conseils et changer d'idées. Il n'est pas bon pour une future mère de rester continuellement enfermée avec de sombres pensées.

La voilà maintenant qui riait presque avec cette suprême habileté des femmes qui dissimulent leurs sentiments comme derrière autant de vagues :

— La voilà bien escortée !

Elle avisa les deux cavaliers :

— Le père et le soupirant, disons peut-être même le futur amant... C'est le destin qui passe !

Jean ne regardait rien et ne voyait qu'elle. Éléonore qui était encore plus là depuis qu'elle avait fait semblant de s'absenter. Il allait s'approcher et tenter de l'embrasser quand, subitement, il la vit pâlir et manquer de s'évanouir :

— Non, non, il faut l'arrêter !

Trop tard !

Là-bas, vers le petit bois, le coupé de Marie venait de se renverser.

*

— Comment va-t-elle ?

Jean sortait de la chambre où Marie venait d'être transportée. Les hommes attendaient dans le couloir. Pierre avait posé la question que chacun devait brûler de poser.

— Elle est encore vivante, mais personne ne peut dire encore si elle reprendra connaissance.

— Et l'enfant ?

Contrairement à ce que l'on aurait pu penser, c'était Charles, et non Louis, qui venait de parler. Comme s'il comprenait immédiatement ce que son intérêt pouvait provoquer d'ambigu, d'équivoque même, il rectifia :

— Je ne suis pas le monstre que vous pensez ! C'est de mon petit-fils qu'il s'agit après tout...

— Ou de votre petite-fille, corrigea le chevalier.

Charles haussa les épaules, comme si Monsieur Des Essarts venait de dire une incongruité. Dans son cas, mettre au monde une fille comme premier-né était impossible, une telle insolence naturelle serait hors de propos. C'était donc bien l'orgueil des Sorel qui semblait prendre finalement le dessus.

— Miraculeusement, l'enfant est toujours bien accroché...

Jean donnait les dernières nouvelles d'une femme blessée que ses compétences médicales avaient permis d'approcher. Elle reposait avec les matrones qui se relayeraient pour la veiller.

Tout avait été très vite, et c'était tout juste maintenant que chacun pouvait commencer à comprendre ce qui s'était passé, ou tout du moins à se remémorer les faits dans leur brutale continuité.

Une belle matinée.

Un cheval qui hennit.

Un cheval qui s'emballe...

Marie épouvantée.

La voiture dans sa course folle.

Louis et Pierre qui tentent tour à tour de la maîtriser.

Une femme qui crie...

Deux postillons improvisés qui se disputent les rênes...

La chute...

Un silence.

Un visage très pâle.

Un mince filet de sang qui coule depuis le front...

Un cri d'homme cette fois.

Un coup de feu enfin pour achever la bête qui se tord...

*

— Ce n'était pas un accident !

Pierre en savait aujourd'hui assez sur la nature de certains poisons, de certaines drogues pour pouvoir l'affirmer. Même s'il voulait s'en cacher, faire abstraction de son inclinaison, inutile de préciser qu'il était bouleversé. Si Louis n'avait pas achevé le cheval si vite, on aurait pu sans doute le mieux observer, mais à n'en pas douter, il présentait de curieux tremblements.

— Je suis parvenu à la même conclusion.

Jean revenait des écuries et avait interrogé tout le personnel, en charge ce matin-là. Ce n'était pas pour faire la liste des suspects possibles car certaines relations de Pierre avaient prouvé que c'était un lieu d'où il était loisible d'entrer et de sortir sans être immédiatement reconnu, voire tout bonnement en passant totalement inaperçu. Non, il s'agissait d'autre chose, de renseignements sur le cheval que l'on avait attelé au coupé. Tout le monde s'accordait à dire que c'était la plus calme des bêtes et que Louis et la comtesse, qui savaient le désir de la marquise de s'en aller promener, avaient recommandé de le lui attacher.

— Il vient de se passer exactement ce que je redoutais.

Jean se grattait la tête :

— Je crois qu'il serait...

Pierre lui coupa la parole :

— Rassure-toi, j'ai déjà pris toutes les mesures nécessaires. Deux exempts garderont en permanence la porte de Marie, et j'ai ordonné qu'il n'y ait jamais moins de trois personnes à son chevet.

Pierre semblait soudain galvanisé.

Peut-être était-ce le mouvement en retour, parce que, cette fois, il se trouvait personnellement touché ? Mais, là où c'était d'habitude Jean qui officiait, prenait l'initiative ou décidait, voilà maintenant que Pierre prenait le relais. En quelques minutes, il fit le tour de la situation et se força à examiner toutes les solutions avec une impartialité qui lui était le plus souvent étrangère.

Voici, en quelques mots, le tableau qui résulta de ses différentes interrogations et constatations :

L'assassin du marquis voulait également tuer la marquise... Voilà qui changeait peut-être certains des aspects du problème. Restait alors à savoir si le meurtrier avait l'intention de tuer d'abord le marquis et ensuite la marquise, autrement dit si ce qui aurait dû être ce double meurtre était depuis toujours chronologiquement prémédité ou si, au contraire, seule la mort du marquis était en jeu et que la marquise en était venue à devenir gênante d'une manière ou d'une autre.

— Tu oublies deux autres possibilités, ajouta Jean qui avait fermé les yeux pour l'écouter.

— Lesquelles ? demanda Pierre un peu vexé.

— La marquise aurait pu simuler elle-même cet attentat pour définitivement s'innocenter, et cela aurait plus mal tourné que prévu.

Pierre secouait négativement la tête. Il ne pouvait croire à un tel excès de duplicité. Jean poursuivit, sur le même ton, sans tenir compte de ces muettes dénégations :

— Enfin, il est possible que cette tentative de meurtre obéisse à une tout autre logique. Celui qui se serait livré à l'agression sur la marquise aurait pu simplement vouloir venger la mort du marquis...

Comme Pierre le regardait incrédule, Jean ajouta :

— S'il en pensait la marquise responsable...

*

Les jours suivants, l'ambiance fut détestable.

La marquise restait toujours entre la vie et la mort, et il plut sans discontinuer, condamnant chacun à vivre enfermé.

Pierre enrageait d'avoir l'impression de toucher au but sans pouvoir avancer.

Charles s'inquiétait sans le montrer.

Louis fulminait d'être écarté.

Le chevalier voulait maintenant à tout prix s'en aller, un mauvais rêve l'ayant convaincu qu'il serait le prochain sur la liste de ceux appelés par le Très-Haut s'il restait.

La comtesse passait le plus clair de son temps au chevet de la marquise.

Et Jean, lui, se sentait abandonné.

Loin d'Éléonore dont les récents événements l'avaient exilé, oui le mot n'était pas trop fort, il n'avait plus le goût à penser ou à travailler. Il cherchait juste un moyen de la retrouver. Alors, reprenant leurs cartons et leurs palettes, il s'était installé dans la bibliothèque, entreprenant de reproduire certaines des planches ornithologiques du marquis. À défaut d'inspiration naturelle, il peindrait utile et pourrait ainsi conserver quelques traces de son passage à Sorel et de ce nouveau savoir. De temps en temps, souvent à vrai dire, il interrompait ce passe-temps pour regarder et regarder encore tout ce qu'Éléonore avait peint, dessiné, même simplement ébauché. Partout on reconnaissait son coup de crayon élancé, sa délicatesse de nuance, la finesse de son interprétation... Ni trop ni trop peu... La juste mesure, toujours... La véritable élégance...

— Tiens, tu peins les régimes de bananes à l'envers ? !

Jean sursauta.

— Tu m'as fait peur !

Pierre se tenait juste derrière lui, errant comme une âme en peine, de pièce en pièce, à la recherche d'une hypothétique solution.

Jean reposa la feuille qu'il avait en main. Il détestait l'idée que Pierre pût la contempler. C'était privé, et son regard sur ce qu'Éléonore appelait ses « intimités » presque obscène.

— Ce n'est pas de moi, mais de la comtesse...

Il allait pour la ranger quand Pierre répéta :

— Eh bien, ta comtesse s'est trompée. Elle peint ses bananes dans le mauvais sens !

Jean haussa les épaules.

Voilà maintenant que Pierre s'ennuyait tellement qu'il se croyait autorisé à verser dans les sciences naturelles. Pris d'un réflexe d'orgueil légitime, Jean reprit le papier et le regarda une fois encore :

— Mais non, c'est bien ce que je disais. C'est toi qui te trompes !

Pierre ricana :

— Ah oui, et toi tu trouves normal de les voir pousser la tête en bas ? !

— La tête en bas ?

Jean regarda l'aquarelle, une fois de plus. Rien de singulier à première vue. La comtesse avait parfaitement peint un régime du fruit évoqué.

— Mais regarde bien..., insistait Pierre.

Jean regarda, en effet. Il regarda et regarda encore... C'est alors qu'il eut une illumination terrible, une illumination foudroyante et irréversible. Dans presque toutes leurs illustrations, il y avait une erreur dans la représentation de la pousse du fruit du bananier.

Pourquoi ?

C'était un mystère, mais bel et bien une réalité.

Certains excentriques britanniques s'étaient d'ailleurs déjà penchés sur la question et en avaient tiré plusieurs traités sur la perception d'une réalité éloignée. L'Europe imaginait plusieurs de ces fruits à son idée, et pour n'en avoir jamais vraiment vus les déformait à plaisir, ainsi de l'ananas, ainsi du bananier. Même dans cette bibliothèque, les planches qui lui étaient consacrées n'échappaient pas à la règle. Jean, lui, s'intéressait de près à la question. Éléonore, elle, dans ce domaine, n'avait aucune prétention...

— Jean, tu m'entends ? !

Pierre le regardait étrangement.

Non, pour l'instant Jean ne l'entendait pas, il ne l'entendait plus, il aurait voulu ne l'avoir jamais entendu. Pour ne s'être pas trompée, Éléonore aurait dû être bien savante, à moins qu'elle n'ait eu un sens aigu de l'observation car pour pouvoir ainsi dessiner, il fallait connaître les îles lointaines, les îles Sous-le-Vent et la Caraïbe, ou une autre terre patrie du bananier, bien sûr, mais aussi de la noix du vomiquier :

— Elle les a vues ! Elle les a vues !

Jean termina tout haut la fin de sa méditation.

Pierre ne semblait pas comprendre :

— Qu'est-ce que tu dis ?

— Où est la comtesse ? !

Jean se leva d'un bond.

Il ne voulait plus, il ne pouvait plus réfléchir.

Pierre hésita un instant puis répondit :

— Avec Marie, je crois...

— Viens avec moi... Vite ! Je t'expliquerai en chemin...

*

— Je suis heureuse que ce soit vous...

La comtesse s'était levée, elle était très blanche.

Pierre et Jean l'avaient surprise au chevet de la marquise et elle avait demandé l'autorisation de poursuivre l'entretien, en privé, dans ses appartements :

— Je n'avais plus le courage de continuer et je vous espérais presque...

Pierre se tenait en retrait, conscient du drame qui se jouait.

Éléonore écoutait.

Jean finissait de lui expliquer l'essentiel de ses conclusions.

Elle ne nia rien.

Elle semblait soulagée, à la vérité.

Puis, soudain, elle eut besoin de parler, de parler presque sans s'arrêter. En cet instant où le sort l'avait rattrapée il lui fallait tout dire, tout raconter, dans le désordre, avec haine, avec amour, avec violence, avec horreur, avec terreur, avec incompréhension, mais à l'évidence, il était déjà trop tard pour le temps des regrets...

Elle était bien née aux îles d'où il lui restait un savoir et certaines fioles... C'est elle qui avait tué le marquis. Elle était sa maîtresse autrefois, sa maîtresse secrète, son « unique » comme il l'appelait...

— Personne ne peut savoir combien j'ai aimé cet homme-là ! Personne ne le connaissait comme moi...

Lorsqu'il a été veuf et qu'il a voulu se remarier pour enfanter, elle a d'abord tenté de le dissuader :

— Vous le savez maintenant, le marquis n'était pas homme à accepter sa stérilité...

Alors, elle avait préféré lui donner sa belle-fille que de le voir convoler avec d'autres qu'elle n'aurait pu maîtriser :

— Elle ignorait tout. Elle sortait d'un couvent. C'était une oie !

Le stratagème semblait devoir fonctionner. La comtesse avait enfin un prétexte pour apparaître aux côtés du marquis et le marquis battait des mains ! Mais le pire était arrivé, le marquis était tombé amoureux de sa jeune épouse et l'avait abandonnée...

— Quand j'ai frappé à la porte du cabinet particulier pour lui donner les lettres...

Elle s'interrompit un instant et regarda Jean :

— Oui, c'était moi, moi, Monsieur...

Puis, comme si elle repartait dans la vision de ce qui s'était passé :

— ... les lettres que j'avais volées... J'ai cru qu'il me reviendrait. Mais il m'a repoussée !

La comtesse finit sa phrase dans un cri.

Un silence, puis elle reprit, continuant son récit comme si elle parlait d'une autre... C'est alors qu'elle avait compris qu'il ne l'aimait plus, qu'Henri ne l'aimait plus, qu'il ne l'aimerait jamais plus...

— Vous nous avez vus dans le couloir...

La comtesse tourna légèrement la tête. Elle revenait vers Jean :

— C'est ce soir-là que j'ai décidé du parti à prendre. En fait, je devais savoir... je devais savoir depuis longtemps... j'avais déjà tout envisagé... j'étais perdue, j'étais perdue !

Elle manqua de chanceler, puis se redressa et souffla comme le plus terrible des vents :

— Je voulais me venger, me venger !

Malgré tous ses efforts, Jean avait bien du mal à se concentrer. Par moments, c'était une femme méconnaissable qui se dressait devant lui ; à d'autres, il retrouvait celle que partout il ne cessait de rechercher. Pour ne pas sombrer dans une sorte de folie, celle où la comtesse semblait elle-même avoir chaviré, Jean tentait de raisonner, de parler pour se raisonner et tout comprendre lui aussi :

— Après avoir tué le marquis, vous n'aviez plus qu'un objectif : faire accuser la marquise en faisant semblant de la protéger. Même elle s'y est trompée ! Quand elle a compris que c'était vous, elle...

— Oui, oui...

La comtesse hurlait presque :

— J'avais choisi mon moment ! Choisi mon moment...

Le meilleur moment, le moment du testament qui ferait porter tous les soupçons sur elle... C'est moi qui ai empoisonné les pâtes de fruits... Moi qui ai jeté le mouchoir dans la cheminée... Croyez-moi, Henri s'est vu mourir, et méticuleusement, je lui ai annoncé toute la suite de mon plan. Il devait souffrir comme moi !

Pierre parla alors pour la première fois :

— Et quand vous avez vu que nous n'arrêtions pas votre belle-fille, vous avez décidé de...

La comtesse ne le laissa pas terminer non plus. On lui avait tout volé. Au moins lui laisseront-on diriger ses aveux comme elle l'entendait :

— De la supprimer ! De la supprimer, Monsieur... Ne nous cachons pas derrière les mots ! Mais, voyez-vous, cette fois, j'ai manqué de constance.

La voix s'adoucissait. Alors que l'on s'y attendait le moins, Éléonore reparut subitement, traversant à nouveau ce brouillard d'amours mortes :

— Comment avez-vous compris ? demanda-t-elle à Jean presque tendrement

— Les fleurs sur la tombe..., répondit-il simplement... Il devenait évident que l'assassinat du marquis était un crime d'amour et non pas un crime d'argent.

— Je le revendique...

Éléonore s'était assise à sa coiffeuse et se préparait pour le voyage :

— Vous permettez ?

Jean poursuivit.

C'est à ce moment, quand il avait vu toutes ces fleurs dans la crypte, qu'une phrase de la comtesse lui était revenue en tête... Une phrase qu'elle lui avait dite pour évoquer la disparition d'Henri de Sorel et qui ne l'avait pas frappé sur l'instant, en tout cas à juste cause :

« Mais voyez-vous, dans les grandes souffrances, il est deux façons de réagir : s'abîmer dans les larmes ou s'évanouir dans la gaieté. Vous commencez à en savoir assez sur moi pour comprendre que mon choix n'a pas été le premier. Curieusement, dans chacun des deux cas, les apparences sont parfois aussi trompeuses, et finalement on ne sait jamais qui il faut réellement consoler. »

Or, à en croire ce que l'on savait de leurs rapports passés, à ce que l'on avait pu observer, la comtesse n'avait pas forte raison de ressentir une grande souffrance à la mort du marquis. Si c'était le cas, tout au contraire, l'affaire prenait aussitôt une allure bien différente...

— Personne ne fait attention aux détails, or Dieu est dans les détails...

Jean terminait, bien malgré lui :

— En fait, Madame, sans peut-être même le savoir, vous cherchiez à vous faire découvrir, car maintenant, je le vois clairement, à tout instant vous vouliez vous retrouver au centre du débat, même s'il vous fallait parfois jouer avec le feu et vous accuser pour cela...

Pierre fit alors un pas en avant :

— Madame, je vais vous demander de me suivre...

La comtesse se tourna vers lui et lui fit alors son plus charmant sourire :

— Monsieur laissez-moi encore quelques minutes de liberté, je vous promets que très bientôt vous pourrez m'emporter.

Pierre regarda Jean qui lui fit signe d'obtempérer.

La comtesse fut le témoin silencieux de ce dernier jeu et remercia d'un autre signe de tête.

Elle ouvrit alors sa boîte à bijoux et répondit à Jean.

Elle parla très lentement, comme si elle voulait être

certaine d'être bien comprise, ou peut-être pour se convaincre elle-même :

— Vous avez sans doute raison : je n'étais plus la femme de sa vie, il fallait que je sois celle de sa mort... Nous sommes liés pour toujours et personne ne pourra plus l'ignorer. La douleur n'est pas seulement de perdre un homme mais aussi de ne pouvoir s'en réclamer... Maintenant, qu'il l'ait voulu ou non, à chaque minute de son existence, il aura marché vers moi. Mais vous ne pouvez pas comprendre...

Jean comprenait très bien, mais hésita à répondre. Il est important de laisser à une femme les illusions pour lesquelles elle s'est aveuglément perdue.

Il lui posa une dernière question :

— Il est encore une chose que je voudrais savoir. Avec quel instrument avez-vous piqué ?

La comtesse venait de passer une grosse bague à chaton doré. Jean et elle la regardèrent instinctivement, en même temps. Les voilà qui se rejoignaient vraiment pour la première fois. En silence, elle le supplia de ne rien dire au nom de tout cet amour perdu, de tout cet amour possible. Jean crut qu'il allait tomber, qu'il ne pourrait pas se taire, mais réussit à le cacher. S'il ne voulait pas la trahir, il ne pouvait même pas tomber à ses pieds.

— Est-ce vraiment important, Monsieur ?

À ce moment, ce moment pour toujours inscrit dans la mémoire de Jean, Madame de Saint-François se retourna vers son miroir pour faire semblant de se recoiffer. En fait, elle venait de se griffer au cou avec sa bague au chaton empoisonné.

Elle lui tendit immédiatement l'autre main.

Il eut le temps de lui dire ce qu'il avait essayé de lui exprimer depuis tant de jours :

— Quand le cœur et la raison sont en désaccord, peut-être est-ce alors à l'âme de parler ...

La comtesse le regarda et lui répondit simplement avec des étoiles plein les yeux :

— La mienne est justement en train de s'envoler.

Elle venait de s'effondrer.

Au même moment, juste en dessous, comme si elle avait senti quelque appel, la marquise réouvrit les yeux.

# CINQUIÈME CAHIER

## Épilogue

# Chapitre 17

Tant il est vrai qu'un homme est ce qu'il mange, il est vrai aussi qu'il est ce qu'il lui arrive.

Cette fois, l'affaire classée, Jean ne rentra pas immédiatement chez lui. Pierre insista pourtant pour ne pas le laisser, mais Jean ne voulait, ne pouvait rien entendre.

Il resta d'abord un peu à Sorel, sur les pas de celle qu'il avait voulu aimer.

Puis, lentement, il revint vers Château-Thierry.

Combien de temps cela prit-il ?

Des jours ?

Des semaines ?

Peut-être un peu plus, on ne le sut jamais exactement...

Pendant longtemps, il n'y eut que Pierre pour connaître la vérité. Aujourd'hui encore, Jean a du mal à l'évoquer. Que l'on apprenne simplement que lorsqu'il revit enfin dans le lointain la Trinité et sa tour carrée, il était apparemment le même, et pourtant...

Que l'on en juge sur pied :

Alors que fourbu, mal rasé, Jean descendait de cheval, il n'y eut cette fois personne pour venir à sa rencontre. Si... Mic et Mac, les deux épagneuls bretons s'étaient précipités pour venir le fêter, mais, hormis ces deux braves bêtes, on aurait cru la maison désertée. La vérité était un peu plus compliquée. Dans la cuisine, Yvonne et Toine se tenaient à distance respectable et dînaient sans se parler. Outre certains problèmes personnels dont nous avons certainement manqué un épisode, l'un comme l'autre réagissait comme deux enfants blessés : Jean les avait abandonnés.

Toine informa en quelques mots brefs qu'il avait bien fallu utiliser la lettre de change puisqu'une certaine dame était venu réclamer de l'argent avancé, près de 280 livres :

— Une certaine Veronica Salmi..., précisa le vieux militaire, l'œil un instant allumé, avant d'ajouter : il aurait dû voir !

— Une femme du plus mauvais genre ! scanda Yvonne en posant une marmite bouillante sur la table... Si Monsieur a faim, je vais lui mettre un couvert... Mais quand on sait ce qui se passe dans cette maison, il faut avoir de l'appétit ! Que dis-je, de l'appétit ? ! Avoir l'inconscience d'une bûche, l'esprit d'un ogre, l'humilité d'une vermine ou accepter de passer sous les fourches claudines[1] !

Jean n'eut pas longtemps à attendre pour en savoir davantage. Bien que nous ne soyons pas samedi, il semblait que Marie recevait dans sa ruelle. C'est tout du moins ce qu'il parvint à conclure entre deux bougonnements et une insinuation outrée.

Et, de fait, quand il poussa la porte de la chambre de sa femme, Jean surprit Marie, gaillardement assise sur l'un des membres de son « Académie ».

Le lecteur averti aura compris.

Marie se releva derechef, laissant tout à la fois son amant et son énorme vit. Contrairement aux immédiates appa-

1. Il s'agit bien évidemment des fourches Caudines, allusion à l'humiliation que durent subir les Romains en 321 avant Jésus-Christ, en passant sous le joug de leur vainqueur, mais comme on le verra dans d'autres manuscrits, Yvonne n'a jamais voulu en démordre. (*N.d.É.*)

rences, elle n'était point du tout démontée. À l'entendre, elle avait toutes les excuses puisque, sans nouvelle, elle pouvait se croire veuve ! Jean réapparaissait, et naturellement, elle repassait à l'attaque :

— Cocu, vous êtes cocu, une fois encore !

Puis se retournant vers son coquin qui n'avait encore pu ranger son engin :

— Voilà, Monsieur, la plus évidente des preuves...

Jean hésita puis se dit qu'il fallait bien satisfaire son monde. Alors, comme on l'attendait de lui, il prit l'air effondré, tâchant de s'éviter un duel et d'autres embarras qu'il n'avait pas envie de reprendre là où il les avait laissés :

— Ma mie, vous rendez-vous compte de ce que vous faites... Quelle imprudence ! Là ce n'est que moi, mais cela aurait pu tout aussi bien être quelqu'un d'autre...

Puis il sortit et resta figé un instant.

Tout cela n'avait plus de vérité, et, tout de même, alors qu'il pensait à ne plus faire qu'à jouer à vivre à défaut d'exister, qu'à faire semblant, qu'à prétendre, il lui sembla soudain avoir de tout une nouvelle perception, une autre connaissance, un autre sentiment, une nouvelle intuition... En un mot, d'avoir changé le degré de ses émotions. La mort du marquis de Sorel, les égarements de la comtesse et maintenant même ceux de Marie, tout cela prit une nouvelle résonance, déchirant un voile pour lui donner ce qu'il avait si longtemps cherché. Cela pouvait paraître monstrueux, dérisoire, curieux, impossible à croire, mais à ce même instant, Jean venait de trouver sa ligne de survie.

Il se mit à marcher puis à courir jusqu'à son réduit. Comme à son habitude, trompant là encore son monde, il monta quatre à quatre les escaliers de la tour carrée. Il entra dans son petit bureau, s'y enferma et poussa un long soupir. Puis, il regarda autour de lui, tous ses manuscrits, ses papiers épars, ces personnages ébauchés à qui il avait cru donner vie. Voilà ce qu'il avait envoyé à Pinchêne, des vers charmants, des vers creux, des vers sales [1], plaisanta-t-il un instant en pensant à la folie des projets du petit roi.

Non, non, son avenir ce ne serait pas cela !

Aujourd'hui, Jean avait besoin d'écrire, non pas seulement pour le plaisir, mais pour sortir de lui tout ce que son corps lui disait depuis ses profondeurs.

Madame de Saint-François, Éléonore, sa chère Éléonore ne serait pas morte en vain. Comme si elle était là, elle continuait de le rassurer par sa seule présence imaginée et lui donnerait maintenant l'inspiration toujours cherchée, cette chair humaine longtemps pensée dont il lui fallait nourrir son œuvre. Sans le savoir, Éléonore de Saint-François le suivrait toute sa vie. Elle lui avait ouvert une voie jusque-là inconnue. Désormais, sans plus jamais en parler, il penserait toujours à elle comme à une petite étincelle qui fait le lien entre le juste et le réel. En se trompant, cette femme lui avait ouvert les yeux sur sa propre vérité. Beaucoup d'histoires d'amour n'ont pas tant à raconter. Le suivra qui voudra, lui avancera dans son rébus et trouvera désormais tant de sujets qu'une existence n'y saurait suffire.

Devant son lutrin, Jean commença à écrire, à écrire pour la première fois, mêlant ce qu'il venait de comprendre et ce qu'il savait aussi... Ce serait un style léger et profond à la fois, des mots qui diraient tout sans y paraître, des mots simples qui seraient là désormais pour le guider et que d'autres peut-être un jour allaient relever. Sans même vraiment réfléchir, il commença :

---

1. Sous l'Ancien Régime on écrivait Versailles mais l'on disait Versalles, faisant l'ellipse du i. (*N.d.É.*)

*L'Amour et la Folie*

*Tout est mystère dans l'Amour,*
*Ses flèches, son carquois, son flambeau, son enfance.*
*Ce n'est pas l'ouvrage d'un jour*
*Que d'épuiser cette science.*
*Je ne prétends donc point tout expliquer ici :*
*Mon but est seulement de dire, à ma manière,*
*Comment l'aveugle que voici,*
*Perdit la lumière.*

*La Folie et l'Amour jouaient un jour ensemble ;*
*Celui-ci n'était pas encore privé de ses yeux.*
*Une dispute vint : l'Amour veut qu'on assemble*
*Là-dessus le conseil des Dieux ;*
*L'autre n'eut pas la patience,*
*Elle lui donne un coup si furieux*
*Qu'il en perd la clarté des cieux.*
*Vénus en demande vengeance.*
*Elle représenta l'énormité du cas :*
*« Son fils, sans un bâton, ne pouvait faire un pas :*
*Nulle peine n'était pour ce crime, assez grande.*
*Le Dommage devait être réparé. »*
*Quand on eut bien considéré*
*L'intérêt du public, celui de la partie*
*Le résultat enfin de la suprême cour*
*Fut de condamner la Folie*
*À servir de guide à l'amour*[1].

1. Jean hésitera avant de publier ce texte bien des années plus tard dans le douzième livre de ses *Fables* qui paraîtra en 1694. Le texte définitif édité variera d'ailleurs légèrement par rapport à cet original...

Pour l'honnêteté du récit, il faudrait ajouter que Jean n'écrivit pas d'un trait sa nouvelle poésie. Les mots fusaient dans sa tête et ne demandaient pourtant qu'à prendre forme et vie mais, de l'autre côté de la porte arriva bientôt Marie qui tambourinait :

— Ouvrez-moi... Ouvrez-moi... Voilà que vous refusez à présent... Monsieur mon mari... Jean... Mon Jean... Jeannot... Jijou...

Puis comme seul le silence lui répondait :

— Oooh, vous êtes... Vous êtes...

— Madame, je vous en prie, n'ajoutez pas les mots aux bois magnifiques que vous me faites porter... La décoration m'en est assez...

Marie sembla devoir se taire puis explosa soudain dans un grand souffle, un souffle définitif comme savent pousser les femmes qui rêvent d'être rattrapées :

— Vous êtes... Vous êtes amoral, voilà qui est dit et redit !

Là aurait pu se terminer notre aventure, mais pour l'entière vérité, je me dois d'ajouter que, presque au même moment, un coursier arriva dans la cour de la ferme de la Trinité :

— Un pli urgent pour Monsieur de La Fontaine de la part de Madame la marquise de Sévigné !

Mais cela est déjà une autre histoire...

# TABLE

*Achevé d'imprimer par N.I.I.A.G.*
*en novembre 2005*
*pour le compte de France Loisirs, Paris*

N° d'éditeur : 44362
Dépôt légal : Mai 2005
*Imprimé en Italie*